U0609637

带你去看
秋天的稻穗

马碧静 著

天津出版传媒集团

百花文艺出版社

图书在版编目（CIP）数据

带你去看秋天的稻穗 / 马碧静著. -- 天津：百花
文艺出版社，2023.3
ISBN 978-7-5306-8420-7

Ⅰ.①带… Ⅱ.①马… Ⅲ.①中篇小说-小说集-中
国-当代②短篇小说-小说集-中国-当代 Ⅳ.①I247.7

中国国家版本馆 CIP 数据核字(2023)第 027883 号

带你去看秋天的稻穗
DAI NI QU KAN QIUTIAN DE DAOSUI

马碧静　著

出 版 人：薛印胜　　　　选题策划：汪惠仁
编辑统筹：徐福伟　　　　责任编辑：齐红霞
特约编辑：王亚爽　　　　美术编辑：郭亚红
版式设计：郭亚红　　　　装帧设计：川　一
出版发行：百花文艺出版社
地址：天津市和平区西康路 35 号　邮编：300051
电话传真：+86-22-23332651（发行部）
　　　　　+86-22-23332656（总编室）
　　　　　+86-22-23332478（邮购部）
网址：http://www.baihuawenyi.com
印刷：山东临沂新华印刷物流集团有限责任公司
开本：880 毫米×1230 毫米　　1/32
字数：217 千字
印张：8.25
版次：2023 年 3 月第 1 版
印次：2023 年 3 月第 1 次印刷
定价：65.00 元

如有印装质量问题，请与山东临沂新华印刷物流集团有限
责任公司联系调换
地址：山东省临沂市高新技术产业开发区新华路 1 号
电话：(0539)2925886
邮编：276017

目 录

左右摇摆

一

刚进单位，李岗就灵敏地嗅到气氛不对。同事们三五成群地交头接耳，表情也是各不相同。有惊讶、有惋惜、有怔忡，更多的是饶有兴味的笑意和左右摇摆的茫然。

几个月以来，报社大大小小的人全都成了耗子，不但要警惕"上头"各种风吹草动，还得嗅到"同类"的动向。这种时候没人喜欢挂单，只有凑在一起相互壮个胆似乎才安全些。他所在的《新闻早报》是当地首屈一指的主流报纸，即便如此，这个当地报业的"老大哥"也禁不住当下新媒体的强烈冲击。多元化的时代、信息接收方式的转变，造成纸媒读者的流失、销量下滑、传统媒体行业萧条，年初宣传部便发文要求《新闻早报》进行全面改版，内容包括版面瘦身、全彩印、增删版块等大调整……总之，这一改版，责编与记者的任务比原来成倍增长，一系列的"新规"也是压得各位同人噤若寒蝉。重稿怎么罚、错漏怎么扣、政治性错误怎么处理……并实行连带责任，记者、责编、审校、当班领导，一人生病，全家吃药。

李岗夹着公文包爬楼，在楼道的整容镜前略微驻足。他穿着烟灰色的休闲服,看起来还是蛮显年轻的,重要的是宽松的休闲服可以遮掩日益松弛的肚皮,至于两鬓时常冒出来的白发,李岗自有办法治它。沧桑而不憔悴,低调却有主见,对于镜里的形象,他还是颇为满意的。李岗"噔噔噔"疾步上楼,才到三楼拐弯处就气喘吁吁了。四十九岁不年轻了,翻年过去就五十岁了,拿什么和年轻人比呢?

停下休息,他微张着口喘气,点了根烟靠窗站着,楼道里"扑棱棱"一阵响,像是飞过去一群欢快的小鸟,叽叽喳喳的声音灌入耳膜,两个洋溢着青春活力的小姑娘跑到李岗跟前,两人没料到有人在楼道里,毕恭毕敬地喊了声"李老师早",李岗煞有介事地点点头。两个小姑娘嬉笑着又扑棱棱飞远了。

年轻真好啊!

看着小姑娘的背影,李岗由衷感叹。两个小姑娘都是刚从传媒名校招进来的研究生。这几年老的老、退的退,为引进人才,为报社输送新鲜血液,报社每隔两年都往州委编办争取两个编制,供这些出类拔萃的应届毕业生争抢。说句实在话,几百人争两个编制毕竟有点残酷,那些被挤掉了的,仍然不乏人才啊。留下的,更是凤毛麟角。

烟头烫了手,李岗收回思绪,摁灭烟头,慢慢往四楼爬。楼是旧楼,第六层还是在五层基础上改建出来的,除了排版室,还添了个小型健身室。说历史,这栋楼大概有二十岁了,经几次翻修,虽外表看起来老气横秋,内里也算改头换面了。这得感谢现任曾总编,那可是个懂生活的行家里手。

李岗停在四楼社新中心办公室门前,调整好呼吸,尽量从容地往里走去。

果然不出所料,办公室成副主任真的辞职了,难怪乱成一锅粥。

二

李岗和成城、韩亚丽仨人共同负责 B 版社新中心责编工作,搭档这么多年也算和谐。成城性情开阔,鸡毛蒜皮的小事从不计较,言语间常怀抱负。韩亚丽没事就琢磨自个儿那点小爱好,哪家店又进水沫玉紫晶石榴石了,收藏的那块黄龙玉价钱涨没涨,工作上只要别牵扯到自己那一亩三分地也还行。李岗自大专毕业就进入报社,至今已工作二十多个年头。那年月的大专文凭还是很稀奇的,很多"铁饭碗"抢着让李岗端,可李岗愣没动心。他自懂事起便有文学情结,上中学时写作的小诗已见诸报端,大学念的也是汉语言文学专业,那时做梦都是进入杂志社、报社当编辑,做一名成天被翰墨书香熏陶的文化人。

这样一来,命运基本就被锁定了。当官发财的机会基本与之绝缘,他就想一心与他的桃花源长相厮守。这一干,二十多年就过去了。《新闻早报》创办于二十世纪五十年代,"文革"休刊,二十世纪九十年代末复刊,李岗、成城他们都是复刊后进入报社的第一批元老,可以很良心地说:是那一批报业人撑起了《新闻早报》的根基,那年代的人没别的,就是齐心。

才坐下,谭副主任便凑过一个胖脑袋,形色诡异地问,成副主任的事,晓得了不?

刚听说。他心想:幸亏成副主任和你同级,要他是总编你这嚼舌根的架势"非奸即盗"啊。李岗放下公文包,不动声色。他拿了茶杯起身泡茶,一瞅热水器居然没人打开开关,看这一早上乱的。走过去摁了开关后又回来坐下。

走,上我里间屋品点好茶——金骏眉。谭副主任眨眨眼,李岗心里明白又是他那儿个股友送的。谭副主任闲暇时喜炒股,整个报社都知道,文化圈子嘛,谁没点嗜好呢。

李岗心说仗着股友抬举你,又来显摆。以往凑个趣也去的,谁让他大小也是个官呢,这点顺竿爬的眼力见儿爷还是有的。可今天李岗实在没心情,他推说明天要上版的两个稿子还没改呢,又是两个不省心的特邀通讯员……边嘀咕边从稿件框抽出两份稿子。

谭副主任也不强邀,哦哦着说你忙你忙便走了。他穿着对襟布衣,讲究的方口布鞋,平端着一只紫砂茶杯。从背后看去头顶寥寥可数的几根头发欲盖弥彰地想要掩住大面积的光亮。他走得有点急促,李岗知道他又去找同人议论成城辞职的事了。哎,也是,照目前这光景,恐怕是谁也坐不住的。

打开稿件,李岗光看导语便看了几遍,还是没明白讲了个啥。他抛下稿件,发了会儿呆。一个清脆的女声提醒他:李老师,水开了。

一抬头是韩亚丽,她端着个白瓷水杯婀娜地站在饮水机旁,阔大的民族风长裙,一头细碎的钢丝鬈发掩映着一张细嫩的脸。她嘴巴稍大,笑起来两个嘴角上弯,十分有感染力。

李岗应声在杯子里放了茶叶去接水,接完了才发现韩亚丽的水杯还是空的,忙说,哎哟看你,先接不就完了,还让我。

没关系的,一个科室的,上下点。韩亚丽虽是女流之辈,但有时说话是蛮大气的,她最喜欢说的就是"上下点"。这话是当地口头语,意思就是"不要斤斤计较"。李岗也笑了,他的笑自有含义,那意思是等真的牵扯到利益上,你就不会这么做了。李岗知道照韩亚丽的性格,那时候还是会说"上下点"的,只不过带上了愤懑的情绪,至于处理方式会不会"上下点",那就两说了。当然李岗不会让自己笑的含义暴露出来,他的笑包了一层讨好的"包浆",任何场合都百搭,目的只是融洽气氛,没有更深层的意思。

李老师,这下成副主任一走,社新版编辑的重任基本就落我俩头上了。韩亚丽轻啜一口茶,绽开一个若有所思的微笑,完了又内敛地将嘴角抿起来,想来韩亚丽也知道自己笑起来嘴角显大,她一向是很注重形象的。

不晓得会不会拨个编辑老师过来?李岗说,当初三个编辑每人一周轮换编稿,其余时间多半用来策划选题、筛选稿件、组稿画版,时间上倒也从容。有时领导临时委派个场面上的出席或是熟人委托的采访活动,都挤得出时间。现在只剩两个人,时间怕会紧促很多了。

其实李岗说完就后悔了,人手紧任务重压力大,这是每个部门都面临的问题。这种设想明摆着就是幼稚的呓语，由他一个有身份有资历的大编辑说出口，难免有失水准。

拨？从哪儿拨呀！老编辑一人一岗，新招的小年轻怕还没……成长起来的吧。果然，韩亚丽很老到地莞尔一笑，却难掩眼里的一缕惊讶、两分轻蔑。李岗晓得这惊讶是对他的，轻蔑却是他与小年轻都有份儿，对他是"亏你还老编辑呢，说个话这么外行"。韩亚丽说话一向谨慎，仔细斟酌着句词。无论现在的小年轻学历多高，她对他们都持保留态度。在她眼中，这些孩子总有些不知天高地厚的张狂与无知。她语言与表情总是有些出入，不太配套，让人琢磨不透她心里到底在想什么。

成城与李岗同岁，也是四十九岁奔五十岁的人了。创报的资深元老，投身报业小半辈子的人，说不干就不干，居然真的扔下事业单位编制这个铁饭碗投身商海，一切从零开始，那得多大的心劲与激情！就是成城这股心劲与激情让李岗恐慌了。办了二十多年的报纸，回想初心，他现在更多的是按部就班与习惯了，要让他抛下这个无论多少，却能旱涝保收的饭碗，他还真的没这个勇气。面对目前报业的艰难处境，他有竭尽所能奉献的心，却更有力不从心的无奈……

正沉思，一个新招的小记者探头探脑地走了进来，有些腼腆地对李岗说，李老师，曾总让您去一下呢。

李岗回神应了一声，这才发现韩亚丽对他眨着眼睛，一副"该来的总会来"的神态。

三

曾总在装修一新的总编室钻研着那本《领导者》，不时记着笔记。这本红皮封面的书李岗见过很多次，有一次是在编前会曾总的桌上，还有一次是在洗手间，他将书忘在了厕间洁净的储物架上了。洗手间也是曾总上任后的大动作，不但将水泥地换成了漂亮的碎花瓷砖，还新装了黑色花岗岩洗手台,一抬头是一面锃亮的整容镜。曾总在大会小会上强调:一个单位的内部办公环境,代表的就是这个单位的精神面貌。房子陈旧点不要紧,但内部的精、气、神一定要有。

李岗在门上敲了敲,曾总抬头对他点点头说,进来吧。

曾总放下笔,小心地将一枚儒雅的书签夹在《领导者》的当前页里,不慌不忙地走了过来。他示意李岗坐在长沙发上,自己则坐在旁边的单人沙发上。李岗说,曾总您找我是……曾总很随意地摆摆手,微笑着说,也没大的事,就是想和你随便聊聊。成城辞职的事,想必你也知道了?

是,刚上班就听说了。

哦,是刚才听说的?曾总埋下头随意理了理那条带暗纹的褚红色领带。李岗感到一种奇怪的压力。领带总是代表一种文化身份,它与西服是标配。在曾总那占满整面墙的硕大书柜旁有一个同色小衣柜,里面挂有两套精致西服及十余条各色领带。曾总的每条领带都熨烫得笔挺。他对领带情有独钟。

李岗说,是。心想这是什么意思?

我想知道……之前你们讨没讨论过辞职的事情。这会儿曾总直视着李岗,金丝边眼镜后透射出耐人寻味的眼神。

李岗回忆了下,一时没想起来。不过心里的嘀咕更大了,心想是不是谁又在那儿和泥玩了。

什么"再年轻十岁?"曾总提醒。

李岗的脸"唰"地一下就发烫了,他想到大概一个多月前,他和成城同上夜班,抽烟时两人不知怎么就扯到辞职这话题上了,最先说起的是几个月前辞职的小李。

小李是两年前才考进来的记者,刚进来时也是青春勃发、一腔热血,对传统传媒业怀抱炽热的激情,时日一长,终究抵不过那句"理想很丰满,现实很骨感"的谶言,毅然辞职北上了。两人就感慨:现在的小年轻,有身体有年华有闯劲,就像一本刚刚翻开的新书,后面还有数不尽的故事、情节和无尽的展望呢。而他们这些报社元老，年华已逝健康堪忧冲劲不在，唯一的"出路"便是耗死在报社了。当时李岗不知怎地心里莫名升起一股苍凉与豪迈，便感叹了一句：与报社共存亡！

本想以这句肺腑之言获得成城的共鸣，毕竟人身处困境总想获得同病相怜的情谊。当时成城唇边似掠过一个不置可否的笑容，他一个劲地抽着烟，满腹心事的模样，最后恍惚地说了一句：要是再年轻十岁。

李岗一听这话也笑了起来，这种假设式的展望，多是处于夹缝中人的自我安慰，也是迈不开步舍不得放下的现成借口，没多大意义，生活中又是必不可少的。于是李岗也半真半假地附和了一句：要是咱兄弟年轻十岁，也能出去闯闯……

想到这儿，李岗难为情地笑了笑说，曾总，我那不过是随便说说。

曾总理解地点点头，意味深长地说，老李啊，年龄上你比我长两岁，又是报社"老人"了，我从心底尊敬你。包括报社这些小年轻，不都有样学样吗？唉，要说报社现在是遇到些困难，可咱们不能泄气，对不？特别是老同志们，更要注意谨言慎行啊！搞得人心惶惶的，可真就不好了……

从曾总办公室出来，李岗长长舒出一口气。他就纳闷了，那晚和成城聊天，办公室明明就他们两个人啊，怎会走漏风声？难道隔墙有耳。李岗默默嘱咐自己：谨言慎行，谨言慎行！

四

曾总说的重点当然不止这些，那只是个开场白，目的是提醒李岗报社的困境。领导有领导的气度，正是用人之际。曾总说，老李啊，眼下改版方案马上成形，然后是发酵期，特别是你们老同志，有什么中肯的意见建议赶紧提，尽量使方案完善，讨论通过后就要上新版了。你们这批报社的元老，退休的退休、辞职的辞职，能做我左膀右臂的人不多了啊!

曾总说到后面动了情,他摘下金丝边眼镜拿绒布擦了擦又戴上,老李啊,好好干。又仰起脸说,我看你与老成都是副高吧?李岗回答是,我与成老师都是副高,好多年了。李岗不好意思地干笑了一下。副高是报社内部叫法,职称上相当于主任编辑。

虽说职称一样,但岗位工资、福利方面还是有差别的。现在老成走了,不干了,撂挑子了。噢——当然,我,包括大家都十分佩服他的闯劲,可是,光有闯劲不行啊,这个社会哪是那么好闯的!啊,扯远了。我是说你们部门空缺出一个副主任的位置,我看你可以争取一下嘛。

岗位安排上果然与韩亚丽猜的差不多,原则上不增补,社新版暂由李岗、韩亚丽两人负责编辑。至于新方案下来后,再根据整体采编人员情况进行相应调整。

不愧是领导,曾总一席话下来,李岗先前摇摆不定的心情安定不少。就像下一盘棋,哪里安个小卒、哪颗棋子要先走一招、哪颗按兵不动、哪颗飞渡横桥都是全盘布局,运筹帷幄的。领导的思维,不是他们这些做下属的能摸透的。做下属的只管尽本分做好分内工作便好了,其他问题少操心。李岗听得浑身燥热,顿时有一种为报社的生存与发展赴汤蹈火的豪迈。

患难与共的情绪将他自己感动了:所谓的"冲劲"并不只是潇洒地一走了之,如果能在现有岗位上勇于创造、推陈出新,当然也是一种"冲劲"啊!如果"衣食父母"正陷于困境,这种坚守与不离不弃恐怕更是一种难得的品格。他就这样被自己的情绪激荡着,几分悲壮、几分伤怀。整个早上忙忙碌碌,筛选稿件、改稿、看报,一丝不苟、尽职尽责。中午饭也没回家吃,只在楼下饭馆点了份盖饭。他想利用中午时间将前期工作做个总结,理出一个自己的整改方案。

谭副主任临走用车钥匙在李岗桌面敲了敲,要不,中午一起吃去?朋友开了个火锅店,让去捧场。

李岗忙说不了不了,他本想说利用中午时间将前期工作捋一捋的,最后还是将舌头转了个弯,说出口的却是,算了算了,昨晚在医院陪老父老母回去晚了,没睡好,正好中午补一觉。

李岗父母都患有老年人常见的慢性病,一年有半年得在医院躺着,报社里谁家的家庭情况大都相互了解。谭副主任嘴里"哦哦"着,这是他的口语,表示理解的意思。深度近视的镜片后一双小眼睛却藏着狡黠。李岗心想:憋慌了吧?还真犯不上跟你说。论资历,你才来报社几年?年龄,我长你小一轮。不过圆滑石头滚得快,又沾高亲翻轱辘!那啥,道不同不相为谋!

临下班前,老婆打来一个电话,说接到医院通知父亲预存费用没了,叫赶紧去存一点,不然明早就得停药。李岗交代了一下就匆匆往市医院赶。平常老婆下班后忙着买菜做饭、照管儿子,医院的事一般由李岗负责。儿子今年高二,明年便要参加高考,正值人生的一个关键期。父母风烛残年,正需要子女在身边关怀;孩子不知世事,正要引导关爱……哪边都撒不得手啊。

街道上飘雨了,是顺风雨,随着风向斜斜地抛洒在行人的身上和车窗上。司机一个紧急刹车,让毫无防备的李岗脑袋碰到前面的座位上。李岗轻轻揉着前额抬头看,又堵车了,红灯绿灯不断转换,以往不算狭窄的车道密密麻麻塞满了轿车和公交车。李岗自嘲地庆幸自己没有车。正是下班高峰期,不堵才怪呢!李岗竟舒了口气。

紧赶慢赶,终于赶到医院,李岗冒雨冲进住院部大厅。雨大了,虽是护着头也淋了个半湿。先到住院部收费处,一眼望去前面黑压压一排人头,都是续费的,李岗排了四十米分钟才续了费。乘电梯来到八楼心脑科,找到父母住的病房。母亲有高血压、糖尿病,父亲有冠心病,好多年了,常年吃药,一年倒有半年在医院里住院。父母住四人病房,同住的还有两位老人。当初医生说没多余床位,就是这都是左调整右腾挪的,不然男女分病房方便点。李岗说没事没事,两位老人住一起反倒方便照顾,老人之间也可做个伴儿。

进入病房,只看到父亲和另一位老人坐在床上休息。李岗向那位老人点个头算是打了招呼。父亲刚打完点滴，正用右手按着手背上的棉球，李岗忙换过父亲的手帮忙按着。父亲的手骨节粗大、青筋暴凸，布满了老年斑，初看有些触目惊心。

针眼稍不留意就浸血了，李岗使了点劲。

李岗问，我妈呢?老头子嘴朝门外努努，卫生间去了。李岗下意识地朝门口楼道看去。楼道空气中弥漫着诱人的葱花熟油辣子香味。上楼时李岗碰上刚拖完油渍的保洁员，像是哪位家属将煮饵丝洒了一地却不管，保洁员没逮到人，只有自己打扫干净。保洁员是个六十来岁的大妈，李岗遇到她时她正满脸不高兴，狭长的寡脸上嘴巴紧绷嘴角下垂，不时骂句"没素质"。

楼道里有人滑倒了，"扑通"一声惊心的震响，一个熟悉的声音叫了声"哎哟"，李岗心一颤手一松，棉球掉在了地上，父亲手背上的血又浸出来了。

五

摔倒的正是母亲。她上完卫生间出来正好踩在刚拖完的油渍上，脚一滑站不稳左手杵地，正好将腕骨折断了。

这突发的意外虽说跟李岗扯不上直接关系，怎么说也有间接关系。母亲退休前也是医生，多少有点洁癖。她不仅个儿讲究，也对家庭成员严格要求。洗完脸要用肥皂擦洗脸盆、用完马桶要用洁厕剂刷洗，一家人也早习惯了她的规矩。住到医院后，她曾多次和李岗抱怨同住的两位老人不讲究卫生。蹲坑用完不刷干净，让人恶心蹲不下脚;有个老头儿总爱夜里放屁磨牙，另一个几天才洗一次脚，还将没洗的脏鞋垫晾在洗手台上，整个卫生间充斥着怪味……就因为这些，她情愿跑去用楼道的公共卫生间和洗漱台，那里好歹每天有保洁员在打扫。

母亲七十五岁了，小父亲两岁。年轻时是个腿脚利索、嘴巴伶俐的能干女人，退休前还一直担任护士长，可见其领导能力和管理水平。可叹这人一着病魔,再强悍也只能被疼痛拖着走啊!糖尿病使母亲干憔奇瘦,从侧面看只是一块单薄的竹片,令李岗心疼。

每次母亲抱怨,李岗只能耐着性子安慰几句,说再忍忍就出院了。其实他心里知道,随着父母日益老迈,长久受针药毒副作用的影响,久治不愈的慢性病只可能引发更多更严重的并发症,有如出院几天再住进来,还不如少挪窝呢,那样省去太多折腾。这样想时李岗就觉得愧疚。做儿女的怕折腾情愿让父母住医院,想想也是不孝。可现实就是这样,他得像一只勤劳的蚂蚁或蜜蜂,不断往返于尘世奔波觅食。实在没时间排几个小时的长队办理各种出院入院手续,再打辆出租车将父母盘上盘下。生活有时就这么实在,没有那么多弯弯绕。

其实李岗私下还是找主治医生打听过的,"温馨病房"空出了两间,如果愿意,是可以调给李岗父母一间的。可李岗没敢一口答应。毕竟"温馨病房"收费高昂,住一晚够父母在四人病房住十晚了,这样遥遥无期住下去,李岗心里有些担忧。

现在好了,"温馨病房"没省下,还搭上了母亲一只手。

好说歹说,又动用了母亲以前的老关系。主治医生终于同意让老父亲同母亲一起住到十一楼的骨科,那里刚腾出一间"温馨病房",李岗将二老搬了进去,免不了对主治医生千恩万谢。主治医生是位长相宽厚的人,他点点头,收下了李岗的感谢。又很随意地说,听说你是在报社上班的?李岗说是。主治医生一下爽朗地笑了,他说相约不如偶遇啊,正好加个微信。说着掏出手机点亮屏幕,李岗忙不迭地打开微信配合,有种受宠若惊的感觉。微信"扫一扫",路人立马变"圈里人"。主治医生点开李岗头像说"拈花一笑"?嘿嘿。李岗没深想这嘿嘿的意思,也嘿嘿笑着。主治医生收起手机说,拈花一笑啊,你在媒体工作,肯定认识一些省级媒体,要是学术期刊就更好了。你将邮箱发给我,我给你传篇理论文章帮忙发发,你晓得的,评职称晋级,没办法。

李岗愣了愣,心想"受宠"了半天,现在才是"若惊"了。想说什么,还是将话咽了下去。他点点头,慎重地说,好的,我想想办法。

六

这位主治医生是真不知道，因为基本没有业务上的来往，各级各类报刊间联系并不紧密。有时采访会碰到一起，顶多点头打个招呼，恭恭敬敬递了名片嘴上说"资源共享"，真有"新闻资源"了也未必真见得会"共享"，所以各报刊采编人员真没那么熟，远不到可以托付一篇几千字左右的文章的程度。

主治医生当天晚上就将理论文章给传过来了。他姓姜，后面跟了两个生僻字，估计他父母起名也是在字典上查的。李岗不会念，也懒得去查。因为没用处。人与人称呼就是"姓+职业（或职务）"，比如王老师、姜医生、李记者、秦书记，再有就是齐爷爷、白叔叔、田阿姨、杨女士、朱先生，陌生人直接喊大婶、大哥、大姐、弟弟、妹妹，全名全姓多在表格上用得着。看，多简单。

李岗在电脑上将姜医生的文章扫了一遍，自言自语地说，姜医生啊姜医生，你是不知道我的难处。看吧，现在咋办！找同人此路不通，李岗只得另寻他路。李岗大学念的是汉语言文学专业，不是新闻专业，他认真将同学用篦子篦了一遍，还真篦出一个在省城一家杂志社当编辑的同学。那人叫梁方，性格腼腆内向，李岗和他关系很一般。如果不是上次同学聚会大家相互加了微信好友，李岗早忘了这位闷声不出气的同学。

李岗掏出手机，又从书架上翻出同学聚会后做的通信影集。其实现在手机拍照、存储都很方便，没必要做成这样一个花哨影集的，费时费力又烧钱。可中文系总会有那么几个矫情的文青，认为纸质的东西总比电子的有温度有感情。李岗不置可否地嗤笑了一下，他翻开印有"同窗之谊"几个烫金大字的影集，找到梁方的电话号码，按了几个阿拉伯数字，想想又删除了。对于关系不太亲密的"熟悉的陌生人"，发信息似乎比直接打电话要少点尴尬。

李岗打开微信。梁方的微信名就叫梁方,头像也是一张方方正正的自拍照,类似证件照,面无表情中又有点无知的憨傻味。这么多年,他居然没见老。李岗发了两个字:在吗?在的。微信很快就回过来消息了,就像专门在网络那头等候李岗一样。李岗想,那他平常生活挺单调挺无聊的。李岗曾看过一篇平台推送的文章"喜欢玩微信的人不是生活太精彩就是太无聊"。李岗想梁方铁定属于后者。

没想到事情出乎意料的顺利。三言两语,几乎没费什么神。李岗事先准备的什么同学情谊、哥们儿情分、报刊同人等等,想想也掉价的"老三套"居然一套也没用上。

李岗只说在贵刊看到有个"家庭医生"栏目,想请老同学帮朋友在上面发个理论调研文章不知行不行,梁方说行啊,发过来吧。梁方的语气是平和的,也是生硬的。就是完全不附加任何感情那种,一副公事公办的样子。李岗很快将文章传到梁方提供的邮箱,又连发了几个谢谢附加握手的表情。对方没再回话。

大约又过了两周左右,上午收发室江大姐分发报纸杂志,李岗一眼看到一大摞报纸上有个牛皮纸大信封,认真看地址是梁方所在的杂志社。李岗急忙拆开看,果然是两份样刊,"家庭医生"栏目的头题显赫地刊登着姜医生的理论文章,看所占大块头,显然没压缩字。李岗非常高兴,他深吸一大口气,顿觉神清气爽起来。实在没想到,毕业二十多年普通关系的同学,竟能这样帮忙。看来还是"同窗谊"靠得住啊!李岗就有点感动,他掏出手机要给同学回个电话感谢感谢。一看有梁方的未读信息,点开一看是个文件截图,李岗大致扫了几眼便面红耳赤心跳加速了。那文件相当于梁方杂志社内部的一个运营方案,说的都是杂志社怎么运营怎么收费的事情。信息提示音又响了一声,还是梁方。这次他收到的是一张发票,内容是刊发姜医生调研文章的标题,付款人是梁方,后面还跟着一个小括号,标明"垫付"二字,李岗一看那金额眼前就发黑,他有点头晕,更有一种被算计的愤怒。这还不够明显吗?梁方顺水推舟帮他们报刊做成了一笔生意,付款人是李岗,成交额是两千元。

李岗这回没再犹豫,他翻到那晚才从影集存的电话拨打了过去,因为激动他的手有些颤抖。梁方很快就接电话了,像是专等李岗打去一样。李岗说,梁方,刊物我已收到,不知你发的那张发票是什么意思?梁方说,老同学没办法,这是杂志社的收费标准,我们也难……李岗说,你他妈的开头咋不叫难?要叫难我早不找你了。现在收钱了开始叫难了!梁方没说话。李岗认为是他理亏了不敢吭气便越发生气,接下来长达十来分钟地对梁方进行狂轰滥炸,挑的都是最狠最毒的词。梁方居然一声不吭,也没挂电话。最后李岗骂累了停下来喘气,电话线传来梁方有些猥琐有些怯意却仍显生硬的声音,老同学,麻烦方便了就将钱打给我,我还急着给小女儿买奶粉呢,都不容易。

李岗没等他说完,下狠劲挂了电话,不解气又将手机扔到桌上。他算彻底明白了,像梁方这种人为了生存已经"死皮赖脸"了,对辱骂已获免疫力,反正他不会和你生气,钱是一定要还,看你怎么办吧。有那么一会儿,李岗邪恶地想:你无赖我也学你无赖,就不还钱看你咋办?不过这种要赖的想法很快就被自己否定了,多年的报业文化人素养使他不好意思要这个无赖。

等到月中发工资,李岗咬咬牙还是将这件事和老婆说了。他想这事牵扯到父母住院,算是"家庭事务",不是他将钱乱花了,顶多算是"处理不当"吧。老婆徐玉娟没听他说完就火了,她先将那个梁方里里外外骂了一遍,又埋怨李岗不会办事。说两千块,一个字一块钱。国家重点刊物怕也没这么高吧?李岗说,徐玉娟你这叫不懂瞎"拌盘",在咱们理论版登一篇也要一千块,人家那是省级,差不多是这个价。说到这儿李岗恨不得给自己两个大耳刮子,白是老报业人了,自己这差额拨款的单位都搞创收,梁方供职那家是企业自给自足,凭啥不创收!不搞创收你叫人家杂志社职工吃啥喝啥?这么一想,李岗气开始顺了。怪只怪自己首先有"空手套白狼"的心态,没问清楚怪谁呢?

理解归理解,硌硬还是硌硬。李岗很快将两千块钱给梁方汇过去。他想这回装出来的这点"同窗之谊"也没了，不过这样也好，免得都装得难受。学生时代谁不纯情？可都在社会摸爬滚打这么多年了，谁没磨出层老茧啊，这老茧就是世故啊！别不敢承认！下次去医院给父母送饭时李岗顺带将样刊带去给了姜医生，姜医生一见就喜笑颜开了，绷都绷不住。他说，我说对了吧，还是你们"圈里人"有办法，近水楼台嘛。看样子下次还得找你！

做主治医生的人，常常是病人、家属围着他转，早就忘记也该看看别人的脸色。李岗脸上皮笑肉不笑，嘴里诺诺着。心说要早十年，我早将发票打印出来扔你脸上了，还"近水楼台"，还"下次"，别做梦不醒了吧。

又挨了一周，李岗上骨科询问母亲情况，医生说已经可以回去静养，隔一周去拆石膏，到时候再看伤口愈合情况。搬来骨科这段时间姜医生也算负责任，隔天就来询问情况，一天几次按时测体温、量血压心率、测血糖。平心而论，李岗是感激的。可他实在不敢再和姜医生深处，这世道水太深，而他水性太浅。技术不行，他害怕。

父母这慢性病就这样，好一阵、孬一阵，目前二老病情都已平稳，征求二老意见都巴不得立马回家。医院住久了老人心里不踏实。李岗迅速为老人办了出院手续，心里盘算着下回换家医院，还想着换了医院怎么和老人解释？这一步步的都像计算机程序一样，得计划好了，走错一步就是乱码，就可能中病毒，就可能死机。

李岗觉得脑子里像塞了一把山茅草，他什么也不愿想了。只有一个意识，他掏出手机打开微信，找到那个叫"医者仁心"的微信头像，看了一眼，迅速将他拉黑。

七

没想到发文章这事还没完，坏在老婆徐玉娟的那张嘴。

李岗母亲姓金，至今仍有人喊她金医生，相伴了大半辈子的老伴儿也这样喊。平常金医生在家总将米淘好煮上，菜蔬择拣好清洗干净等儿媳回来炒。她不喜欢下厨，厨房的油烟常让她反胃。徐玉娟每天进门总像上战场一样，包没放下就换拖鞋，边走边系围裙噼里啪啦三两下厨房就热闹起来。

　　因为左手打了石膏，金医生只能勉强将米淘了煮上。儿媳回来时，她正拿了块抹布在客厅墙裙上擦着。老太太闲得慌，手头总喜欢找点事做。徐玉娟放下买的菜，进厨房端了菜盆出来择，说，妈你歇着吧，别再伤着了。金医生说，没事没事动动好受点。金医生擦完客厅又来擦饭厅，一会儿叫儿媳挪到她擦好的一边，一会儿又拿来扫帚扫儿媳不小心掉到地上的蒜皮洋芋皮。总在徐玉娟面前晃来晃去的，晃得徐玉娟心烦了，就顺嘴说，妈你真别瞎忙了，饭厅滑，万一再摔了咋办！金医生一听这话不乐意了，说，呸呸呸乌鸦嘴，说什么摔不摔的。徐玉娟说，就是因为这次摔，为了住院还白白打了两千元水漂。金医生说，你说什么？什么两千元水漂的？徐玉娟索性全说了，说完还说，你看看现在住个院容易吗？一个不小心钱没了！徐玉娟那意思是李岗一个不小心着了老同学的道，婆婆理解的是她一个不小心摔了害得钱没了。一听这儿她更不乐意了，她停下抹墙的手，板着脸质问，难道是我故意摔跤吗？还是我喜欢摔？徐玉娟你这话什么意思给我说清楚了。

　　徐玉娟每回开吵前都不敢吭气，谁让她自己先说错话，但如果婆婆上纲上线了，她就会沉不住气了。她嗓门儿一扯便会据理力争，说婆婆小题大做、斤斤计较、没那么严重……婆婆咋能歪曲自己建立的理论体系，这一来二往，又吵了个鸡飞狗跳。

　　李岗一进门，就发现气氛不对，知道肯定婆媳俩又拌嘴了。老爷子和儿子坐在饭桌前吃饭，母亲房门紧闭，老婆坐沙发上生闷气。按照以往经验，李岗还是先别打扰这家里的两个女人为好。他自己添了一碗饭。

　　李岗晓得，徐玉娟是那种心直口快的人，心肠是极好的。金医生的性格多少与她做过医生有些关系，和卫生洁癖一样，她有"语言洁癖"，说话一句是一句得说明白了，她不允许存在模棱两可的语言模式，她认为这是态度问题。态度摆不正，当医生就成庸医、教书就会误人子弟、商人就是奸商、当个普通老百姓都可能成刁民。一个刀子嘴，一个讲原则，徐玉娟嫁进老李家十八年了，婆媳俩磕磕绊绊没少吵过。好在都不记仇，吵完就过去了，不吵憋着还难受。

原以为跟往常一样，冷战两三天就没事了。哪晓得第二天母亲将两千块钱塞到李岗手里，一本正经地说这两千块钱是她和李岗父亲的生活费，二老都有退休工资，今后每个月都上交。李岗见问题严重了，说，妈你看你，玉娟又不是外人，一家人吵几句有什么的。过去了就过去了呗，你又不是不晓得她脾气。不早不晚，徐玉娟从卫生间出来了，逮着了最后一句，又看到李岗手上的钱就明白了，情急中说，李岗我脾气咋了？我是不会说话，可我还不是为这个家好吗？金医生听到这儿，呼啦一下站起身，又生气地返回卧室了。

李岗见母亲又生气了，忙赔着笑脸劝徐玉娟，咱们不拧了好不？老吵，嫌不嫌烦啊？

本想打圆场，又没用对字。徐玉娟甩掉李岗的手说，好好好，我烦人，是我的错好不？我走还不成吗？边说边向门口走去。将房门"哐啷"一声带上了。李岗没追，他叹出一口长气倒在沙发上。他觉得这段时间疲惫得身体都不像自己的，只有意识还提醒自己，他还有个负累的躯体。李岗当然知道徐玉娟为这个家好，可……唉！这人与人的关系咋这么难调和呢？

李岗现在住的这个房子是八十多平方米的单位集资房，三间空间非常有限的小卧室、一厨一卫、两个小厅，一家五口勉强够住。考虑到今后儿子成家立业，四年前，李岗和徐玉娟咬咬牙又供了一套九十平方米的商品房，首付十六万元，月供三千元，十五年还清。据说这个小城市的房价高居全国第二，且作为旅游城市今后易涨难降。购房时李岗就算好了，十五年，刚好到他退休，现在想想就伤感。这几年，一家人省吃俭用，自己的工资供房、供儿子上学，徐玉娟所在的地志办算清水衙门，福利待遇还不如李岗，她的工资大部分用于家庭开销和人情世故。父母亲虽有点退休工资却是一年住半年医院，报销不了的那部分医药费也得自己掏钱。其实李岗一直心存歉疚，首付十六万元其中六万元是父母退休后从牙缝里抠食攒下的。做父母的心疼儿子，从前便委婉地表示过二老每月交点生活费的事，李岗一听便火了。平时他对父母是轻言细语的，就这问题不能让步。他不能容忍父母与儿女之间的那份清清楚楚与明明白白。骨子里，他是那种很传统的人。传统到"一家人不说两家话"，他不喜欢那句"亲兄弟明算账"，他觉得家人之间就该有那种不明不白、你黏我我黏你的缠绕。那种黏答答的亲昵物质叫滑膜，有了这层滑膜，亲人间才有了保护、依赖和爱！

现在父母又提出交生活费了，这不是在挖他的心吗？老婆这边又拧。改版方案已确定明天正式上新版……李岗狠狠揪住两鬓又冒出的一层白发。

八

三天前，李岗被叫到曾总办公室谈话。

曾总语重心长地说，老李啊，这次改版是我们报社的大动作，几乎每个版块都有删减和增设内容。专副刊中心也新增了"深读"专栏和"民俗风情"栏目，内容是越来越好看了……我知道你是中文系高才生，原来也在专副刊干过，想来文学文史版你是最合适不过了。经领导会议研究决定，现将专副刊中心的老张和你对调下，希望你们都能支持领导的决定。改版方案已发放到你们各位采编人员手中，这两天抓紧熟悉自己负责的版块，着手筹备，我们的报纸将迎来一个华丽转身。

李岗不知道自己是怎么走出曾总办公室的。开始他怔怔听着曾总的安排，听着听着就有种愤慨。他觉得这些领导简直就是拿他们当猴耍,猴食抛向哪儿全凭高兴! 上次成城辞职他咋说的? 说好的社新部副主任呢? 这才多长时间? 翻脸比翻书还快!

曾总见李岗不说话,呵呵干笑两声,耐着性子问,老李啊,你有什么想法可以提出来嘛。我们再交流。你知道,专副刊虽不比一二版块,却有着举足轻重的地位。有人说,看一张报纸的专副刊,就可以看出这张报纸的品位和水平,我个人觉得是非常有道理的嘛。你要知道去专副刊是领导对你的信任,责任可不比社新部小呀!

这个李岗当然知道。

可李岗现在不想讨论这个问题。他脑海里只是闪过一个很离谱的念头:如果再年轻十岁,他会不会有勇气炒了他?!

当然,这种不靠谱的念头就像被抛向水塘的烟头,很快便入水熄灭了。他做出沉思与理解的表情,说出一句哭笑不得的口号:革命就像螺丝钉,哪里需要哪里钉!

曾总显然对这种宣誓般的表态满意至极,他将一直放在膝头的那本《领导者》小心地放到桌上,眯笑着,悠闲地拍着大腿说,这就对了,老李啊,整个报社,还是你觉悟最高。

都一样是改稿、编版,只要调整一下版面风格需求,应该基本能胜任吧。李岗这样安慰自己。事实上,接手了才发现真是力不从心了。李岗接的是文学版和文史版两个版块,一周一个理论版也放在他这里。这么多年在社新版编新闻,没料到对文学作品的直觉竟日益麻木。还有文史版,更是开不得半点玩笑。没点史籍知识垫底,李岗气都是虚的。过来后李岗凡有时间就恶补史学知识,从中国古代史、现代史、世界史再到历史文献学、史学理论及当地史学民俗学。即便有大学基础打底,毕竟岁月不饶人,学习记忆、理解效果都大打折扣。还有那两位写专栏的作者,一个是市图书馆退休馆长,一个是原州博物馆馆长,都是当地有威望、有口碑的重量级人物。是人物就有其独特的性格,以区别其他庸常之辈而独立存世。于是每篇文稿的交流沟通就出现很多大大小小的问题。原州博物馆馆长,民族腔调特别浓重、语速又快，即便土生土长的李岗听起来都费力，再加上老年人耳背，电话里说不清楚，急了还嚷嚷着不想写了。为一篇千字以内的稿子李岗少不得屁颠颠地跑到老人家里，连哄带捧地沟通索稿；那位原图书馆馆长，严谨治学的态度恐怕很难有人企及，一篇稿子反复验证史实与出处，反复斟酌字词的应用妥不妥当，好多次发稿又撤稿，还有两次稿子已进印刷厂了还坚决要撤回去重改，改回来却只是几个标点符号的问题，差点误了第二天出刊，害李岗挨曾总一顿狠削。

在采编阵地，无论是谁造成的问题，说到底还是采编人员的问题。这似乎是不成文的规定，也是一名有职业素养的"采编战士"应当承受的委屈。新岗位的肉体精神压力、各种错漏处罚的新规、家里婆媳俩没有硝烟的战争、前两天儿子班主任打电话通报的儿子早恋问题……各种问题的挤压，没一个月，李岗便瘦了十多斤，头发更是大把大把地掉。因为工作忙乱、心情焦虑，李岗越来越喜欢待在办公室。与那些重压下急于逃离办公室的同事不同，李岗反而觉得待在办公室、守着自己那一张办公桌才有安全感。

李岗的办公室一向收拾得非常整洁，靠窗一套深咖色镶皮办公桌椅，靠墙一个同色书柜，这个季节一开窗，微风拂面，乳白色印花窗帘轻柔掀动……李岗手握一杯香气氤氲的大毛尖，面前一摞书稿，办公桌前的日子，使他感到踏实。

中午没回家，随便吃了个盒饭，稍微一眯眼，一阵好闻的水果香味飘过，一位黄衣女子在眼前一闪。李岗睁开眼，面前站着李小甜。她是今年刚招考进来的，是 A 版时政新闻记者。李小甜拿着个印有粉色流氓兔的卡通图案的茶杯站在李岗桌前，似乎别有兴致地盯着李岗看，瞅得他怪不舒服的。

李岗装作漫不经心地坐正了身子，问小李，你有事？

李小甜不好意思地笑了一下说，没大的事情。她边说头微偏，顺手将潮湿的头发撩了一下。她应该刚洗过头，几颗零星的小水珠无声地洒来，李岗觉得脸一凉，心颤了一下。

李老师我可不可以写点小散文小随笔投给您的版面？李小甜说完又莞尔一笑，像只鲜艳的香橙，青春得猛烈。

李岗觉得鼻孔发痒了，他的鼻炎总在冬春两季发作，现在他觉得有一股弥漫的香精味一个劲地往他鼻孔深处钻，他的鼻孔翕张、眼睛被刺激得水汪汪的却打不出喷嚏，这种难受只有患鼻炎的人才能体会到。

李小甜见李岗那样子，忙从口袋里掏出纸巾递给他。李岗也顾不得形象，大声擤着鼻子，似乎想要靠这个动作驱散令他颇受刺激的气味。他擤完鼻子，以一名资深老编辑的口吻对李小甜说，当然好，一则可以锻炼你们的文笔；二则虽然文史类稿件不算在绩效考核里，但也可以增加点稿费收入嘛。

学校刚毕业的小姑娘精力充沛。说写就写，没几天，就给李岗交过来一篇感悟类的小随笔。李岗一看文笔流畅、文风清丽，让他不由得回忆起曼妙的大学时光。那期文学版"百花园"正好缺一篇五百来字的小稿件，李岗在一大堆领导分发的来稿中左右挑不上一篇合适的，李小甜这篇一画版，正好填补了右中那个缺着的小豆腐块。就它了，李岗很快画好了版。月底评"好版面"，李岗编的那期文学版赫然名列其中，文史版也得到了曾总的肯定。想到连月以来的煎熬与付出终于得到些许回报，他宽慰地舒了口气。

可没等李岗这口气舒通了，竟然又平地起波澜。那天报社刘副总编反剪着手、踱着方步走了进来。李岗忙让座。刘副总编不坐。他板着脸，一副严肃的模样。他说，李岗老师啊，那周排版是我上的夜班，可没见着李小甜那样一篇稿子啊？莫非是我老糊涂了？

李岗一听便反应过来了，心里直骂自己疏忽大意了。自改版后，新规规定所有来稿必须统一通过报社公共邮箱，由收发室登记后交由带班领导分发，不准再用私人邮箱收稿。编辑、记者其他不在绩效考核的稿件也不例外。李岗没想起这茬儿，忙骂自己马大哈。看来刘副总编是觉得自己权力受侵犯了，赶来兴师问罪啊！

想到这儿,李岗忙不迭地道歉,并表明今后不会再犯。刘副总编见他态度诚恳,便点点头意味深长地说,我们这些老同志啊,做事情更需要稳重、沉着,我们代表的是报社的标杆啊。

听着刘副总编"踢踏踢踏"下楼的脚步声远去,李岗无法克制地骂了一句脏话:×!他的声音很轻,但还是吓了自己一跳。感觉这句脏话不是他骂出来的,而是不受控制地跳出他嘴巴的。他捂住嘴巴,觉得舒出去那口气又游回来堵在胸口了。

自那篇小随笔刊登出来后,李小甜的文学创作热情高涨。她不但经常拿个小稿子来请李岗"斧正",而且李岗还发现她似乎有意识将待在报社的时间调整得与他同步。如果没有采访任务,中午她就会待在办公室搞文学创作,或者跑来找他"讨教"。李小甜这种对待文学的认真与热情让李岗颇为感慨。看到她的青春与鲜艳,看到她尚未被挥霍与消耗的美好年华,李岗便会不由自主地回忆起自己青涩而喧嚣的青春时代。大学时创办的《春水流》学报,半夜翻墙去打的群架,那年代时尚的灯笼裤、潇洒的"一片瓦"发型,那种模仿"古惑仔"酷炫的穿衣风格和不可一世又略显忧郁的眼神。

说实话,李岗喜欢和李小甜待在一起。

他没有更深层的想法。只觉得对于他如今备受捆绑的身心来说,李小甜恰是那股安抚情绪的清风。她可以让处于缄默中年的李岗重回侃侃而谈的青年时代。在水果一样散发清甜气息的李小甜面前,他有一种不想克制的言说欲望。自然而然的,有时讨论到饭点,李岗和李小甜便叫两份盒饭一起吃。如果这次李岗付钱,下次李小甜必然要抢着付钱。这一点也让李岗觉得她和其他女孩不一样。独立、自尊,明晰自己想过的生活。

一向为人谨慎的李岗似乎从未想过这样好不好。在坦诚真挚的李小甜面前,他觉得世俗的规矩都是多余的。因为李小甜的自然,影响他认为他们的交往也是自然的。他没有任何龌龊的想法,也就忽略了别人的眼光,直到流言四起……

因为没做，甚至没想做亏心事，心底那股年轻时代残存的执拗促使他犯了拧。他心说猜吧猜吧，你们这些恶俗的嘴巴，你们越说我越这样。反正不做亏心事半夜不怕鬼敲门。李岗依然我行我素。李小甜也似乎并没有听到那些暧昧的议论，她仍然安静地写东西，积极地找李老师"求教"。又过了几天，曾总将李岗找去谈话。曾总这次直奔主题，没给李岗半点缓冲余地。他一本正经地告诫李岗要"注意影响"，作为报社元老，一身正气才是立身之本。

李岗一眼看到那本《领导者》还翻扑在桌上，至少三分之二的边角已经卷边。心说研究了那么久，也不过如此。你就装吧，作为领导，你那点"正气"够不够教训我们还两说呢。

开始李岗与老张对调，他以为只是曾总照顾老张。曾总与老张是同乡，因为专副刊中心每月版面不如社新版多，相应的绩效工资也就赶不上社新版。老张是那种斤斤计较的人，原来每周多给他编一个环保版一个司法周刊也勉强过去了。现在版面一调整，这两个版都划给另一个编辑了，他当然不干了。

其实李岗想想也觉得感叹。老张今年五十四岁了，干不了几年也就退休了，还这样锱铢必较！李岗想如果自己到了他这个年纪，情愿少干点，省心啊。不过话又说回来，真到老张这个年纪，兴许他比老张还计较也不一定呢。真正使李岗生气的是，那晚谭副主任洗茶杯见旁边无人，悄悄踅进办公室告诉他，老张女儿和曾总儿子正处对象呢。李岗这一听气就不打一处来，搞半天，原来是讨好儿子未来的老丈人啊。

李岗闷着气受了半天训，曾总让他表个态。他干脆说这岗位自己胜任不了，知道他调到文学文史版，还主持理论版，不少喜欢发文章的同学亲戚文友们缠得他心烦。李岗说的是真的，言城就这么大，各种人际关系交织缠绕，你托我托他，有时还掺杂个别领导特批的关系稿，内外单位相关领导的理论文章，各种关系处理不妥当，稀里糊涂就把人给得罪了。

曾总当然明白李岗说的是真话，只是这种时候说，难免摆脱不了负气的嫌疑。当然又是少不了各种软硬混编的安慰与说教，李岗几次想硬起来，终归还是软了下去。他自嘲地劝慰自己：工作繁忙压力大，说明你有能力啊。要有一天被踢去行政部门或收发室了，那些地方事情少、技术含量低、心不累，当然也代表你没有过多的使用价值了。所以从某种程度来说，"被剥削"同样也是种能力啊。

中午校专栏稿件，李岗又没回去。想到曾总的谆谆教导，他关上了办公室的门。他细忖兴许做人就这样。处于眼睛与嘴巴的洪流，如果不想被淹没，就不能随着性子，就得遵循人群相处法则，即便你真的没有违反伦理道德。

刚吃完盒饭，李岗就听到门被敲了两下。很轻的声音，似乎有些犹豫。拉开门，果然是李小甜。李岗心中有些欣喜，又有点顾忌。李小甜手捧着一个塑料食盒，里面装有鲜艳欲滴的樱桃。每一颗樱桃都水灵灵的，看来刚洗过。她将食盒捧到李岗面前说，李老师，吃樱桃。

她的脸上仍然是那种不设防的微笑。月牙形的眼睛水波闪耀。李岗不好意思关门，干脆大开着门请李小甜进去坐。平常在家里，老婆买的水果李岗看都不看一眼。大部分男人都一样，他们将对水果和零食的兴趣全部转移到了烟酒上。

虽然不喜欢水果，礼貌起见，李岗还是拿了一颗樱桃。开始李岗还想着怎样委婉地告诉她同事们的议论，让她今后少来找他。可聊着聊着，共同话题一打开，气氛又融洽，李岗竟忘了。黄红色的樱桃熟透了，核小肉甜，一颗下去，竟一下捕获了李岗的味蕾。原来水果也可以很好吃。聊着、吃着，一颗、两颗、三颗……不大一会儿，食盒竟然快见底了。李小甜望着李岗笑，说他的嘴唇像搽了口红。李岗仔细看她的嘴，也是红的，知道是樱桃染的色，也觉有趣，两人便哈哈大笑。正笑着，老婆徐玉娟突然出现在眼前，两人没听到脚步声。

徐玉娟出现时脸上有一个凝固的笑意。可能没料到眼前的情景。因为太突然，李岗也显得手足无措。他忙迎向徐玉娟说，你怎么来了？徐玉娟生硬地回应，我不该来吗？李岗打着哈哈说，不不，该来，太该来了，正好视察下我的工作。徐玉娟说，正好视察到了。

此时李小甜已识趣地站了起来，微笑着叫了一声师母。徐玉娟微点了下头，皮笑肉不笑地将李小甜打量一番。李岗见状，忙介绍说刚招考进来的记者小李，和我谈下工作。

徐玉娟不置可否，径直走到李岗办公桌前坐下，从报夹里抽出一份报纸自顾自地看了起来。李小甜有点讪讪地，忙向李岗告辞走了出去。

九

晚上回家徐玉娟正在炒菜。金医生坐在沙发上看电视。

她手上的石膏已拆除，复诊后医生说恢复得很快很好，像她这样年龄的老人伤口修复功能普遍缓慢，她属于典型的特例。李岗听医生这样说倒是毫不意外，像母亲这样心气刚强的人，恐怕连身体都不会妥协。金医生看到儿子回来，喜色满溢地朝厨房努努嘴，快去，你媳妇有好消息告诉你。

好消息。加工资啦？发奖金啦？升职啦？李岗打趣着朝厨房走去。金医生在背后追了一句，比这还好呢。

徐玉娟背对着李岗摊鸡蛋，动作比往常舒缓轻巧，不像平时风风火火的。知道李岗进厨房也没回头，从背后看，小自己两岁的老婆也明显苍老了。生孩子前苗条的身材已被厚实且略显臃肿的身体取代，虽穿了视觉显瘦的黑色机织线衣，腰部那圈凸出的"救生圈"仍无法隐身。朝阳的厨房，太阳落山前的余晖打照在她不再光洁的脖颈上，几条深刻的皱纹触目惊心。李岗心里柔软了下来，就有些心疼。他走上前轻轻揽住徐玉娟的腰，这是多少年没有重温过的动作。

徐玉娟愣了一下，挣开李岗，表情有些羞涩和嗔怪。可能不习惯，或还在生中午的气。中午她去医院拿到了报告单，简直不敢相信自己的眼睛，当与坐诊医生反复确认后，她心花怒放了，于是迫不及待地赶到报社想将这个好消息告诉李岗。哪知看到从不吃水果的老公与年轻女孩边吃边乐，这恐怕哪个开明的女人也会吃醋瞎想吧。因为心里有气，李小甜刚离开她便紧撵着走了，李岗不管不顾地追到报社门口也没追上。

李岗讨好地笑说，妈说你有好消息要告诉我？升官发财啦？看来以后得沾老婆大人的光了。

去去去，过时不候。徐玉娟一扭身，走去水池刷锅。李岗见老婆不是真生气，忙嬉皮笑脸地凑上去说，那我等着吃饭还不行吗？徐玉娟板着脸说，饭有啥好吃，还是樱桃好吃。李岗忙检讨自己错了，今后绝不单独和异性聊天探讨工作，也不和异性吃樱桃。徐玉娟本不是那么小气的人，又见李岗话语幽默，忍不住扑哧笑出声来。

李岗见老婆不生气了，又问，啥好消息？快分享出来也让我高兴高兴。徐玉娟有点羞涩，小心地从围裙兜里掏出一张化验单塞给李岗。李岗狐疑地展开单子，是一张B超化验单，他一眼看到最下栏的诊断说明，那里赫然印着"孕期六周"。李岗一看这几个字心就"嗵"的一声往下沉，立马心慌手软头昏眼花。徐玉娟处于极度兴奋中，没觉察到李岗的反常，仍絮絮叨叨地说盼了两年了，想不到幸运真的降临到咱们家了。她倒是希望生个女儿，女娃娃贴心啊。不过无论生什么都是李家的骨血，都和大儿子一样是她的心头肉。

李岗扶住门框，感觉失语了。

他湮没在老婆的憧憬里……

十

这不能怪老婆，说到底，这个事还得怪他自己。两年前，国家出台全面放开二胎的政策，眼看着身边的邻居、亲戚、朋友、同事，一家家都达成了共识，开始了二胎计划。仿佛一夜之间满大街就布满了高龄孕妇，看她们脸上的自豪与满足，他们也动心了。李岗和徐玉娟一直想要个女孩，儿子还小时，每带儿子去游乐园，看到那些扎着羊角辫、穿着公主裙的小可人儿，徐玉娟都要感叹半天。李岗更是满怀醋意，他打趣说儿子是妈妈前世的小情人，女儿是爸爸前世的小情人，你倒幸福了，有个小情人，而我只能羡慕嫉妒恨了。徐玉娟每每总会故意将儿子揽过来亲个够，让李岗又乐又恨。还有电视上那个广告，一个粉雕玉砌的卷发洋娃娃坐在摇篮里，藕节一样的小胖手掐住自己的小胖脸，咬字不清地说：男银（人）总系（是）不顾及女银（人）的感受……每回李岗都看呆了，恨不得手一伸将那小人儿捞出来亲个够。

两年前，徐玉娟去医院取了节育环，原以为水到渠成的事情，哪晓得搁置了多年的肥田荒了瘦了，无论李岗怎样播种都不出芽。为这事，两个"资深"中年人还硬着头皮上省城不孕不育医院看了一回。检查结果是两人没任何问题。医生只给徐玉娟开了些温宫调经的中成药，又嘱咐两人放平心态别紧张，总会怀上的。没想到两年过去了，人家的二胎都已瓜熟蒂落了、走路了说话了，徐玉娟的肚子还是没动静。既如此，两人便抱着顺其自然的心态。时间一长，加上各种千头万绪的忙乱，李岗竟将这茬儿忘脑后去了。

李岗恨不得掐死自己！

实际上，随着起初的热度一过，李岗觉得这个决定下得太过草率。虽然眼见太多头胎十几岁、仍趋之若鹜赶着要二胎的同龄"榜样"，但真轮到自己了，李岗还是要慎重地想一想。他和老婆年近半百还得准点上班讨生活供房，父母更是年高体弱自身难保，这个孩子生下来谁照管？难不成还得花钱雇个保姆，如今紧巴巴的日子，现实吗？最关键是今后孩子的成长和教育怎么办？奶粉钱、学业费、家教费、兴趣班……先别说以后，光是近几个月，母亲跌断手、儿子早恋，报业危机工作大调整，他的健康状况也是每况愈下，颈椎病、牙周炎、鼻炎害得他苦不堪言，已是完完全全断了生二胎的念头了。他是想着找个时间好好和徐玉娟谈一谈的，只是诸事一搅扰……

李岗轻轻拉开书房窗子,夜风袭来,他竟有些站不稳。裹紧外套,深吸一口气,让凉风侵入他的五脏六腑,吹散周身的郁气。已是凌晨一点,徐玉娟和他吵翻后背对他睡着了,也不知是否是真的睡着。他感到一种无声的压抑,自胸口开始,呈放射状向四肢蔓延。一种难以言说的悲伤使他窒息……挣扎着来到书房,他想让自己冷静下来。说是书房,毕竟勉强了些,不过是一个狭小的阳台改造而成,但对于现在的经济状况来说,能有一个独处的空间,李岗已十分满足。街道阒然无声,万物入梦,而他的心,却惊醒着。

这个周五,李岗难得没有版面。跟当班领导汇报了出差采访,李岗到家便收拾好行装。背包、三脚架、反光板以及最钟爱的那台单反相机。虽然现在手机自带的相机花样繁多,但他还是觉得传统的拍摄才叫真正的摄影。五年前他买这台相机,不仅是出于喜欢,还因为他上网查了一下佳能相机的历史——佳能名称源于佛教,公司的创始人是位医学博士,取此名的灵感出自他抬头眺望天空而来。佳能原有一个十分英语化的名字 KWANON,意为观音。目前使用的 EOS 不仅是电子光学系统的英文缩写,也是一位在希腊被称作"黎明"的女神。现实生活中,李岗是个实实在在过日子的人,但也会幻想也有奢望,也相信冥冥之中那些无处不在影响事件发展的幽微所在。李岗相信缘分,就像手中这款陪伴自己五年多的"老朋友"相机,握在手中的那份实在的质感,暗淡的光芒,他甚至能抚摸到它温润而清晰的纹路,每一次全身心地投入拍摄,便是与之默契交流。同样,有时在现实生活中把握不住、无能为力的事情的脉络和走向,他也会冷处理。他觉得冷处理并不是放弃或逃避,而是放到一边,给事物足够伸展的自由空间,让它自己呈现出该有的模样。

第二天天还未亮,李岗便背上行装出发了,他乘坐了最早一班的小客车,一小时后,来到相邻县风景区门外。吕总那辆霸气的烟灰色越野车已守候在那儿了。

一看到他,吕总便哈哈大笑着迎了上来。李岗伸出手和他握手,他却一手接过李岗手上的三脚架，顺势握紧他伸过来的手，将李岗拉到胸膛抱了抱。吕总身材魁梧高大，李岗能感受到东北汉子的直爽热情，这使他有些感动。

说起来，吕总与他已经是很多年的老朋友了。那时李岗刚进报社不久，吕总就来这个座城市开办食品加工厂，辛苦奋斗、积累资产成为本市有名的企业家后，年幼时因家贫失学的他开始热衷于公益事业，捐资助学、救难扶困，李岗为他写过不少深度报道。一来二去，因脾性相投，很快成为无话不谈的好朋友。三年前，吕总又投资邻县这片尚未被开发的风景区，开山修路、搭桥建栈道，很快便粗具规模。吕总将风景区命名为"绝境"。他曾说，取这名有双重含义：一是代表绝佳之境，他要将这块风光旖旎的天然大氧吧呈现给世界；二是与对待生活的态度有关。当你觉得脚下的路崎岖难走，甚至四面楚歌、身临绝境时，来这里看看，与大自然亲密接触，便会发现"山穷水复疑无路，柳暗花明又一村"。当初吕总这样对李岗说时，他深有感触，认定吕总与那些一夜起家的暴发户有天壤之别。吕总有爱心、有情怀，是个名副其实的"儒商"。

这次吕总诚邀，说风景区基础设施已完备，请他来提提意见。这两年，李岗虽疲于奔波尘世，很少与吕总见面，但耳中与之风景区相关的好评却接连不断，景区风光之美、游客之多、效益之好自不在话下。这一天，吕总先带李岗观摩了那个双入口、双出口、占地十多亩的大型停车场，停车场旁还有一个小型停车库，停满了吕总新进的几十辆五颜六色的电瓶车。然后看游客餐厅，田园气息浓郁的装潢、雅洁的餐具、挺直的餐布。再就是游泳馆，天然的地下自涌水，水质清冽并富含多种矿物质。超市、动物园、植物园、儿童游乐场一应俱全。最使李岗惊叹的是功能区居然有一所托养所，里面住着几位孤寡老人和留守儿童，老人在健身器材那儿活动，几个孩子被小阿姨带着玩游戏，嬉笑快乐满院。吕总介绍说旁边这几个村子的农民生活不富裕，人均田地又少，所以大部分劳力都向外输出。虽然他的风景区尽量面向这些农民招工，但始终有个饱和。他建这个托养所是为了解决外出务工农民的后顾之忧，到这里所有费用都是免费的。

山高林密，春来秀色满坡。这一天吕总陪李岗四处游玩，拍了不少照片，最后还到吕总修的玻璃栈道上走了一圈。栈道修在半山腰，阳光下远看像镶了一圈耀眼的裙边。居山临下，蜿蜒在山路的游客小如蚂蚁，半天挪不了一点位置。而群山是那么硕大无朋。举头是开阔的蓝天，飞机也像一只老鹰一样渺小。越看，李岗感觉胸中那块垒在一点点消散。吕总说得对，来这里看看，兴许会提高人生的格局。

山里的夜晚分外静谧，李岗睡在舒适的木屋宾馆里，睡得很踏实。

第二天吃过早饭，吕总带李岗到办公区。仍旧是田园式木屋，门前就是金灿灿的油菜花，山风拂来，花香扑面，蜜蜂嗡嗡萦绕。吕总带李岗走进一间木屋。办公室整洁雅致，各种办公用品一应俱全。吕总说，李岗你只要过来，这就是你的办公室，委任你为办公室主任，负责内外宣传工作，待遇和我手下副总一样，年薪制。李岗心脏猛跳了一阵，昨天吕总就说了，这里副总年薪是二十万元。李岗悄悄算了一下，相当于他三年工资。吕总讲情谊，性格中含有江湖义气的成分。早先就提过让李岗来风景区和他一起干。只是在报社苦恼归苦恼，终归是事业单位，吕总这里是好，可企业的发展完全说不清，终归是没有保障啊。

李岗咬咬嘴皮点点头，没马上回答，说我会认真考虑考虑，尽快给你答复。吕总理解地笑了，说，好的，你回去后好好考虑，有消息就给我打电话，办公室主任的位子先给你留着。

十一

一路上李岗都在考虑吕总伸出的"橄榄枝"。

二十万元的年薪，是否意味着他们有能力要二胎了？不仅如此，在那样一个山清水秀的天然大氧吧里上班，跟着一位有头脑有情怀的老总干，是不是心情都要舒坦得多？兴许，他久治不愈的颈椎病、牙周炎、鼻炎也会好啦。还有他近两个月日益加重的脱发，是不是也会因为环境和心情的改善得到改观。再兴许，他还能重拾年轻时代的"文学梦"……李岗一路上左思右想，想到了利，也想到了弊，班车走直线车速较快时他感觉全身热血沸腾，仿佛回到了敢拼敢闯的青年时代，恨不得马上来风景区一显身手；班车一拐弯走盘山路时他又觉得拿不定主意，各种不确定因素宛若车窗外深不见底的悬崖，令他犹疑不决。班车终于驶进了市区，他决定将这个艰难的选择抛给徐玉娟。如果老婆支持他去风景区，他明早便毫不犹豫地将辞职报告扔给老曾，让他吃惊吧、暴怒吧，让他将《领导者》那本指导范本撕个粉碎，让他平时维护的亲民形象瞬间坍塌。如果反之，他想他会乖乖听老婆的话，明早乖乖地按时起床准点上班，见到曾总仍毕恭毕敬地问好。

回到家已是晚上七点多钟了。儿子上晚自习去了，父亲手拿两个铁核桃不停地转动着锻炼，母亲竟难得地在厨房煮荷包蛋，她将红糖荷包蛋舀到一只碗里，让李岗给徐玉娟端去。李岗突然有一种不好的预感。

果然不出所料，徐玉娟躺在床上流泪。看到李岗进来，怨恨地翻过身去，将后背留给他。李岗放下碗，温存地抚着老婆的背问她怎么了，有啥气尽管冲老公撒。徐玉娟果真呼啦坐了起来，她眼睛红肿泪流满面，先是疯了般拿枕头砸李岗，接着又狠狠在他身上又捶又挠，李岗抓住她的手问，到底咋了，有话不能好好说吗？

徐玉娟哭喊着说，我将孩子拿了，这下你满意了吧，你这间接的刽子手！

听到老婆说出这样的话，李岗一阵阵悲从中来。他想在这点上他还不如夹着尾巴做人的梁方，至少梁方还敢生二胎，他却不敢，眼泪不受控制地奔出眼眶。这是徐玉娟头一次见他流泪，也被吓到了，便投入他怀里紧紧抱住他。夫妻俩就这样相互拥抱着好长时间，直到平静下来。李岗一直看着徐玉娟将两个荷包蛋吃完躺下,又给她掖好被子,这才来到书房。

在书房时他接到了一个电话,居然是曾总打来的。电话那边曾总的声音非常和蔼,他说老李啊有个好消息要告诉你:老张因为胜任不了社新版的工作,请求调回专副刊中心,明天你俩交接一下工作吧。

李岗嗤笑了一声,他觉得生活滑稽得像个小丑。

电话那边又说,老李啊你看自成城走后,谭副又调整,社新部副主任的位置一直空缺,昨天我找几位主要领导召开了一个紧急会议,一致决定委任你为社新部副主任,主抓社新版面编辑工作,明天交接完工作你来我办公室一趟。

李岗没精力去想是不是曾总儿子和老张女儿搞对象的事黄了,所以才导致剧情急转。他只听见自己似乎有点激动地对着电话线道了声"谢谢",又说了一句"曾总晚安"。

现在,他无力地躺在床上,脑海里关于"绝境"风景区的一切已远去,李岗明白,过不了多久,那地方便会如梦境一样远离他的平凡生活。美好的东西,似乎更可能定格于照片里。于是他明白昨天为何要拍那么多照片了,一定是潜意识给予的暗示。而他现在更应该做的是:重新将思路捋一捋,明天怎样交接工作。

李岗想着想着居然有些兴奋了,他打开网上书城,找到那本和曾总一模一样红皮封面的《领导者》,鼠标轻轻一点,很快下了单。

老年记

一

囡囡打来电话,说过年可能回不来了,单位安排值班,又说,董姐,我给你快递那衣服合身不?别舍不得穿,就一层皮!还有美国核桃和糖心苹果,再有两天就到了。核桃健脑,苹果养颜,要多吃……

你钱多啊!一天到晚乱买东西。衣服我有,你买的我还看不上。买啥子核桃?还美国核桃!我连中国核桃都不吃,吃你的美国核桃……还养、养颜!我老娘还养个哪样颜嘛……董芳说话永远一副愤世嫉俗的模样,两条深刻的法令纹下,半撇的嘴唇缝隙像扇不愿敞亮打开的门,所有的音节经过那道"门"都被压扁了,每个字都有了咬牙切齿的意思。董芳年轻时可不这样,说话粗喉大嗓,每句话都能让人看见她润泽鲜艳的牙肉。从什么时候开始呢?最初可能是囡囡爸离世之后,她的笑颜少了,话语少了,像一台音量突然被强行关小的收音机,渐渐都习惯了关小的音量,有时声音突然大一句马上惶恐大出了破音,于是便有意识压低声音。五十岁后,坚硬的物质不再可靠。比如牙齿。董芳门面那几颗牙齿坏了补,补了坏,不知折腾过多少回了。还伴随着时断时续痛入骨髓的牙髓炎。吸进冷气会痛,硌到硬物会痛,甚至大笑大嚷都会痛。久而久之，董芳吸取了经验教训，便养成了咬牙说话的习惯。仿佛这样不惊醒牙神经，自己就能安宁点。

囡囡，妈妈跟你说。个人问题可要抓紧了！趁你妈还带得动娃娃，再晚几年，我也没本事帮你带了……喂？要开会了？嗯，这么忙……挂了挂了。董芳嘴上潇洒地说着"挂了"，似乎还带点不耐烦的小情绪。那是做长辈该有的态度，手上却没动。直到囡囡那边先挂了，一阵忙音传来，董芳才慢悠悠按了下手机键盘。不用着急忙慌的，她有的是时间。她捏着手机发了会儿愣。

下面传来孩子疯跑疯闹的欢笑声，董芳走到窗前，拉开纱窗朝外看。一阵冷风扑面，清洌动(冻)人！她龇了龇牙。她家住五楼，平常院里有个什么动静，都可以一目了然。院子中间有几个年龄参差不齐的孩子追着一个橙色的皮球跑，几个爷奶站在一棵樱花树下聊天。绿化区的樱花树一律朝天举着灰秃秃的枝干，间或吊着几片蔫枯的叶片，没多少生机。不过因了孩子的关系，一切都似乎尽量显得生机勃勃起来。里面有个爷们儿她认得，其实何止认得。想到这儿，她的心脏没来由地"突突"跳一阵。要死啊！她低低嘟囔一句，这句话是骂自己的。她想将纱窗关上，手却扶在窗框上没动，眼光还在盯着那个男人看。男人叫杨升，大家都叫他杨师。他中等身材，穿件短款羽绒服，围条烟灰色呢子围巾，略微发福的小肚腩大方地向外挺起，又因了他笔直的腰板，得体地收回来一些。就这么一张一弛之间，一种被人称为"气质"的东西产生了。气质看不见摸不着，但能感觉得到。它就在那里，再否认你还是感觉到了。她看到男人在说着什么。说就说吧，还搭配上肢体语言。他将双手抱在胸前，一副踌躇满志的模样，腰肢慢悠悠一圈一圈转着。此时他抬起头，似乎望着高楼，董芳担心他看到自己，忙隐到窗帘后面。

他抬头这姿势啊，真像极了那个特型演员唐国强！每回见到杨师，董芳总会这么想，旁边没人时就会说出来了。

她真还听刘奶说过，有次上街他被追星族认错了，追着要合影呢！

真是骚啊！说就说吧！还扭！小心扭断腰呢！董芳撇嘴，嘴里嘀嘀咕咕。这也是她这多年养成的老习惯了，一个人的时候想到什么就会不自觉地说出来，有时还自问自答……那不是花蝴蝶孙奶吗？不晓得听到什么好笑的，把腰都笑弯下去了，你瞧你瞧，右手背还似掩非掩着大猩猩屁股一样的红嘴唇呢。这是她的标配手势啊，真是东施效颦……自己也不嫌丑……

孙奶一年四季都穿花裙子，一副玫红色外框的太阳镜永远不会摘下来！

大晚上也戴着，看得见吗？董芳对着楼底下的孙奶自问。真是骚啊！这俩是真登对！董芳越想越气，"啪"地一下将纱窗合上，气呼呼地坐沙发上生闷气。生了会儿闷气，忽然想想觉得自己好没意思，又扑哧一声笑了。

看看时间，下午五点半，晚饭是吃饵丝还是米线？她先想想。饵丝、米线家里都有，其实她一样都不想吃。

二

真是骚啊！嘀咕完这句骂人的话，董芳甚觉没趣，忍不住自己笑了起来。她还没走到人民公园广场，就听到自己那伙的音乐响起来了。关键这旋律里混入了一个浑厚磁性的男声：

太阳不落脚就痒

哪下才得去跳脚

…………

跺起黄灰做得药

越跳心里越快活

…………

这音律颇有少数民族歌谣味道。当然他们也跳"凤凰传奇"的歌曲：

苍茫的天涯是我的爱
绵绵的青山脚下花正开
什么样的节奏是最呀最摇摆
什么样的歌声才是最开怀……

真是骚啊！听到杨师的声音，心里下意识地骂得痛快，然而这种骂又谈不上完全是贬义。在这个小城，"骚"这个字除了表示喜欢出风头外，也有种承认与夸赞。这是自然，如果没有本事，又哪来的资本去"骚"！仿佛是召唤，董芳不由紧赶几步，心情被一种欣快晃荡着。然而真走到人民公园广场了，她又故意放慢脚步，到后来都有了拖沓的感觉。

负责播放音乐的是杨师，每晚他总是第一个到场，调好音乐和音量，做完热身，悠闲地点燃一支烟，等着队友一一到场。有时就自己营造气氛，跟着音乐抒情演唱，旁若无人的模样气场十足！此时，黄昏的余晖下，打过发油的花白头发向后梳着，一根根油光可鉴。一举手一投足，真是有唐国强的风范呢！虽然现在智能手机非常方便，但他们还是觉得一个大录音机往那一放更有气势。这才是跳广场舞的阵仗呢！人民公园广场上，亭子、石桌石凳、喷泉、绿化带错落有致，像是一个人的五官。每晚都有爷爷奶奶辈的人在这儿活动。有练太极拳练剑的，有练健美操柔力球的，有扭秧歌跳花灯的。他们这队就只打歌和跳广场舞。打歌无非三步一踢腿，是个人就会。广场舞也不难，完全是跟着节奏比动作，只要合拍，就是动作和别人不一样也没关系的。更何况还有杨师、老林、董芳、刘奶、孙奶他们几个跳得好的在队伍前领跳呢。大众娱乐嘛，不就图个开心！又不是比赛，搞那么专业就失去乐趣了！

董芳拐过那棵四季都开不败的缅桂花树，将水杯和小包放到石凳上。他们这伙人是所有娱乐项目里人数最多的，早些年打歌音乐一响起，别说一旁围观的，有时就是骑车过路的，也会扔下自行车加入进来，董芳大致估算过，最多那晚打歌人数都有上百人呢！就这么里八圈外十层，认识不认识的都牵着手，认识不认识的都步调一致，认识不认识的都喜气洋洋。仿佛人间的大事就只打歌这一件事。不过这都是前几年广场舞才兴起时的事了。董芳想起一句话：靡不有初鲜克有终。玩也是需要耐心的。董芳退休前是小学教师，就是现在也喜欢用这些名言警句归纳总结人生。平时他们经常一起跳广场舞的，也就那相熟的四十来个人。董芳走过去时，看到场地里不过来了三五个人，围成一个小小的包围圈，热身般地随意比画着动作。

杨师看到董芳来了，忙笑眯眯地迎了上来。用英文打着招呼，颇有欧式做派。董芳一听英文，就觉得鸡皮疙瘩都起来了。杨师儿子在美国，有时他们用语音发微信消息，也是将 hello、ok、goodbye、why 掺杂在普通话和方言里讲，真是土洋结合混合三打。有些人也听不惯，冷嘲热讽地说他几句，他也不在意。不在意就对了！好比一个人站在高处往下看，目光必须是温和的、宽容的，那样才是才德配位，人家才会说你是"高姿态"。特别是退休老人相处，有的是曾经的领导，有的是曾经的权贵，稍不留神就会得罪人。所以"姿态"很重要。

杨师戴着顶扁扁的贝雷帽，大步流星走过来的姿势很潇洒。他笑眯眯地说：hello，小董，你终于来了。身体好些了吗？董芳听到这句话，心头热了一下。自那晚她从纱窗看到杨师和孙奶聊天那么欢快，便像伤风感冒了一样。之后杨师和刘奶都相继给她打过电话问候病情。伤风感冒哪有一两天就好的，所以硬撑了一个星期。

躲开躲开，不是痊愈中吗？董芳半撇着嘴说话，杨师手头的烟还是有意无意地入侵了一下她防备严密的"门"，不知是旧疾还是烟呛，董芳"咳咳咳……"地咳了起来。

Sorry,sorry,I'm sorry.杨师哈哈大笑着，将香烟摁灭在一旁的立式烟灰缸里。杨师性情爽朗，每次见到董芳更是格外爽朗。

男人这么绅士，倒是轮到董芳有点不好意思了。但她那张教师级别严厉惯了的嘴怎么忍得住：我说你啊，别总土狗学洋狗叫了好吧！怪怪的。说完自己却先笑了起来，像是说了个笑话。杨师却愣了愣，也大笑起来，比董芳还笑得夸张。连紧贴头皮的花白头发都笑得一颤一颤的。董芳顿时有点怜惜他。

打跳开始了，几个跳得好的领军人物围在最里一圈，杨师一手牵着董芳，一手牵着孙奶，两年前孙奶还没来时，孙奶那位置是刘奶。所以大伙都打趣杨师是生在花丛中、万红丛中一点绿，杨师似乎很受用这样的话，说：红花就要绿叶配。再说得糙些：就是，鲜花插在牛粪上，这也是真理！大伙嫌弃地"嘘"声一片。就是嘛！如果没有牛粪的养分，花又咋会鲜得起来！大伙恍然大悟，狂笑中对杨师的理论大为佩服。

董芳侧脸偷看杨师，他打跳时那个状态，简直不要太好哟！全身柔软放松，背部挺直、髋部灵动、腿部有力，如果不看他的头发和浓重的眼袋，完全就是个活力四射的年轻小伙子嘛！无论是他转身踢腿，还是朝前丢手，都有一种强大的带动力与号召力，遇到节奏感强烈的"号子"，他还会跟着唱：啊啰啰！啊喂喂！嗨！嗨！跳广场舞时就更不必说了，队形变换成队列模式，杨师、董芳他们几个一人带一队，没有了前后左右的束缚，杨师更是动若脱兔，每一个动作不是"到位"可以形容的，而是"出位"。那时他的舞姿已不能用跳得好来形容了。唯有"妖娆"。他将身体舞成了连绵起伏的群山，舞成了涟漪不断的水波，舞成了巨浪滔天的大潮，还有百兽齐欢的动物园……无法形容！整个一广场舞的灵魂人物！

散场时嘈杂混乱，董芳磨磨蹭蹭让别人先走。果然，杨师挤到她旁边，说小董你等我一下，有个事。董芳做出不耐烦的神情，又学着小女孩撒娇的样子"哎呀"着轻轻跺了下脚，以此强调她的不耐烦。杨师呵呵笑着，小跑着过去收录音机。

傍晚八点半左右，农历冬月的季节，风城绵延不绝的风劈头盖脸地打来,挺冷的。杨师将收音机放在马路牙子上,作势要脱他的羽绒服给董芳,董芳心头涌起的小甜蜜,很快就被看穿了他的"作势"的冰水冻结,于是出口的话也就冷冰冰了:行了行了,就别再装腔作势了!有哪样事?快直说。

杨师停下脱羽绒服的手,脸部神经质地跳动了下,又很快重新将羽绒服穿好。边穿边哈哈笑着说:小董啊,你看你这么直接,哈哈……是这么回事,前两天你没来,大伙商量去临县过樱花节呢!去吧,咋样?

我?就不去了吧……董芳沉吟着,她想的是要做做姿态。实际上错过外出活动的机会,她想不出这一天天要怎么熬。

哎呀,你就去吧!大伙一块出去,有说有笑的,好过你一个人躲家里发呆。杨师怂恿道。

董芳没吭气。心想:对了,杨师,你再劝劝我。

拼五百元!两餐饭,一个篝火晚会,还睡一晚,妥妥的值了!杨师掰着手指头给董芳算账,董芳看谱摆得差不多了,可以下台阶了。

呀呀呀!不就拼五百元嘛!要不,我帮你出……杨师貌似等不及了,又作势掏钱包,董芳这回不能好好下台阶了。她得改乘溜索,那个快啊。当然也就顾不上形象优美了!她匆匆掏出自己的钱包,抽出五百元塞给杨师:不好好说话只会放屁!给你,这是我的份子钱。

说完踩着回力鞋朝前冲,杨师不急不躁,"嘿嘿嘿"在后面笑得欢快。

三

其实早几年,董芳对杨师的态度可不是这样的。

那时董芳被人称为"小董"还应得理直气壮,她当然可以理直气壮。那时她还不到四十岁。不像现在,仅长她一岁的杨师称她"小董",多少都有点故作关爱的意思。

杨师总说他们俩是认识了"两辈子"的人，可不是两辈子吗？那时董芳没了老公，像一块刚被人翻过的好地，散发着泥土的芬芳，然后突然一下就被晾在一边了。籽是撒过了，出过一茬庄稼，那就是囡囡。可是从此地没人翻了。董芳二十八岁才跟囡囡爸结婚，从打算结婚开始，未来的计划都是三口之家的计划。囡囡才十岁，她爸就被车祸带走了，三口之家一下少了一个人，就像具有稳定性的三角形突然塌陷，董芳不知道接下来怎样撑起塌陷的那一角。杨师就是那个时候出现的。他目睹了她的手足无措。认为有义务盘下这块好地。

　　他住小区东楼，视角上刚好与她住的西楼遥遥相望。在他搬进这个小区之前，住的是古城的海景房。离婚后他净身出户，挥一挥衣袖不带走前妻和儿子。不久后前妻卖了车、房也轻轻地走了，挥一挥衣袖带儿子飞去了美国。这便是他的前半生了。时间像把杀猪刀，稍微发愣我们就躺在它下面苟延残喘了。快活快活，可不是就要快点活吗？杨师顾不上对前半生唏嘘感叹，而是迅速编写了第二幕，物色好了出场人选。当然在女主人登堂入室之前，他还得对她进行一番综合考核，以便相互能知根知底。谁说这就不是成年人之间的约定俗成呢？董芳当然明白这个"考核"的重要性！然而她还是"卡壳"了。或许就是因为她很清楚这个重要性，才在杨师斗志昂扬想要大干一番时翻了脸。她将杨师掀下床，冷着脸对他说：我还没考虑好。

　　直到今天，董芳也记得杨师当时的反应。他居然没有正常男人的难堪与气恼。而是忙不迭地说着"没关系，没关系"。他嘴唇的弧线像女人的一样轻柔，唇色时常保持润泽和粉气。两条深入鬓角的眉毛如烟似雾，整个气质都很接近京剧里阴柔的旦角。这样的男人不是用帅来形容的，而是漂亮。他轻柔地说着"没关系"，语气里的抱歉胜过了董芳。他穿衣服与他脱衣服一样迅速。董芳将被子蒙到脸上，却从虚处偷看他。他很快穿好了衣服，回头对着被子下的董芳说：那我就先走了啊。走了两步，出门前理理衣服，居然从裤腰后摸出了董芳的紫红色内裤。他走回来，把董芳的内裤放回床上，还一板一眼解释道：

喏,你的裤头。然后走出去,轻轻拉上门。董芳要臊死了。

这之后很长一段时间,董芳都不敢正眼看杨师,总觉得一笔债是欠下了。然而杨师好像不当自己是债主,每次见面还是笑眯眯"小董""小董"地喊着,这让她恍惚那晚的事情是否真的存在过?平心而论,杨师性情开朗、才艺多多,退休前是一家机构的风险评估师,专门给企业做评估资产和信息风险。风险评估师呀!那可是全脑力、高智商的工作,容不下一丁点的滥竽充数!这听起来就很高级,像别人对他的称呼一样:年轻时是小杨师,上了年纪是老杨师,反正都是"师者尊严"!不像一般人,年轻时是小杨,老了只能当老杨。事实上,十九年前的董芳并不是没动心,而是为了囡囡。她认为囡囡一直没从爸爸离世的打击中恢复过来,她不想再让她经受另一重打击。她想的是:我家囡囡兴许大一些就能理解了,今后我和她说,一定会得到她的祝福的!她初步将这个时间定在囡囡初中毕业。这个计划她没和杨师说过,在她眼里,杨师这么多年好像只和她表白过。像这样沉稳的男人,不会那么快的。

时间很快就走到囡囡初中毕业了,她成绩不好也不坏,考上了本市的普通高中。董芳买了酒和烧鸡,又做好一桌菜。她想补偿五年前没让杨师做成的那件事。其实说白了就是五年后她已经考虑好了。可是这个话不好说,幸亏成年人之间有些不好说的话是可以不必说的,做就可以了。然而不包括做梦。事实是,她不单是做梦想不到,还被梦魇住了。因为杨师饭也陪她吃了,酒也陪她喝了,就是没和她做五年前没做成的那件事。原因是杨师告诉了她另一件事:我要结婚了。杨师大着舌头说:小、小董,我要结……结婚了。对方带着个八岁的女孩……这个房子出、出租了。你、你和囡囡好好过。我祝福你们。说完将最后一杯酒一饮而尽,歪歪扭扭出了门。临出门,杨师仍不忘回过头来,小声小气地对她说:那我就先走了啊。然后像五年前那样,轻轻拉上了门。

后来,每每和囡囡提起这件事,那丫头总吊起一只眼斜睨着她妈:董姐不是我说你,你这辈子啊,就吃亏在太以自我为中心上了! 囡囡梅花鹿一样修长的光腿搭在沙发扶手上,戴着一只耳塞边听歌边点评她妈做人失败的原因。一副历尽千帆的过来人模样。她从小就喊她妈"董姐",开始是不懂事学别人喊,后来喊成了习惯,干脆不改了。她剪着干净利落的板寸,做事和说话也如她的短发一样简洁有力。

你这死妮子,还教训起你妈来了! 每回董芳总是咬着牙,牙疼般从缝里吸着气臭骂囡囡一句。心下却"扑突突"跳个不停。或者囡囡说的也不错。若不是当初她眼红别人家的老公下海淘到了金子,硬逼着囡囡爸丢了国企金饭碗去跑出租,囡囡爸恐怕也不会出车祸吧? 一样的,若是当初跟杨师挑明了等她几年,恐怕杨师也不会另结新欢吧?她这个文学爱好者啊,从文学青年熬到中年,再到老年,好像从来都没走出自己的象牙塔,总天真地认为每件事情都会以自己想要的方式发展和结束……

然而世界上所有的事情,有它自己的运行轨迹。

杨师的故事并不是:从此,杨师和他的第二任妻子过上了幸福的生活! 他的版本是:结婚没几年,妻子突发脑梗,抢救回来后就此坐上了轮椅,为了照顾妻子,杨师早早内退,这一照顾,便是整整十四年。去年妻子病逝,杨师处理完后事,重新收回了出租的房子。

听说这里快拆迁了啊,还是住这里踏实。嘿嘿! 这是杨师和他们广场舞队友说的话。完全一副小市民的算计。董芳心下却是不信的。她晓得杨师在美国的大儿子非常有出息,不但是一家大公司的销售代表,找了个洋媳妇,每月还定时给杨师卡上打一万美元。钱的事,在他那儿就不是个事!

这么说……董芳一往下想,就有种"命运到底还是这么安排"的感慨。然而这种想法又落不到底,像是天上的浮云,随时变幻着形态。有时一阵风就会将它吹散。董芳的不确定是有根据的。再搬回来的杨师还是从前那个杨师,然而又不是那个杨师了。从前的杨师,是短跑运动员,目标很明确。如今的杨师,只是户外发烧友,没有确定性目标,哪儿风景好就被哪儿吸引,完全没有要求和原则。"第二辈子"跟董芳认识的杨师,就是一只翩翩起舞的彩蝶,不但和每一个同性打成一片,更是与每一个异性打得不可开交!正当你激动地预备着"山雨欲来"时,他又潇洒地翩翩然飞走了,让你摸不着他的频道。

一冷一热,牙齿都受不了,更别说人了!董芳的情绪就是这样被搞坏的。

四

每年十一月底,临县都要搞一搞樱花节。

樱花节搞在樱花谷,名副其实。一到这个季节,樱花谷漫山遍野的樱花,红的粉的白的,从山顶开到半坡,又从半坡蔓延到谷底。人看花花也看人,两相观照。一切有为法,如梦幻泡影,如露亦如电,应作如是观,《金刚经》如是说。这是董芳第二次来樱花谷,第一次是两年前和几个老姐妹,那时还没有当一个文化旅游项目搞起来,散客三三两两,又是节令不对。已经早过了看漫山红遍的大好时光,到了绿肥红瘦的时候也就没有看头了。她们吃了顿自带凉米线,草草拍了几张照片发发朋友圈就回去了。那是"到此一游",但照片发在朋友圈也不能敷衍了事。先找对背景,再是方位,后是作为主体的人的姿势,光姿势怎么行呢?还得搭配表情,好了,这下打开美颜相机……不不,有了表情,道具也少不了啊。对了!丝巾就是最好的道具。这次男女搭配很和谐,十六人报名的,恰巧八男八女。八位女士恰巧都围了丝巾。约定俗成般,女士们解下脖子上的丝巾,开始现场超常发挥,开始集一下思再广一下益,开始丝巾绚丽缤纷漫天飞。她们借助风力,先是在樱花树下拉出五星彩旗,又织出七色彩虹,又变出连绵起伏的海浪。接下来各自用丝巾包住自己的头矫情一把,披在肩上装一装"文艺范儿"。男士们除了"咔嗒咔嗒"手机快门按个不停,抽空也凑上来和女士们合拍两张。所有男士数杨师最潇洒,八位女士他一个都没落下,

——与她们单独拍照,和董芳合影时,他大方地揽住她的腰,凑近的头差不多快贴她脸上了,一大股发油味好闻又难闻。离得太近,侧脸就能看到几块铜钱大小的老年斑,从额角排到脖颈,邮戳般,是岁月的明证。董芳还闻到一股气息,那是年轻时没有的。后来琢磨出可能就是某些文学作品里描写的"老人味"了!坚果装久了还有哈喇子味,人也一个道理。不知是杨师还是她身上的,那股时有时无的不明气息让董芳有点恐慌。然而拍照时,杨师还是凑在她的耳朵旁和她说了句悄悄话,杨师说:阿芳,你还是要多笑笑,你笑起来多好看呀!牙齿像大白石榴籽一样饱满!这是杨师头一次叫她"阿芳",亲昵但不矫情。董芳突然眼眶有点热。

一个上午很快就愉快地过去了。午饭是在谷底"美食一条街"吃的,黄焖土鸡,配生态青菜打糊辣子蘸水。吃得老头儿、老太太们一个个红头赤耳浑身汗,像洗了个桑拿,周身通泰!吃完逛民俗文化区,先观赏彝族"跳菜"表演。跳菜是民间一种集舞蹈、音乐、杂技和饮食为一体的传统饮食文化。上菜者各个身怀绝技,将装菜的桌子顶头上、扛肩上、咬嘴里,行云流水稳稳当当没有泼洒,人群里不时爆出一阵阵叫好声和拍掌声。

这个临县呀,被命名为"中国跳菜艺术之乡",还入选了国家级非物质文化遗产名录呢!杨师不知何时挤到了董芳背后,笑眯眯地向董芳介绍。其实这个董芳知道,这么大的名头,这么小的所属州,好事坏事一阵风就灌耳朵里了,谁不知道呢!但并未像往常一样回怼过去,只是轻轻咬着牙浅浅含笑。这就是她心情不错的表现,杨师很会看眼色,又进一步说:可惜这个只是表演,加入了不少形式上的东西,不够原生态。等以后有机会,我带你去乡村宴席实地体验一把,嘿嘿,那个才有意思!

谁要和你去了,老孔雀!我是你的谁了?董芳发觉旁边一对小情侣在看他俩,仿佛是在猜测两人的关系。顿觉有点尴尬,便嗔怪地轻轻一跺脚说。老孔雀在这地方是自作多情的意思。不过最后关键的那句是董芳偷偷加的,像是要问个究竟,真问了又怕对方听见,所以是小声嘀咕。杨师看到那小情侣听见董芳骂也跟着笑,还咬耳朵说悄悄话,但他没难为情,仍旧像往常一样,嘿嘿笑着说:哈哈你看你,还是那么直接……不去就不去嘛!

听到杨师这么说,她又失落了:干吗不再厚脸皮一点?你不晓得女生是要哄的吗?想到"女生"这个对年龄有硬性要求的词,她面部发烫了,近六旬的她,还算得上是"女生"吗?就是加个"老"字在前面也嫌腻得慌!她生怕一旁的小情侣猜到自己的想法,于是看表演的心情一下就没了。

董芳退出人群左顾右盼,看到刘奶和另外两个老奶围在剪纸表演区,那几个手法娴熟的表演艺人,剪刀像是她们手的延伸,上下左右几个拐弯,拆开一看便是个"福"字,便是个"年"字,便是个"喜"字。还有更绝的,打开便是连在一起的"连年有余""新年快乐""吉祥如意",或是梅兰竹菊和高山流水的套画。快过年了,几个老奶一人挑了一堆剪纸,自用也送人。刘奶年初刚当上奶奶,还是一对双胞胎的奶奶呢。所以另请剪纸艺人剪了一对福娃。董芳先挑了个"新年快乐",想想又挑了一对红双喜字,刘奶眯缝着亮亮的小眼睛打趣:不会是你家姑娘要办喜事了吧?我们可等着吃喜糖了。刘奶人长得富态,大白桃似的大脸盘子,盘里装着肉嘟嘟的嘴唇和鼻子,像两颗多肉植物。一双不大的眼睛黑眼仁多过白眼仁,显得精明灵气,没有一般胖子给人的痴憨感。

囡囡办喜事!那还是没个影的事。董芳心一跳,嘴里淡淡说着,扔下红双喜字就要走。是啊!如果囡囡不办喜事,她挑红双喜字干啥子?董芳潜意识在想什么?不然她的心跳个啥!

刘奶却是不依不饶,帮忙付了钱,乐颠颠地追了上来,一把将红双喜塞董芳手里:你没听说过吗?这个叫"招福",和垫窝底让母鸡下蛋的那枚蛋一个道理。招一招,就会来得快一点!

董芳抓着红彤彤的红双喜,心又没来由地跳了跳。

五

她们几个老奶，逛完了剪纸区，又去逛刺绣区。刘奶给双胞胎孙子买了一对纯手工口水兜，董芳看中了一对鸳鸯戏水的枕套，八百元，贵是贵了点，但也是有道理的。民间工艺嘛，又是纯手工。咬咬牙还是买下了。这回刘奶没再打趣她，都赞叹手工好，买得值。董芳也没多想，只一股脑儿归给囡囡了：这东西好！留着给囡囡。

等一群人绕到土特产专卖区时，董芳想起了囡囡寄来的美国核桃。想不到美国核桃那么小，还没有临县纸皮核桃一半大，还是椭圆形，咬开没多少仁，真是摆设品。这里时兴核桃蘸着蜂蜜吃，说能润肺止咳。临县的百花蜜一直很出名，董芳打算买一点。

这可巧了，等她们挑中一摊挤上前去，才看到杨师和孙奶也站在那里买蜂蜜。刚才人多，又只顾看摊位上一罐罐的蜂蜜和一盆盆连巢割下来的封盖蜜，没注意人。要是早看到了，才不挑这摊买呢。董芳任性地想着，嘘着气捂着嘴。可能照相时笑猛了吸进了寒风，这回是真牙疼了。杨师看到几个老奶，潇洒地抬手打招呼，还是"hello"打头。hello美女们，买蜂蜜啊！

哟哟哟，还美女呢！臊不臊啊！董芳没理杨师，冷着脸自顾上前看蜂蜜。几个老奶却对这个称呼十分受用。她们围上来看杨师和孙奶买的蜂蜜，叽叽喳喳议论着蜜的品质。董芳挑好蜂蜜，打开手机要付钱。

要不我来吧，小董？杨师呵呵笑着，掏出手机要扫二维码支付。他那做派，很容易就被别人看穿了。其实大家也都心知肚明，不过是男人为显绅士风度的必要表演，女人都很懂事，更何况她们这种老娘级别的成熟女人，客气推辞掉就完了。不过董芳心却一横，嘴里说出来的是：好啊！你来就你来，谢谢你啊杨师。说完抱着手站一边，好像不关自己的事了。

杨师可能没料到董芳会这样说，先愣了一下，然后真将手机打开,要去扫二维码支付,嘴巴里说着"好好好我来,一罐蜂蜜嘛……"当然最后董芳没忍心让杨师躺枪。虽然他的钱不是个事,但那是他自己的事。自己是他的谁呀?为什么要他不明不白的送礼物呢?不过当她付完钱没几秒钟就后悔了,因为孙奶看她自己付完钱,居然故作娇嗔地对她们几个说:这个杨师啊!真是客气呢!不要不行,硬要给我买这罐蜜。说是多喝可以美容养颜!我们这些老娘,还养个哪样颜呢?孙奶边说边哧哧地笑,还像女孩子一样用手背似掩非掩着大猩猩屁股一样的红唇,脸上浓重的白粉在阳光下笑出了裂缝。

冬季山上的夜晚很冷。客服部晚饭给游客准备了羊汤锅米线,羊肉性热,适合在山中吃。吃完了在空地处烧起一堆篝火,等火旺了起来,身着少数民族服饰的工作人员把芦笙吹起来了,拉着手跳起来了。打跳还不比吃饭说话简单!杨师就蠢蠢欲动着想要操练。他邀同伴一起上,又来拉董芳。董芳一抬手一偏身,没让杨师手搭上自己,倒让晚饭时喝了一杯苞谷烧的杨师差不多扑了个空。不过杨师没生气,他仍是那副笑嘻嘻的语气和脸孔:哈哈,你看你小董,不跳就不跳呗。杨师自己跳去了,左手孙奶,右手刘奶。热腾腾的篝火将他的脸孔映衬得红艳艳油亮亮的,火光下他看起来又减了十岁。他那喜滋滋的神情,在生着闷气的董芳看来就是一种炫耀。看了一会儿,董芳甚觉没趣,便自己先回旁边的宾馆了。

山上的热水有限,董芳草草泡了个脚,便窝到被窝里刷微信。她今天还没来得及打开朋友圈。这一打开,便被樱花节的各种照片和视频刷屏了。配文无非是各种"岁月静好""老有所乐""不是世界缺少美,而是缺少发现美的眼睛"之类的陈词滥调鸡汤文。她找到"从前的月亮",那是杨师的微信名,他今天只发过一条朋友圈。那条九宫格图片的朋友圈,第一张照片是他们十六名队员的集体照,从第二张开始到第九张,依次是他与八名女士的合影,不偏不倚,看不出什么名堂。不过那句"有志者事竟成"的励志名言,就是为董芳这样执着的人存在的,她还真发现了些许名堂。她发现杨师将跟她的合影放到了集体照后面,也就是与女士合影的第一张,而与孙奶的放到了第二张的位置。另外只有他揽着她的腰,其余的他通通只揽着她们的肩,这又是说明了什么?董芳心里有些甜蜜了。想了想,她又去翻孙奶的相册,孙奶一直被屏蔽在"不看她"的范围,像是被打入冷宫的宫女,探视或放出,只有自己有权利。这让她莫名有种优越感。当然,谁又敢保孙奶就不这样对她?或许就是彼此彼此吧。

孙奶朋友圈历来很活跃,每天少不了发个十条八条。各种摆拍各种秀,生怕别人不知道自己过得很精彩!今天更是无底限地各种晒,这种鄙夷像是俄罗斯套娃,董芳又加上一层。

真是骚啊!这个老妖婆!董芳看着孙奶搔首弄姿的摆拍,牙根恨得生疼。特别是当她看到孙奶的最后一条朋友圈时,她的牙都差不多快被咬碎了。那条朋友圈只有一张照片,孙奶站在土特产专卖区前,笑意盎然地将一罐蜂蜜举到脸颊边,那个亲昵模样,仿佛那罐蜂蜜就是她的情郎。配文还很酸牙:你赠我一罐甜蜜,我许你半坡绚丽。

瞧瞧瞧瞧,什么意思呢?表白?私定终身?

孙奶戴着玫红色边框的墨镜,烫着枣红色的钢丝发,像小女生一样用束夹高高束起来,乍一看是精神了很多,不过还是与她想要装嫩的想法背道而驰。因为发量稀少,束发反而暴露了缺点。两鬓就像退潮后的水位线,只留痕迹,没有头发。绷紧的发根更是让她头顶森白的头皮大面积曝光。再加上那张调色盘一样的浓妆脸,圣诞树一样的着装……哦!天哪!这让董芳尴尬症都要犯了。

董芳扔下手机发了会儿愣,又忍不住抓起手机继续看。孙奶这个人怎么说呢?不好形容。如果真要找个词,那就是"夸张"。是的,孙奶为人做事总给董芳一种用力过猛的感觉。那不就是夸张吗?比如老年人就得有老年人的装束,总不切实际,扮嫩,往往就会适得其反!可是,为什么孙奶总有一种莫名吸引人的东西?董芳拧亮床头灯,认真地盯着孙奶的照片看,这回她终于还是承认了。孙奶的身材在同龄人中真是保持得非常好!匀称的腰身、平坦的小腹、苗条的小腿。要说她还长董芳几岁呢……董芳下意识地捏捏自己小腹上的脂肪层，有点莫名嫉妒，也有点隐隐羞愧。

她又翻到孙奶与蜂蜜的那张。美颜相机都把熟人拍成了陌生人，不过还是能看出那些难以遁形的线条。因为修图时注意力多半集中在面部，忽略了脖颈和手背，这两相一对比反而更加触目惊心了！孙奶脖颈处两道深刻的颈纹赤裸裸地就暴露在那儿。红绿相间的丝巾歪了，原本用来遮挡的大花结无意中移了位。顺下来，便是那只举着蜂蜜的手，手背皮肤粗糙，又因太瘦显得青筋暴起。那根跷起来的小拇指，指甲根部有一块乌黑的瘀血。那是长年累月的东西，不会好了。孙奶原来讲过，那是年轻时在生产队做工弄断了指甲，再长出来还是瘀血不散。看着看着，董芳觉得一些尖锐的东西开始溶解，另一些柔软的物质浸润了她的内心。董芳想，幸得有美颜相机，它淡化了岁月的无情。所以，真实不真实，倒是没必要细究的了！

晚上九点多钟，山上的电视没装宽带，调来调去就那两个台，没多大看头。董芳好像打了个盹儿，深入骨髓的寒气还是让她惊醒了。一骨碌坐起来，心脏"怦怦怦"跳个不停。现在牙疼转移到了头疼。她轻轻揉着太阳穴，想不起来今晚的降压药到底吃没吃。常年服药就这样，各种后遗症，连记性也不好了。披上棉服，她从包里翻出美托洛尔片和硝苯地平缓释片，这是她每天必吃的药。又从热水瓶给自己的水杯续上热水，把美托洛尔片吞了。想了想，又把硝苯地平缓释片放回包里，重新翻出两颗血塞通滴丸吞吃了。她的包就是个药包，除了药还是药。晚上多喝了两口羊汤。她咕噜咕噜一口气将吞药剩下的水都喝了，还想再接一杯，又不愿再下床。

要是旁边有个人，那该多好！这样想着，口里也就说了出来。是的，就是这个人再窝囊再没本事，可他会在你生病时给你倒杯热水啊……这一说出来，董芳就觉得很委屈，不知怎么的眼泪就唰唰地淌了下来。楼下传来说话声，夹杂着嬉笑声。有个男声还阴阳怪气地唱了一句少数民族的调子：阿小妹，弦子弹到你门前，咯是喽啊依哟，咯是喽啊依哟、哎呀么依嗨哟……是杨师,他搞怪的音调逗得老头儿老太太们哄堂大笑。董芳看眼手机,已经晚上十点半了,你们倒开心。她撇撇嘴,扯张纸擦干净眼泪鼻涕,一时间倒为自己的表现有点难为情起来。都说人在生病时最脆弱,真是这样呢!

楼下的人站定了说话,董芳忍不住,便起身立在窗旁看。老头儿老太太们都走得差不多了,只剩刘奶、孙奶和杨师还在楼底下站着说话。也不嫌冷,董芳又撇撇嘴。这会儿只听刘奶嬉笑着跟两人打趣:去吧去吧,这附近走走,我就不当电灯泡了……呵呵呵。

董芳才装睡下,就听刘奶开了房门进来了。一路阿芳阿芳喊着说:快起来主办方给送了羊汤暖胃,我给你带了一盒,还热乎着呢!

近前来看见董芳睡着了,呼吸均匀、一动不动,便放低音量自语说:睡了? 这么好的羊汤不能浪费了,我喝?

董芳当然没睡,她气刘奶对杨师和孙奶的盲目撮合,简直是乱点鸳鸯谱! 还"不当电灯泡",也是老不正经! 但她更气的是当事的那两人,一晚上还聊不够? 还想连夜研讨? 真不怕被冻死!

六

樱花节回来,好几个老头儿、老太太都病倒了。

刘奶喝多了羊汤,回来腹泻不止,接着诱发了痔疮,屁股都挨不得板凳,真是受够了活罪。老曹最惨,回来第二天便摊上了心梗,幸而抢救及时,做了心脏搭桥手术,不过这以后就得终身服药了。其余几个多是伤风感冒,孙奶最严重,嗓子都是哑的。吃了几天中药不管用,只能三天两头跑医院输液。董芳暗想:大半夜的还跑出去风流,不病才怪呢! 当然她自己也没能幸免,多吃了一次美托洛尔片,导致血压骤降,回来后天天医院挂床调血压,好不容易才稳定下来。

要说这也是不幸中的万幸! 她撇着嘴,轻轻咬着牙嘀咕。她这个模样法令纹就特明显,瞬间能老去四五岁,为此囡囡总打击她。可她改不了了,老就老吧!这不正往老的路上走着的吗!她回忆起多年来,凡是拿不定主意的事,她都养成折中的方法。如果那晚再将硝苯地平缓释片吃下去,可能都过了"头七"了呢!想到这儿,她无端地打了个冷战,又想起一个高中同学,前年跟团去马来西亚旅游,途中突发心梗去世,遗体都运不回来,最后只有火化了才回的家。唉,他们这些老年人啊,像是要抓住末尾的时光,在人生的最后一程再潇洒一把。可是董芳想的却是走夜路时人多壮个胆!也许很多老年人与她的想法是一样的吧。

最让她吃惊的是,杨师居然没事,他不是半夜还在大山上谈恋爱?这太不公平了吧?平时杨师身体就好,既没有老年人常有的"三高"、冠心病,也没有颈椎腰椎的问题。偶尔伤风感冒更是不管不顾,随便几天病毒就能自生自灭。为此别人总向他讨教,他也一点不谦虚,逢人便说我是风险评估师嘛!人生在世,先要评估每个阶段面临的风险……啊,再评估风险概率和可能带来的负面影响,然后确定你承受风险的能力……当然,最重要的还是拿出你风险消减和控制的方法,也就是对策嘛,哈哈,这样一整套下来,总能防患于未然嘛……老头儿、老太太们就嚷:杨师,你侃得这么专业我们不懂啊!杨师张张嘴像是要传授什么秘诀,但他只是舔了舔冬季有点干裂的嘴唇。他从羽绒服口袋里掏出一支绿色的润唇膏涂了涂嘴唇,讳莫如深地嘿嘿笑了笑。他的唇色在阳光下又粉又亮,那相貌真像个名角!

杨师吹得玄乎,董芳细想想好像又多少有点道理。比方你晓得熬夜伤身,那就改掉熬夜的坏毛病。再比如你知道抽烟喝酒不好,那就戒掉。或者你明白心情开朗有益于身心健康,那不如多放宽心……诸如此类的,不就是防患于未然和消减控制风险吗?当然董芳不会表现出赞赏杨师的神情。非但不赞赏,从樱花谷回来后,董芳就没和杨师说过一句话。每回杨师一和她说话,她就掉转头去,和其他老头儿老太太说别的。或者装作没听见,迅速走到另一边去。杨师知道董芳给他甩脸子,但也不在意。每回都是嘿嘿嘿笑着自打圆场。那一晚人来得很齐,老林用轮椅推着一个老太太过来时,董芳才从队友们口中得知前阵子他老伴儿偏瘫了,所以樱花节报名了,但是没去成。这样一说董芳才想起来樱花节确实没见到他,而且那天跳广场舞也没见他带队,当时想着要问下的,哪想转个身就把这事忘了。看来心在谁身上,其余的人和事就都被自动屏蔽了呢!想着,她的脸就开始滚烫滚烫的。

董芳上前和老林打了个照面,询问了一下他爱人的情况。脑出血后遗症,小脑萎缩,痴呆了。老林瞪着眼睛跟董芳解释,手指在自己脑袋上比画。看样子他还没从突发意外的震惊中恢复过来。董芳唯有说几句安慰的话,心里却忍不住想:假如有一天自己也脑出血了,那可怎么办呀?老林老伴儿至少还有老林照顾,谁又来照顾自己?囡囡吗?不行不行,囡囡有她自己的工作和生活,怎么走得开啊!再说囡囡还没成家,若给她拖了油瓶,谁还敢娶她?董芳一阵胡思乱想。广场舞开始了,董芳看见老林给老伴儿整理了毛线帽,披了毛毯,擦了鼻涕和口水,又俯着她的耳旁说了几句什么。老林老伴儿半晌迟钝地点了下头。她面色惨白,双颊深陷,附有云翳的双眼像凝固的混浊的池水,只在偶尔流露出困惑与惧怕时才感觉到是活的。老林很快加入了舞蹈,但没在领舞位置。这么长的时间了,他的角色早被后来者顶上了。为方便盯着老伴儿,老林也没加入队列,而是在一旁跟着节奏跳。不过即使如此,老林仍不能放松跳,因为十多分钟后,老林老伴儿便在一旁用语焉不详的声音提示他。音乐声很大,老林老伴儿的提示音基本是被盖过的,但老林能看懂老伴儿的表情。他小跑到老伴儿身旁,掀开毛毯看了看,又弓下身闻了闻,然后推着老伴儿走了。

哎呀,不用说,老林老伴儿肯定又弄脏了裤子。十四年,这样的日子我熬了十四年啊!侧过头,董芳看见杨师哆嗦的嘴唇,仿佛这么久了,他还是没能从那种苦楚中解脱出来。董芳停了下来,她一下子没了跳舞的兴致。想象着老林那声叹息,一直意味深长地回响在她耳中。

七

杨师给董芳送来两盒消炎止痛药。

儿子从美国寄来的,效果特好,你看,我的牙都不疼了。杨师张大嘴给董芳看他的牙。其实疼不疼哪能看出来,杨师关键是要展览他那口洁白坚固的好牙。

又骚!董芳心里暗暗骂一句,表面却不置可否,只习惯性地撇了撇唇角。前段时间跳舞时杨师向队友说他牙疼,过几周后又跟队友说儿子从美国给他邮了药。现在是吃了药牙好了。看起来挺有逻辑的一条故事线,董芳却不大相信。认识这么多年了,董芳就从未听说过杨师有牙疼的毛病。然而就是因为不相信,才使董芳心中生出些许微妙的欣喜。

我有药,你还是自己留着吧。董芳左手把着门,右手把着门框,将自己卡在门缝里,说了半天话,杨师的待遇还是站门口说话。

唉……你看你,还是这么直接……杨师脸上显出少有的尴尬。他一手拿药,一手像孕妇一样扶着后腰,语气还有点稍喘。这栋老楼没有电梯,一步步攀登到五楼,也真够他有心的。

董芳再偷眼看他,他的眉心因为作难轻皱了起来,花白的头发因为喘息一颤一颤的,额头沁出了砂糖样的一层细汗。他终归也不年轻了啊!董芳就有点不忍,手一松放开了门,转身自顾朝里走。

杨师得到特赦一样紧攥着进了门,关门时他踌躇了几秒,最终还是将门关上了。杨师将药盒放在茶几上,看董芳在客厅和厨房间走来走去。

你别忙了,来坐会儿。来你这儿前我刚喝了一大缸子茶。杨师从纸盒抽张纸擦着汗,对着董芳的背影说。

谁要给你倒茶了?老孔雀。董芳嘟囔着,找来一个环保袋,蹲下身打开放在墙角的纸盒,将糖心苹果和美国核桃各捧了一些。杨师看着她忙活,这回却不敢说话了,一天当几次老孔雀,他也受不了开屏的苦。

喏,我一个人也吃不了这么多,帮我分担点。董芳从茶几上将环保袋推给杨师。董芳说话历来是这样子,馈赠都可以说成解决困难。

你看你……杨师想要推辞的话没有说完,因为董芳瞅了瞅药盒,挑着细细的眉毛说:那就把你的药带回去?杨师爽朗地哈哈哈大笑起来。

这一来一往的,多了中国传统礼尚往来的意思,气氛就有了松弛的味道。再接下来,董芳说话也不再拧巴,两人不觉聊了很多。杨师仔细看着董芳,声音轻柔下来:阿芳,其实你这个人什么都好!就是……杨师又叫她阿芳,她的心尖颤了颤。

就是不够温柔是吧?哪像你的孙奶……董芳伶牙俐齿地接话,说到下一句时她的脸唰一下红了,莫名其妙的委屈喷涌而出,眼眶也热了。

唉,阿芳其实你不知道……孙奶也很可怜,守寡这么多年,好不容易找到个情投意合的,两家儿女都反对……

啊?

是呀!本来她心情不好,樱花节没报名,是我极力怂恿她去散散心的……可以抽烟吧?杨师抖出一支烟,询问地望着董芳。董芳顺手抽了个纸杯给他当烟灰缸。杨师沉吟了会儿,点燃香烟抽两口,叹气一样慢慢吐出烟气,半晌无话。董芳从未见过杨师抽烟,这是头一次。

人老了,什么都做不了主了啊。身体是病魔的,想法是儿女的,时间是孙辈的……这是杨师那天留在董芳脑海深处的话。当时董芳跟着感伤了一回,感慨地说,杨师好在你身体好没什么病。杨师哈哈哈干笑几声,说小董啊,个人肚子疼个人晓得啊……杨师又喊她小董了,这证明他又在及时调整两人的关系了,像烤火的人控制着火堆与自己的距离。董芳回暖的心又凉了凉,她习惯性地撇了撇嘴。

事后董芳反复回味杨师的这几句话。杨师是真有病,还是故意让别人认为他有病?如果是前一种情况,董芳会大为佩服他的隐忍和潇洒，如果是后一种，那就是可怕的城府甚至让人有些憎恨了！另外说到儿孙的问题，他大儿子身在美国，娶的是外国人，听说小两口要做丁克一族，不生小宝宝。这么开放的思想，怎么可能反对孤身一人的父亲再找个伴儿？第二任带来的女儿远嫁外省，一年也难回来一趟，带儿孙的问题更是与他沾不上边……这样一想，董芳又执着地开始钻牛角尖了。

今年过年早，一月底的春节。元旦跨年后，总有零星的鞭炮声东一声西一声爆响，像一个个捂不住的惊喜。这样空气中便满载了年味。董芳早晨买完菜，拎着菜篮子绕洱河北路回去时，注意到河岸边那排落光叶片的垂柳，不知何时从褐色的枝干钻出一个个尖锥般的小芽。老树新芽，让她欣慰，也感伤。大年三十那天，原本说好不回家过年的囡囡，居然还是回来了。不是她一个人，而带了她的同学李慧。两人是幼儿园到高中的同学，那时李慧父母做生意经常往外跑，她就时不时跟囡囡回来混饭。个子小巧的李慧，干起家务事样样有板有眼，西红柿炒蛋和干焙洋芋丝还特别拿手。有时也会给董芳母女俩露上一手。有次董芳赞赏地搂着李慧，撇着嘴嫌弃自家女儿说："囡囡，一样是女儿家家的，你咋不像小慧这么能干！"囡囡就翻着白眼说："董姐啊，世间哪有那么好的事？什么便宜都让您捡了！"囡囡从小就是男孩子性格，无论为人处事，还是穿衣风格，完全就像错投了女儿身。说话嗓音都像被一层砂纸磨过，扎满了"踢踏"响的碎玻璃。董芳瞪囡囡一眼，故意说："哎呀！可惜我没个儿子……哪家会有这种好福气呢！"那时李慧、囡囡她们都是高中生了，一听这话就明白了。李慧一时羞红了脸，低头不语。囡囡却在旁边笑得前仰后合。这个疯丫头。

后来女儿上了省城的大学，学的市场营销专业。照她自己的话说"挣脱老命"了！她劝她妈：董姐知足吧！好歹还混得个大学上，没有给您太丢脸！一向成绩好的李慧考上了北京的传媒大学。

咋又回来了呢？北京多好啊！首都！董芳在菜板上擀面，双手沾满了面粉，抬头问一旁的李慧。

父母年纪大了，想留在近旁方便照顾。李慧将韭菜和肉末混一起，再敲一个鸡蛋在里面，加作料后用筷子不停地搅匀。几年不见，李慧出落得越发可人，稍微上过色的长发齐腰，乖巧的空气刘海儿，一笑就害羞地抿嘴，现出两个好看的酒窝。多么懂事的孩子！董芳心里就十分的熨帖，像是等着被照顾的父母似的。

饺子，交子。大年三十晚饭要吃饺子。董芳马不停蹄地擀了一案板饺子皮，李慧不厌其烦地一个个包成饺子。囡囡难得没玩手机，她在董芳从樱花节买回的那堆剪纸和对联上挑挑拣拣，先挑出副"万户春风礼陶乐淑，三阳景运人寿年丰"的对联贴正门上，又加上"鸿运当头"的横批，最后再在门心贴个倒"福"。大功告成！囡囡拍拍手十分满意，董芳走出来见囡囡贴的对联，突然想起什么，也走到剪纸堆里翻捡，一会儿她翻出了那对红双喜字，叫囡囡去贴到自己的闺房门上。

董姐，你这是干吗？囡囡警惕地一屈腿一后仰，半握的两个爪子似要送进嘴里。那模样既夸张又好笑。

你这死丫头！没听说过"招福"吗？这个红双喜字呀，就好比垫窝底的那枚鸡蛋……董芳耐心地将刘奶告诉她的话学了一遍。

切……老掉牙了你是……现在都二○二○年了，还兴玩这个？囡囡大摇其头，将不屑尽情播撒。

信总比不信好！你不贴我贴。董芳在围裙上擦净双手上的面粉，就去拿剪纸。

还是我来吧，阿姨。李慧不知什么时候从厨房出来了，她洗干净的手白净红润，令人赏心悦目。她接过董芳手里的剪纸，看了一眼囡囡，然后就默默走到囡囡房门前去了。囡囡不再反对，过了一会儿，她竟乖乖站了起来，走过去给李慧帮忙去了。

晚饭时电视上正在播放新闻联播，三个人边吃边看，如果吃得慢，正好可以接上春节联欢晚会。往年董芳就是和囡囡这样安排的。原以为今年囡囡值班不回来，自己一个人将会多冷清的，好在真到关键时刻,囡囡还是没丢下自己不管……这个小没良心的!董芳宠溺地瞅着囡囡,笑意克制不住地溢满唇边眼角,像糍粑上那坨受热熔化的蜂蜜。

别这样看我啊董姐,我鸡皮疙瘩都掉一地了,再看得去买把大号铲子铲,不然铲不下呀。囡囡抬脸正好对上老妈的眼神,又没大没小地鬼哭狼嚎。她那幽默搞怪的神情和动作,随时能逗得人哄堂大笑,自己却能一本正经,真是有笑星天赋!此时李慧就被她逗得哈哈大笑,不能自持,董芳也笑。董芳边笑边说:死丫头,你这样子,要是以后遇到个难缠的婆婆,看你怎么受?

不会。囡囡嘴里塞着饺子,头也不抬地说。不知说的是不会遇到难缠的婆婆,还是不会什么。董芳发现这两年一说到这个问题,囡囡的话就特少,好像对这问题一点不感冒!这可不行,董芳还要再敲打敲打她,让她开窍才好。

咦?我说,你上回那个男朋友咋样了?还谈着吗?董芳将自己腌的皮萝卜搛一筷头给李慧当配菜,又舀一勺蒜泥放囡囡的蘸碟里,李慧历来喜欢吃董芳做的皮萝卜,夸赞鲜脆爽口,特别开胃。自家囡囡却不吃,总调侃有臭屁味,对吃的食物如此大不敬,真是没经历过困难时期的黄毛丫头,气得董芳恨不得用平底锅敲她几锅子。

哪个呀?

就上回你和他一起跟我视频通话的那个。董芳撇撇嘴,男朋友还能有几个?

噢……就那样呗。

那样是哪样啊?都三十多岁的人了,抓紧了啊!哦,小慧,还有你,你和囡囡同岁。阿姨跟你们说啊……婚姻问题女孩子家家的可等不起……

后来在慢悠悠的岁月里,董芳细细回忆,其实那次李慧来家里,很多地方都和以往不同了,但具体到哪些地方,董芳又说不出。那是一种感觉,微妙得不动声色,却又像梗一样让你时刻感受到它的存在。那天董芳说到两人的婚姻问题时,李慧突然被辣椒呛到了。呛得不轻,先跑去卫生间,后来就进了囡囡房间。董芳让囡囡进去看看,囡囡去看了回来就说李慧胃疼,不想吃了,麻烦您收拾一下。董芳先去找胃药,又想到大年三十有忌讳,不能随便吃药的,便又改成熬姜汤,熬好让囡囡给她送进去。

春节联欢晚会开始了,董芳去敲囡囡的门,让两人出来看。囡囡说小慧睡下了,董姐我一会儿出来陪您看哈,乖!她像哄小孩子一样,轻轻将董芳推出了门,关门前还隔空给董芳来了个飞吻。门"砰"一声轻轻在董芳面前关上了,董芳半握的拳头终于没再落到门上。本来她想叫李慧去睡客房的,早晨接到囡囡出发的电话时,她就精心准备了客房。哪承想两个成年的女孩子还是和从前一样,同睡一张床,不会别扭吗?董芳这话只是在心里悄悄嘀咕,没敢问出声。囡囡出来陪董芳看春节联欢晚会时,节目已经过半了。董芳就有些不高兴,想再问候下李慧的话忍了又忍终于还是咽下去了。不就是被呛了下?不就是胃疼?至于吗?这些年了,她还从来不知道李慧这丫头还有如此矫情的一面!春节联欢晚会年年如此,囡囡是看得三心二意,刷下微信,刷下抖音,后来就在各个群里抢红包,等红包抢完就说熬不住了,要去睡了。

董芳撇撇嘴,没理她,自顾自地看每年年三十雷打不动的春节联欢晚会。零点倒计时开始了,董芳捂着心口,也和电视里的人一起激动。普天同庆的时刻到了,外面的鞭炮声铺天盖地响起来了,《难忘今宵》唱起来了……一切都和无数个往年一模一样!董芳长出口气,像是完成了一个任务。起身活动活动,关了电视去睡觉。这才刚睡下,就听到囡囡房里传出哭闹声。董芳吓一跳,忙坐起身仔细聆听,囡囡屋和自己的屋子一个在东,一个在西,董芳屏声静气地听了半晌,再没听到什么声音,便自嘲地想:怕是隔壁邻居家?或者幻听了也是有可能的。这么多年肚里灌进几口袋药,没问题反而奇怪了。想想便睡下了。然而这一个晚上,董芳睡得并不安稳。她像是魇住了,总梦到一个女孩子在梦里哭,背影像囡囡,转过脸来又不是囡囡。女孩哭得非常伤心,梦里董芳也不问,好像心里明白那个问题不是问出来就可以解决的。这样想着,一股彻骨的难受接踵而至,董芳也跟着稀里哗啦地哭起来了……

八

董芳是被李慧叫醒的。

李慧笑眯眯地对董芳说:阿姨,我做了三道茶和元宵,快趁热吃吧。这个地方有大年初一吃三道茶和元宵的习俗。要是讲究些的人家,又恰好娶亲的,这一顿应是新媳妇来做。想到"新媳妇"三个字,董芳的心颤了一下。

董芳客气地应着,经过这一晚,态度也有些端起来的意思。她偷眼瞅李慧的眼睛,瞅不出任何端倪。但她瞅见了别的。李慧将囡囡宽松的扎染T恤穿在了自己身上,可能昨晚当睡衣穿了。扎染布不禁揉,经过一晚上,皱巴巴的,真不知昨晚上怎么睡的。这件扎染T恤,是去年春节前,董芳去古城扎染厂参观时买的,虽然不值很多钱,却是董芳送给囡囡的新年礼物。这让董芳有点不高兴。

董芳默默喝茶,一苦二甜三回味,任由李慧一杯杯地给自己倒。然而吃元宵时,又出状况了,李慧吃不了四个,就作难地瞅着囡囡,努着嘴巴看一下自己的碗。虽然这个动作很隐秘,但是仍然让董芳捕捉到了。她不动声色地低头吃着自己的,想看囡囡到底会怎么办?从小到大,囡囡可是最嫌弃人的,只有董芳帮她吃残饭,没有她吃别人的残饭。可是让她大为讶异的事情发生了,囡囡暗瞅董芳一眼,迅速从李慧碗里捡了两个元宵。她一边将后一个元宵塞嘴里一边朝李慧眨眼睛,李慧莞尔,两个迷人的酒窝露出来了!

瞧瞧、瞧瞧,这不就是打情骂俏的小情侣模样吗?董芳放下筷子,牙疼般地捂着脸。然而一回味刚才心头闪过的这一句,心脏便"突突突"地狂跳起来！要死啊！我这瞎想什么呢！

　　吃完饭逛大街。李慧看起来心情不错，才出门，她便主动一手挽着董芳，另一手挽着囡囡。从董芳家小区走到主街区，只需绕着洱河北路行走两公里，再穿过一条过街天桥就到了。路上行人熙来攘往，因了过年的气氛，一个个都含了满脸的喜庆。这使董芳多了点愉悦。上过街天桥时，前面有人，董芳自然而然松开了李慧，李慧和囡囡仍一蹦一跳地相互拽着走。刚下天桥，董芳便从中间分开两人，一边搂一个，说不出的亲昵，心里却莫名一阵腻歪。

　　这一天，三人逛了步行街的年货区，踩着平整的青石板，欣赏着红彤彤的年货区。在嘈杂的促销声音的轰炸下，仨人说话都用叫。多少年没有这样放开地大嚷大叫了，一旦释放，董芳感觉身心都轻快了很多。最使她诧异的是，头一次，她居然没有因为大嚷大叫诱发牙疼！莫非这与是否真正放开心胸有关？之后又看了耍狮子和打霸王鞭，两个姑娘买了糖葫芦和氢气球，董芳看着她俩孩子一样的开心，心里突然有潮水退尽，平静了。大年初二一样是逛，这里的习俗是逛庙会。小城历史上就是有名的妙香古国，大小寺庙数不胜数。董芳说心诚哪里都一样，但还是去了最负盛名的崇圣寺。她心里有事，想要好好问一问。李慧和她一样，闭眼许愿和上香都显得特别虔诚，像个正规的佛教徒，不知这姑娘求的是什么？董芳心一热，突然有点莫名感动。中午从崇圣寺乘公交车到市贸广场，逛了几家打折服装店，仨人慢慢走回去，走到一条背街，董芳发现那家老式美发店居然在营业。这个小城，大过年的，除了主街上专门销年货的大商家，这种私人经营的小店一般都会歇业，多半都是正月初八才开业，有的干脆就等到元宵节以后了。店主是位年龄与董芳相仿的女人，永远穿一件白大褂般的工作服。董芳留的是齐耳短发，两三个月少不了修一次，一来二去就熟了。她是湖南人，家人和儿女都在湖南，至于为什么她独自一人在这边，董芳不好过问。但大过年的一个人还远在千里之外开店，是否说明点什么？董芳就心生同情，转头告诉两个女孩她要做个头发。

阿姨,不如你上个色吧,今年流行炫丽紫。李慧听见董芳要弄头发,一时来了兴致,一步跨进美发店,抄起茶几上的配色图在董芳头发上比对。

不要不要,要上就上黑色的。董芳对着理发镜转动着头部,自己发质再不错,黑发中也夹杂着一层白发了,像是稻穗里混进的稗子。曾经有一段时间,董芳对这些不和谐的存在深恶痛绝,见一根消灭一根,一段时间后她发现,这些白发不但消灭不了,反而冬风吹也生。既如此,便索性随它去了。

当然最后还是采取了折中法:上板栗色,弄完头发的董芳像是年轻了十岁!这话是理发师夸董芳的,但也像夸她自己的手艺!李慧说:是"漂亮",阿姨您真漂亮!囡囡用一贯夸张的表情"喊"了李慧一声,眯着眼说,丫头你会不会说话!是美知道吧是美!漂亮还有后天因素,董姐那是天生丽质!囡囡如此油嘴滑舌,逗得大伙都哈哈大笑,董芳也笑得掩不住嘴。美发的钱是李慧抢着付的:阿姨,当是我送您的一份小小新年礼物,望笑纳!李慧调皮地眨眨眼。

囡囡她们明早就得走。这人一走,年也就算过完了。董芳的失重感是一点一点积累起来的,像水面的冰层。先是恍惚,接着想到要再这样和囡囡待几天得等到明年春节了。明年春节,多么漫长!董芳就有些慌了,她翻身下床,不停在地板上走来走去。不时有笑闹声从囡囡房里穿透墙壁,传进董芳的耳朵。董芳侧耳倾听,那种笑闹声里夹杂着一些娇嗔、耍赖、放肆的东西在里面,像银耳羹里那层黏腻腻的胶质,胶着着董芳的眼耳口鼻舌身心,董芳脑海里过片一样,回忆起这些年囡囡交往过的那些"男朋友",哪一个不是雷声大雨点小?囡囡和那些"男朋友"在一起,总让董芳看出一种违和感。和小慧就不会,她能真切感受到两人的默契与心生的欢喜!从小混在男孩堆里的囡囡,这么多年唯一往家带且三番五次带的女孩只有一个,就是李慧……董芳一层层抽丝剥茧,开始是混沌蒙昧的状态,渐渐她看到了融雪后的苍山,落潮后的洱海礁石,叶肉消失后那纹路交织的叶脉……突然"咯噔"一声，影片定格，一切都清晰通透起来。天未亮董芳便早早起床，她想起了藏在柜子里多年的一个东西，便小心取了出来放进手包里。

两人在手机上买了动车票，乘出租车去火车站时，董芳拉李慧坐在了后座，囡囡挑挑眉毛，调侃说：董姐，你视力下降了吗？你姑娘在这儿！在这儿！边说边用食指指着自己的鼻尖，一双黑眼仁故意往中间挤，她装斗鸡眼的滑稽样连司机也忍俊不禁。董芳拍她手背一下，笑骂：你这癫皮狗滚一边去。然后拉着李慧就上车。李慧则悄悄拧了一把囡囡的腰肢。董芳坐在车上，并未松开李慧的手。她的眼神扫向窗外，顺着行道树一一望过去，虽然才是大年初三，但春天已在蠢蠢欲动。太阳从东方升起来了，晨晖打在高高的路灯上、庞大的建筑物上、挡风玻璃上，就那样平静的、不声张的、理所当然的，像千百年来存在并关照万物一样。董芳突然想到一位哲人说过的一句话：存在即合理！董芳轻轻舒出口气，从手包里掏出一个红绸缎面的首饰盒，拿出一只翡翠手镯戴在了李慧手上。李慧一直以为是要分手了，董芳才不舍，哪晓得董芳竟给她一只贵重的玉镯，她忙要取下来还给她。董芳只说了两个字：拿着。之后就没再说话，而是用手阻止着对方。囡囡一直梗着脖子没回头，下车前，董芳看见她用纸巾擦了擦眼睛。

九

那只翡翠手镯是结婚时婆婆给的，说是传了几代人。董芳舍不得戴，她精心收藏着，想要等到囡囡出嫁时亲手给她戴上。却想不到是以这样一种方式给李慧的。

送走了囡囡和李慧，回到家，董芳仍沉浸在一种对理想主义生活追求的自我激励之中。她突然做出一个决定，她为这个大胆的决定激动不已。她不想再等了，已迈进老年行列的她等不起，她决定勇敢一次！或者说：不要脸一次！

因为心里有了破釜沉舟的决定,洗澡便成为一个仪式。董芳一件件除去身上的衣物,伴随着些许微喘。她摸摸常年因高血压导致的病态腮红,将自己赤裸裸地放置到莲蓬头下。温热的水流流过她的头顶,瀑布一样流经她的面颊、脖颈、胸部和腹部,她闭着眼,手掌抚触到每一个水流经过的部位。这就是她的身体,熟悉了一辈子的身体,无论贫穷还是富有都不离不弃的身体。小腹中间这条蚯蚓一样红褐色的疤痕,是剖宫产竖切术留下的印记,右侧这个三指宽的疤痕,是那年阑尾切除术留下的印记。这些长年累月的疤痕,总会在变天时来找她要债,或痒或疼,像是扳着指头历数她这一生的经历。她用手指卡卡腰,又捏捏那圈岁月回报的脂肪层,幽幽叹口气。想起还做姑娘时,她苗条匀称的身材收获过多少真心的赞美!跟囡囡爸结婚前,她又是多少次害羞又骄傲地想:要是他见到她裸体的模样,会不会惊叹?囡囡爸确实惊叹,实诚的男人以为捡到了个宝,从此将她含在嘴里,言听计从。骄傲的女人总会透支快乐,生囡囡后更是有了借口放弃身材管理。她做了一次性赌徒,却在身体需要第二次亮相时,拿不出手了。其实十九年前她就有机会第二次亮相,只是她那时像临考的小学生怯场了。她自己和自己开了一个玩笑,黑色幽默,她得硬着头皮向十九年前的自己主动认错。

她吹干头发,穿上一条黑色平绒裙,同色连裤袜和高跟鞋,轻施脂粉,站在穿衣镜前做着出场前的最后检审:身材还算匀称,新上的发色似乎有点石成金的作用,无形中将她的整体形象都提升了一个档次。手臂的"拜拜肉"正好被宫廷式的蓬蓬袖淡化过去,稍高的腰线遮掩了微凸的小腹,稍短的裙摆下露出全身唯一不太走形的小腿。看完一遍,董芳又重新看了一遍:不算丰腴也并不干巴的锁骨线条还过得去。董芳撇撇嘴:少了点睛之笔。她打开首饰盒取了一条细细的铂金项链戴上,又扭着身子左转右转,镜中的人典雅含笑,眼线和睫毛膏修饰过的眼睛顾盼生辉。七分成熟三分俏皮,这个比例正好是她需要的!

出门前，董芳先给杨师发了条信息。打电话是备用方案。端了这么多年，她还做不到一下子就俯首称臣，另外她也害怕电话里再次怯场。

认识了"两辈子"，董芳才头一次上杨师家。同一个小区，不同的居民楼，相同的又都是经过岁月蹂躏后千疮百孔的旧楼。潮湿霉变的气息，像蟑螂般拍不死的小广告，漏水的外接管道……董芳拎着裙子拾级而上，停在杨师家门口时，董芳想着：楼是旧楼，人是旧人。这莫名其妙的话，不觉有些泄气。

杨师家并未像她想象的那么井井有条，客厅沙发三分之一的位置堆放着杂志和外套。家电摆放格局也凌乱，像一盘推翻了的棋盘。桌上放着吃剩的餐食。他开门的样子有点疲惫，好像昨晚没睡好。杨师在美国的大儿子今年没回来陪他过年，倒是没有血缘关系的小女儿，今年一家三口不远千里回来看他。小女儿一家昨天刚走。自己就懒得做饭，就要点外卖……董芳心里就有了女主人般理所当然的嗔怪，嘴里也就说出来了：还是要自己做做饭，外卖高油脂重调料，吃多了对身体不好。万事开头难，董芳说到这里，就觉得再往下说也不是什么困难的事了，便又接着说：囡囡今早也走了，如果实在不想做饭，那就……过去和我搭伙也行啊。你拼菜，我拼油盐和手艺，哈哈。董芳一口气说完，为掩饰尴尬也学着杨师的笑跟着哈哈了两声。杨师却不似以往那么活跃，他将淡然而克制的笑意定格在脸上，并没接话，只对董芳说声"不好意思"，然后抖出一支烟，点燃后站在窗口慢慢抽着。

董芳的忐忑与后悔就是在这一刻产生的。他离她这么近，又这么远！像观众与电视。她回忆进门时杨师并没有像往常一样对她说"hello，小董"，杨师很疲惫，疲惫得省去了一切讨好别人的花架子。就是她这身精心为他打扮的装束，他也仍是用平常看她穿臃肿棉服的眼神来看，更别说客气式的一句赞美。为了调整距离，杨师连客套都舍蔷了！董芳站在门前吁了一口气，此时就开始继续往下泄，往下泄，直到底了，无处可泄了。突然一股气恼直冲头顶。她搞不懂这么多年了，杨师这若即若离的态度究竟是什么意思？人生能有几个"两辈子"！她想起了囡囡和小慧，她们真勇敢！此时，她也尝试着勇敢地站了起来。

站起来董芳才觉得真是穿少了，她开始冷得瑟瑟发抖。横着一条心，她突然跑上前去，紧紧从背后抱住了杨师。

喂喂，你……你干吗小董？杨师万万没料到董芳的举动，他挣扎着回头，使劲将董芳扣在一起的手分开。

难道……你不喜欢我吗杨师？董芳也万万没想到杨师会是这样的反应！她这么主动，什么时候有过？可是箭已发出，收不回来了。受屈辱，也就这一回。

小董，你听我说：喜欢和在一起完全是两码事。杨师每个字的语气都落得很重，像在字体上画重点符号。低头时垂下来的花白头发，像指挥交响曲的指挥家一样，在脑门上颤动着。近距离地看，杨师真是老了！吊垂的大眼袋，沟壑般的抬头纹，更加触目惊心的是那双眼睛里的沧桑，那不是能描摹出来的。他再像唐国强，再像个名角，也终是老了！

两码事？董芳愣神想了几秒，顿时参悟了标准答案。对啊！他可是能预估风险的风险评估师！自己怎么忘了！她这样一个资本，很可能第一轮海选就被他淘汰了。可自己却还盲目自信、自取其辱……董芳心碎了，她想给杨师甩个大嘴巴子，然后气势磅礴地踩着高跟鞋绝尘而去，挽回一点最后的颜面。然而她做不了这一切，只是眼泪无法自制地流下来了。

她撇撇嘴，咬紧牙关，挺直脊梁打开了房门。

十

刘奶说儿子一家要移民加拿大，她今后动不了了就住养老院。都黄土埋半截的人了，还跟着他们疯到那个把面包当饭吃的国家说"狗、狗头拜（goodbye）"？打死我也不去。刘奶跟董芳说这个话时，是农历三月街民族节。两人慢慢逛，边走边看各种吃穿玩用居行的玩意，三月街说白了就是大型展销会，已流传千年，因此有"千年赶一街，一街赶千年"的说法。逛到一个摊位时，刘奶给一对小孙子买了外地人展销的电动挖掘机，每人一台。平端着个遥控器，指挥小型挖掘机在一堆沙土上操作，很灵活就能将一铲沙土举起来。

董芳什么也没看中。逛到中午，就和刘奶坐在小吃摊位前吃了碗凉鸡米线。酸香冰爽的木瓜醋，炒得喷香的花生碎，两人吃出了一身汗。吃米线前，刘奶从背包里取出一个小盒子，打开拿出一管签字笔一样的东西，董芳知道这是打胰岛素的针，队友里有几个人有这样的"秘密武器"。刘奶毫不避讳地掀起衣服，将针扎在肚皮上。她边打边和董芳说笑，坦然得很。

两人一直逛完北边那条几公里长的街道，又从南边那条绕下去，绕到大青树对歌台时，看见台下黑压压挤满了人，台上一男一女正表演绕三灵，她们忙跟着挤过去看热闹。这一走近，才看出那个男人竟是杨师，他身穿白族服装，头包白色大包头，戴着墨镜，额角贴着太阳膏，同那女的一起扶着一根柳枝，一丝不苟、你来我往地对唱白族调《花柳曲》，那女的年纪不小了，皱纹横生的脸搽成个大花脸，笑容却如小姑娘一样明朗。

真……董芳刚吐出一个字就不说了，刘奶耳尖，就问你说啥？

董芳说我说呀……真好看！是呀！不就是真的好看吗！

是吗？

是的。

两个半老徐娘就笑，肆无忌惮地大笑，笑得一旁的人都奇怪地望着这俩疯婆子。

那一年的五一劳动节，杨师请孙奶给队友们发了喜柬，新人的头像就印在喜柬上，白色的婚纱礼服，杨师还是那么漂亮，笑起来还真像个名角！董芳撇着嘴，又忍不住悄悄嘀咕了。看到女主角时，她不作声了。女人很年轻，顶多三十岁出头，长得像一个港台明星。她只在心里为他担忧：他这个风险评估师，但愿他别规避了一方面的风险，却忽略了另一方面的风险！生活，谁知道呢？

这一年的年底，囡囡又给董芳打来了电话，喂董姐，我寄给你的新疆和田红枣和金边玫瑰收到没？红枣补血，玫瑰养颜，要多吃……囡囡最后说，她和小慧都请好了年假，想去逛几个一直想去的城市。完了又顿了顿：但我们一定会赶在年三十前回来陪您！等我啊，董姐。爱您！隔着话筒，囡囡隔空将飞吻发送给了她，像地下工作者发送摩斯密码一样，几十年了，从未出现差错。董芳口里笑骂死丫头，眼眶却热了。

放下电话，董芳看着从窗户照射进来的冬日暖阳，一时不知所措。她想着该去菜市场买几十斤大白萝卜，做成皮萝卜等囡囡她们回来吃，这么好的阳光，揉好的萝卜几天就可以吃了。但她又想到约好了刘奶下午去参观养老院的……

她就这样考虑了一下，也许很久，也许很短的时间。终于，她还是拎着菜篮上菜场去了，一路上她劝慰自己说：皮萝卜是马上就要吃的；去养老院却不急，不急。她现在还能动，还能跳，长长的日子，慢慢地过。

带你去看秋天的稻穗

一

接到幸福社区片警小罗的电话时，张玉福奶奶正在抗癌协会里忙活中秋晚会的筹备工作，确切说是后勤保障工作。她要亲手制作一个晚会上吃的大月饼。她煮好糖浆，将一大碗低筋面粉拿到漏筛上筛，纷纷扬扬的面粉像雪花一样均匀下落。和面时得使点手劲，张玉福奶奶枯瘦的手背青筋暴凸，使劲时像虬结在一起的钢筋，一杵一杵的，似要戳破薄薄的肉皮，看起来触目惊心。

嗡嗡嗡的振动声吓了张奶奶一跳，是揣在衣兜里的老年机在响。

张奶奶扯过案板上的纱布，擦下沾满面和油的手，眼睛瞟了一下手机显示屏，心就"咚咚"地紧张了起来。

喂？小罗吗？张奶奶和片警罗秉亮也算是"老朋友"了，但她却最怕接到这位"老朋友"的电话。张奶奶屏住了呼吸，鼓膜敏感地捕捉着电话那头的声音。

…………

喂？说话呀。不是小罗？其实问出这句话时，张奶奶已经猜到电话那头是谁了。但她来不及说话，电话便挂断了，一阵单调的忙音传来。

张奶奶怔了怔，正要回拨过去，嗡嗡嗡的声音又响了起来，像飞过来一窝马蜂。这次真是小罗，小罗在电话里简单明了地说，请张奶奶过去一趟，石磊又犯事了。

果然如此。张奶奶来不及抠净指缝间的面泥，匆匆在自来水管下冲了冲，抹巾上揩了揩，一把够下挂钩上的手包便急匆匆地出门了。

派出所值班室里，小罗坐在桌子后面泡普洱茶。小巧的花梨木茶盘纹理清晰，褐红色的底色反射着釉光，他将洗出的茶水浇在茶宠"小猪拱槽"摆件上，原本铁锈颜色的小猪在滚水的浇灌下一头头变成了金猪。小罗两百来斤的大块头坐在椅子上几乎看不见椅子，就像永远都在练"马步蹲"，不知道的还以为是个高人。中秋已凉的节气里，口里止不住呼噜噜往外喷着热气，整个像一堆叠起来正在蒸锅里上汽蒸的粉蒸肉。那套小巧的茶盘在他茧虫般肥手的摆弄下，活像一套儿童玩具。

张奶奶拎着包站在门口，气还没喘匀，一眼就看到墙角沙发上坐着的石磊。他的右眼肿得眯成一条缝，嘴角也是青紫的。石磊瞥一眼张奶奶，面无表情地转过脸，将目光投向窗外，正是中午下班、放学高峰期，窗外川流不息的人流和车流，嘈杂的喇叭声中穿插着一声声警哨。

张奶奶走进门，小罗让座。

还是打架。群架。小罗拎起公道杯，给张奶奶和自己各斟了一杯。

十二年的无量红饼，尝尝。说话间一杯红茶已下肚，他又自斟了一杯一饮而尽，完全是喝酒的喝法。张奶奶慢喝细品，茶水色正味醇，的确是难得的好茶。只是这样的好茶，被小罗这种豪爽的喝法，真是有些糟蹋。张奶奶从眼角瞅小罗，小罗喝茶喝得风生水起，"咻溜咻溜"的声音不绝于耳，完了还"呼——"地长呼出一口气，一派享受的模样。张奶奶从手袋中摸出钱包，头也没抬地问：多少？

这回不用您,得他自己来。四百九十九元,而且今后每打一次就这个价。打得起,你老兄继续啊。小罗拿眼角乜着石磊,嘴角挂着似笑非笑的戏谑,眼里满是得意,像是一个小孩想到了一个绝妙高招来制服同伴的那种得意。

凭什么?上次不就罚了三百元,你,你乱收费……石磊身体像弹簧一样从沙发上弹起来,梗着脖子瞪着小罗。

哈,凭什么?你这愣头青。就凭法律法规。根据《治安管理处罚法》第四十三条规定:殴打他人的,或者故意伤害他人身体的,处五日以上十日以下拘留,并处两百元以上五百元以下罚款。咋?莫非嫌我没留你住下来?那就住上几天?小罗白眼一翻,"哧溜"一声,一杯普洱又下肚了。

石磊嘴皮动了动,黧黑的脸皮憋得通红。他默不作声,掏出一个钱夹,从里头数出五张红票子,"啪"的一声拍在茶几上,震得那尊陶瓷摆件的弹簧小老头儿不住地点头哈腰。

他从眼底悄悄睃一眼张奶奶,露出复杂的神情,然后转身就往门外走。

站住小兔崽子,签字——小罗粗脖大嗓喊出来的声音拖得老长,他将一枚硬币连同《治安管理处罚通知书》和罚没款收据拍在茶几上。石磊走回来,不耐烦地龙飞凤舞般签上自己的名字,又轻车熟路地摁了手印。

拿着,别让我犯错误。小罗将那枚一元硬币拍到石磊掌心,诡秘地眨了眨眼睛。

得了便宜还卖乖。石磊咬紧了牙关。

什么?大声点,我听不到。小罗似笑非笑。

噢,没有。没在说你。我现在可以走吗?石磊耸了耸肩,也似笑非笑地瞅着小罗。

当然,请便。小罗指指门口。

石磊立马朝外冲去。

等等啊,这孩子……张奶奶忙不迭地起身,撵着石磊的脚步朝外追去。

二

哎……张奶奶唤出这拖长的一声,捂着后腰喘息不已。

石磊回转身,面无表情地望着张奶奶。

石头,别忘了明晚来协会吃个团圆饭……晚上还有月饼和晚会……哎……张奶奶的那声"哎"撂在了半空,石磊小跑的身影已消失在街头转角处。

石磊小跑的原因,是眼睛的余光里出现了一头红发,他敏锐地转头看去,正是与他打架的那伙的二头目"小红毛",石磊紧撵上去,在天福巷堵住了那伙人。四五个二流子模样的人蹲在墙角晒太阳,小红毛一脚踩着一块竖在一户人家门口却不知哪个年代的"上马石",叼根"大红河",吞云吐雾。一见石磊,他心虚地将腿从"上马石"上移了下来。蹲在墙角的几个人立马站了起来,流里流气抖弄着腿围上前去。

让开,我找小红毛。石磊阴沉着脸,声音不大,自有一种盛气凌人的气势。

放开他。一直盘腿坐在那户人家大门口的大头目"光头"低吼,擒住石磊衣领的一个小喽啰松开了手,其他人都听话地让出一条道。

石磊径直走向小红毛,小红毛右手上了夹板,用纱布单吊在脖颈上。脸上仍是那副欠揍的臭模样,一直抖弄的腿却失去了规律,开始像抽风般痉挛着抖动起来。

干吗干吗……你想要干吗呢?小红毛像失去了靠山的丧家犬,他眼看着朝他逼近的石磊,惊惶失措地瞪着眼。

不干吗。就问你一个事:我那椅子是不是你搞的鬼?石磊指的是桥头那家他常驻扎的游戏室,他在最南角靠窗边有一把固定的椅子,逃课和熬夜都在那儿打游戏,上个周末他从椅子底下摸到一把未干透的红油漆,刺眼得像染了一手鲜血,翻过椅子一看,他立马怒火中烧,上面写着:×你妈×,死石子。

小红毛咬了咬嘴唇,一副想要发狠的表情,只是眼睛里已经瑟缩了。其实不用小红毛承认,石磊知道,就是他指使手下的小喽啰弄的。当时石磊扭过头一眼找到了嗤笑的方向,小红毛正跟几个小喽啰挤眉弄眼,一副等看好戏的无赖表情。当时石磊感觉身边所有的杂音都消失了,只剩下被放大了几百分贝的不怀好意的嘲笑声。

石磊就是在那一刻爆发的,他顺手抄起墙角的一个啤酒瓶就撺了过去,小红毛一伙反应快,一溜烟避到了门外。他们并不是想跑,仗着人多势众,他们怕个尿啊。再说挑事的目的,就是想治一治这头不识好歹的"犟牛",他们不在游戏室打架,只是不想损坏东西后"吃"赔偿。

一伙小流氓将石磊引到附近一条偏僻的胡同里,忽然回转身包抄过来,恶战就此开始。他们早有准备,此时从后腰抽出一根根台球棍和链条子,武器挟着风声呼啸着向石磊冲来,石磊单枪匹马对付一伙人,幸好顺手抄了个啤酒瓶。恶战的结果就是两败俱伤,对方虽人多势众,石磊却是个"资深斗殴老油条"了,吃透了打群架的经验教训,一出击一躲避都有研究心得,再加上骨头里那股"置之死地而后生"的狠劲,一人对四人,勉强打个平手。石磊的眼睛和嘴角受了伤,小红毛的右手骨折了,其他几个小喽啰也被打得鼻青脸肿。

恶战正酣,不巧被日常治安巡逻的小罗逮个正着,小罗和徒弟小刘先带他们去医院包扎伤口,随后一个不剩地全给送进了派出所。张奶奶进门前,小红毛一伙人刚被小罗放走。刚才签收据时,石磊看到那一摞子单子,李红兵,即小红毛,他的罚款和他一样:四百九十九元,一分钱不多,一分钱不少。

真他妈公平啊,奶奶的。石磊狠狠咬着牙,不知为何却又对故意打压他的片警罗秉亮恨不起来。

三

只有风在胡同口左右回旋的声音。

在这个四季被风吹拂的城市,无论走到哪个角落,即便是孤身一人,也总有无处不在的风声陪伴。

死寂的沉默,暴风雨前的静寂。其实这就是回答,只是石磊想让对方明确说出来。他就是这么倔强,这么认死理,不想改也改不了。小红毛将求助的目光转向老大光头,光头一直不动声色地盘腿坐在大门槛上,双眼下垂,像打座的高僧。

好啦好啦,石磊兄弟,给我个面子……这事就算完了。啊,今后你俩"大路朝天,各走一边",井水不犯河水,好不好?光头长叹口气,晃晃悠悠地站起来,他一摇一晃地走近两人,眯着肿泡眼,嘴角叼着一根牙签,似笑非笑地看着石磊。

石磊点点头,绷紧的眼神慢慢松弛开。他懂得见好就收,其实他害怕再打架,就像一个嗜甜的人,刚吃完一大盒德芙巧克力,你让他再吃一盒,他也会腻。临走时,他用手指头点了点小红毛的胸脯。这是从香港"古惑仔"电影里学来的,这是警告,姿态要做足,石磊认为自己这样很酷。

小红毛努了努嘴,那是在隐忍。老大光头安抚地拍了拍他的肩膀,呸……小红毛对着石磊拐出胡同口的背影,狠狠啐了口唾沫。

小红毛和石磊同岁,原本在幸福中学就读,与石磊同级不同班,那时他的头发还没染红,周围人还叫他李红兵。他平常砸玻璃旷课就是常事,还时常伙同社会上的闲散人员光头对同学欺凌霸凌,多次被学校记大过处分。

初三临毕业前,他将一名男同学打骨折,被学校勒令退学。小红毛进少管所三个月,出来后更是天天和光头一伙瞎混,一个社区的人见到他们都要绕道走。李红兵从少管所出来后,片警小罗曾逮住他认真地和他谈过一次心,问他还想不想上学?才十五岁就辍学,今后在社会上该咋混？小红毛翻着白眼不出声，小罗一巴掌拍在他脑袋上：你小子就给个准话，还想不想上学？想的话还有机会。其实，早在李红兵进少管所不久，小罗就找到担任幸福中学教导主任的高中同学老丕，一向抠门儿的他大方地请老丕在小镇上最好的饭馆吃了一顿烤肉，推杯换盏间，被勒令退学的小红毛再读的问题也有了眉目。

罗、罗警官……我晓得你是为我好。可你看我读书也读不进去，再去读也考不上个高中，反而是浪费光阴……我向你保证，今后不再生事打架，你就饶了我吧。小红毛打着哈哈，明确表明自己不想再上学的想法，并向罗警官保证今后好好做人。

罗秉亮看看小红毛仍显稚嫩的脸庞，紧紧咬着牙，陷入了沉思。自他进入派出所这十几年，眼见着李红兵、石磊两个孩子在身边长大，真是太了解他们的情况了。先说石磊，从小父母离异，孩子父亲和母亲一边各跟了几年，前两年母亲又因患癌不幸离世，石磊那孩子可以说从小就尝尽了人间的酸甜苦辣。石磊母亲生前是个女强人，奋斗了半生，据说给石磊留下了一笔不菲的遗产。只是这笔遗产得等石磊走上工作岗位后，才能由代理律师交给他。现在每个月，石磊只能收到代理律师按时打给他的生活费，如果学校有额外要上缴的费用，石磊必须取得学校的证明提交给代理律师才能领到，这让小罗十分佩服石磊妈妈的深谋远虑。当然，对于遗产他有自己的见解，他认为遗产只是父辈留下的一份念想，靠自己挣来的，才是真本事。李红兵情况更为复杂一点，他父亲是外省人入赘，只是和他母亲办了喜事却没领结婚证。李红兵刚满一岁，父亲就跑回老家了。母亲将李红兵带到三岁，也熬不住了，一个人跑去沿海一带打工，除了寄钱回来，就再没见到过人影。李红兵一直跟着外婆过。眼见外婆日渐老迈，给口吃的倒行，要说孩子的成长教育问题，老人早已力不从心了。

对于两个少年的成长，小罗感到一筹莫展……

罗秉亮毕业于西南科技大学，对于七〇后的"新型"大学生来说，他与同学朋友一样怀揣着年轻人"闯荡世界"的豪情与理想。毕业后，他在一家以开发电子产品为主的中外合资公司觅到了一个职位，可还未及施展拳脚，老父亲一个"催儿归乡"的亲情电话便将他召了回去。第二年通过公务员招考的罗秉亮被分配到幸福路派出所，刚加入警队的年轻小伙对新岗位的一切都感到新鲜有趣，渐渐地，未能留在经济发达地区拼搏一番的遗憾，被充实忙碌的警队生活替代了。

小罗其实应该是老罗，他已四十岁出头，只是多少年来既没升职也没挪窝，一直在派出所，除了年龄大其他都属小字辈，所以一直谦虚地将"小罗"这个平庸的称呼继承了下来。小罗前后交过几个女朋友，都没修成正果。有一次八字那一撇差不多就快撇到底了，哪想手一抖拐了个弯，跑偏了，女朋友突然就和他分手了。两个月后，女朋友结婚了，新郎不是他。那大概是五六年前的陈芝麻烂谷子了，自那以后，小罗再没谈过恋爱。

派出所里的工作，除了治安巡逻防控、预防和处理犯罪案件，调解纠纷算是家常便饭。小罗调解纠纷很有一套：为了将争执双方的财产损失降到最低，他总结的经验是，如果反复劝说双方仍情绪激动，就分别带离、分别劝说，避免正面冲突，直到双方冷静下来，再带到一起调解。另外就是冷处理，有时他就抱着胳膊站在一边，貌似冷漠地看着双方争吵，不插一句嘴，让旁边围观的群众急得面面相觑。其实他有自己的方法，一直暗中防范着双方有身体接触，直到双方吵累了，再进行调解。多次案例证明，这些怪招都非常奏效。他总对刚进派出所的年轻人说，干调解不能纸上谈兵，所谓的"实践出真知"，特殊的案例还得特别处理。

一次在某公证处，有人因为财产公证的问题在那儿撒泼，工作人员无法处理只好报警，小罗带着辅警出警后，看到一中年妇女头朝里、脚朝外地躺在门槛上，了解后得知，这人之前来公证处做过财产公证，但现在后悔了，要求更改公证。小罗等人耐着性子做了一个多小时的思想工作，没起任务作用。小罗也火了，他拉直身体，将腰腹部堆积了三层的脂肪舒展舒展，毫不客气地将那个硕大的油肚向外挺着,很霸气,他一把揪下头上的作训帽胡乱擦把脸,"啪"的一声将作训帽撂在办公桌上。妇女听见这动静,身体虽还躺着,但口里咒骂撒泼的声音却渐渐减弱了。这时小罗洪钟大吕的声音响起:我说这位大姐,你这样闹也不是个办法,根本解决不了问题是不?反而会让别人看笑话……去去去,这里是办公场所,不允许围观哈。小罗走过去"砰"地一下将临路的卷帘门关上了。不知是被关门的响动震到了,还是迫于小罗的气场,妇女哼唧了两个小时的噪音终于停止。小罗又和她讲法律法规,告诉她如果真是对公证有异议,可以寻求法律援助,具体的做法必须找相关部门咨询,经过一番软硬兼施的操作,妇女终于冷静下来,并真诚地向大家道歉。

这样的工作一干就是十几年,眼见一拨又一拨的年轻人在他这位"师父"手把手教导下成长起来,有的被迅速被提拔,成为新岗位的骨干力量,有的虽仍留在派出所,但却也成了他的领导。每年"优秀民警"评选基本上都有他,但就是不见被提拔,于是有徒弟们悄悄点拨他:做人要活络点,不能认死理。小罗一听,嗤笑一声,他当然知道自己不顺的"死结"。只是,这"死结"有时就是一个人的底线,是不能碰触的红线。其实活到了不惑之年,小罗将很多东西看得和没放盐的汤一样淡。那时候女友突然结婚,他颓废了一段时间,无论做什么都提不起精神,却又不得不硬着头皮去做。后来,小罗突然痴迷于派出所的每一件小事,无论是案件侦办,还是治安巡逻,抑或是纠纷调解,甚至哪家门锁打不开、钥匙掉进沟里了之类的鸡毛蒜皮,他都会饶有兴味地去管。不分昼夜地加班加点,饿了就点外卖,吃宵夜,久而久之,小罗患上了"过劳肥"。眼瞅着越来越横向发展的肥胖身体,他自嘲跑步迈进了"油腻大叔"的行列。

四

抗癌协会院场相当于一个小型篮球场的规模。

头顶是张灯结彩的彩带、彩灯和小红灯笼，院心周围已按照座谈会的模样围了几圈桌椅板凳，每张桌上都摆放好相同的糖果和水果、饮料和糕点，院心中央空出一块场地，供表演节目用。正桌位置还摆放着一个圆圆的硕大的大月饼，焦黄的表皮撒满了密密麻麻喷香的白芝麻，这就是张玉福奶奶头天精心制作的大月饼。

病友陆陆续续都齐了，有的还带上了家里的小孩。张奶奶本来的意思，是为孤寡病友提供一个温馨的大家庭，不能冷落了这些原本就过得不如意的人。令她想不到的是，她进协会十年，每一年的中秋晚会，除了个别卧床不起的病友，张奶奶提前就带人送去了月饼和慰问品，其余的病友都会赶来参加中秋晚会，一起赏赏月，说说笑笑，尝一口张奶奶亲手制作的"团圆饼"。

张奶奶绕着院场一一和病友们打着招呼，眼睛却四处搜寻着，带着点焦虑和期盼，时间一分一秒地过去，天色渐晚，当她的眼神几近暗淡之时，突然又如捕捉到一束光般的明亮起来。石磊这小子终于还是来了，张奶奶紧撵上前，抓住刚进院门的石磊就往院场里走。

石磊脸上恹恹的，唇角挂着隐约的不耐烦，他的嘴角仍青紫着，右眼的肿胀倒消退了一些，已经能正常睁开眼了。他被张奶奶拉到主桌旁坐下，明晃晃的日光灯直直打在他脸上，他起身欲换个不太显眼的位置，张奶奶笑眯眯地压了压他的肩膀表示制止，他也就没再坚持。

晚会开始了。张奶奶先简单致词，然后切月饼，接着病友平日里精心编排的文娱节目依次登场。

节目有单口相声、群口相声、朗诵、霸王鞭、民族舞、京剧、山东快板、笛子独奏、葫芦丝集体表演……终于到每年都少不了的压轴戏了，将花白的头发梳得整整齐齐、中山装的风纪扣扣得一丝不苟的徐大爷从容地站了起来，话筒已经十分默契地传到了他的手中。他气定神闲地将人群扫视一圈，清清喉咙说："啊，我给大家出一个对联吧。大家都知道昆明西山的大观楼长联吧？那是乾隆年间，名士孙髯翁登大观楼时感慨所作。现在我就出个上联，你们谁来对个下联？啊，听好了啊。"徐大爷将话筒贴近嘴巴,气势恢宏、抑扬顿挫地吟诵了起来:五百里滇池,奔来眼底,披襟岸帻,喜茫茫空阔无边。看:东骧神骏,西翥灵仪,北走蜿蜒,南翔缟素。高人韵士何妨选胜登临。趁蟹屿螺洲,梳裹就风鬟雾鬓;更苹天苇地,点缀些翠羽丹霞,莫辜负:四围香稻,万顷晴沙,九夏芙蓉,三春杨柳……

徐大爷吟完,高仰着阔大的脸庞,又将人群环视了一遍,那意思是:谁来对下联? 谁对得出吗?

当然没人对得出,这是徐大爷的"绝活",多少年了就这一个保留节目,谁都不会去抢他的风头,病友都是些善良的人。

好!

好!

好!

只有此起彼伏的叫好声以及连绵不绝的鼓掌声。徐大爷派头十足地点点头,手掌向下压了压,示意大伙儿暂停,他要开始对下联了。人群配合地再次噤声,刚才拍巴掌的并未将巴掌放下,而是合在了一起,他们等着下一拨更激烈的鼓掌。

眼看徐大爷满意地又要张口了,哪想一个略带稚气的声音中气十足地说:"我来对下联。"大伙都怔了,循着声音望过去,一个半大少年从正桌旁站了起来,正是石磊。他学着徐大爷清清喉咙说,下联:数千年往事,注到心头,把酒凌虚,叹滚滚英雄谁在? 想:汉习楼船,唐标铁柱,宋挥玉斧,元跨革囊。伟烈丰功费尽移山心力。尽珠帘画栋,卷不及暮雨朝云;便断碣残碑,都付与苍烟落照。只赢得:几杵疏钟,半江渔火,两行秋雁,一枕清霜。

石磊对完了,全场有几秒钟的寂静,场面顿时有点尴尬,这时,"啪……啪……"徐大爷带头鼓起掌来,好! 好! 真是不错哈! 现在的年轻人也愿意读书了,我们后继有人了……

大家如梦初醒,都跟着徐大爷一起鼓掌,欢声笑语又起,石磊却看到随着徐大爷激烈鼓掌时不断颤动的花白头发,以及苍老的眼睛里那一抹掩不住的惶惑与不解。

没过多久，石磊先行退场，没和张奶奶打招呼。

五

石磊父亲以前是出租车司机，回家通常两头黑，一个月也难逮到机会与家人一起吃个饭。石磊母亲更是个大忙人，她从二〇〇〇年开始，便在老家那个核桃集散地做核桃生意。普通本地人做核桃生意才开始摸着石头过河，忙于结交北上广的大老板。而她却亲自押车上北京打市场。那时她特立独行的行事方式引来了一片嘈杂的议论，当然贬多褒少，多半不被看好。石磊母亲凤枝不管别人说三道四，在北京结交朋友、租门面卖核桃，碰壁失败了就再重新再来，终于，几年后，这个来自云南边疆的小女人居然在京城海淀区"山货一条街"上有了个立锥之地。原产地直销，省去了中间商层层赚差价和拿提成，凤枝价廉物美的山地泡核桃如泉涌之势迅速打开了销量，并一度占领市场。几年后"核桃老板凤枝"在山货街无人不知无人不晓。

然而，母亲凤枝生意的成功并未使三口之家其乐融融，幼时的石磊经常被托付给家政服务员，与父母的感情日渐疏远，长久的离居最终也使夫妻俩分道扬镳。父母离异后，石磊判给了父亲，那是二〇〇五年，石磊九岁。

以后你就跟着妈妈过，有妈的地方，就是你的家。凤枝说这话是在二〇〇九年初，春节的零星鞭炮声还冷不丁地左一声右一声地响彻在街头巷尾。石磊父亲不久就要再婚了，婚后他要带着新妇移居省城开始新的生活。石磊母亲重新要回了石磊的监护权。母亲说着话要将石磊的一箱私人物品从宝马越野车的后车厢搬下来，十三岁的石磊将手臂撑在纸箱两边，坚决地挡住了母亲凤枝的殷勤。他的手臂已有了青春少年的力量，那是一双拒绝的手臂。

凤枝没有坚持，她知道她和石磊父亲欠这个孩子的，并不是几个讨好的动作、几句温暖的话就补偿得了的。石磊幼时缺失的陪伴与缺乏的安全感，以及不愉快的记忆铭刻在漫长的时间之河上，就像一条长满杂草深不见底的鸿沟，但凤枝也相信时间也是最有效的治愈剂。她暗自告诫自己：在有生的时间里，一定要好好补偿这个孩子。然而凡俗中的人只知道向往未来，却永远不知道命数。第二年凤枝在体检中被检出了宫颈癌，必须进行子宫切除。术后恢复非常好，这增加了这个乐观女人生存下去的信心，等身体渐好后，她还在朋友的介绍下加入了张奶奶担任副会长的"癌症康复协会"，每天去协会报到，和病友唱唱跳跳说说笑笑，看起来，一切都朝着好的方向发展。然而，死神再一次露出了狰狞的表情。凤枝的病情突然恶化了，猝不及防，前后不到三个月人就没了。那是两年前的事了。自从张奶奶担任副会长后，她不但要求协会负责人在每位病友从病发到弥留，都尽量做到足够多的探望与临终关怀，而且还必须与家属保持至少半年的亲密联系，安抚家属，以给予他们更多生存的信念与希望。凤枝走后，石磊就成了张奶奶定点联系的家属，又因为石磊情况特殊，再婚后的父亲已离开小城，并且已有自主意识的少年已不愿回到再婚后的父亲身边。这样一个类似孤儿的未成年人，让张奶奶生发出更多的怜惜。所以这一"定点联系"，张奶奶便和他联系了两年。

石磊是个好娃娃，就是命运太波折了。就像一棵瓜秧子，你用一根竹棍引导一下就可以长得周正，如果不管任由他瞎长，肯定就会长歪了的……这是张奶奶常和病友念叨的话。张奶奶现在一个人过，领着退休工资。老伴儿在她还没生病前就已过世，她也没个一儿半女，早年怀过几个都以习惯性流产告终。后来她相信这是命，命中没有再强求也得不到，再耿耿于怀就是钻牛角尖了。懂得回旋，是张奶奶做人的心得。自从认识石磊后，她有了新的牵挂。

二〇〇二年，也就是十年前，张奶奶被确诊为肾癌，这在别人看来犹如晴天霹雳的疾病并没有引起张奶奶过大的情绪波动，除了开始的一次手术及几次有限的化疗，之后她感觉与正常人没有过多的区别了。一次偶然的机会,她听说市里有一个"癌症康复协会",也就是"抗癌协会"一听到这个可以让自己找到归属感的名字,张奶奶便一阵阵不能自控的激动。她一夜没睡好,怀揣着憧憬的喜悦。可是,去了协会几次,张奶奶便大失所望了。原因是她发现,协会里的每位会员,无一例外地总是愁眉苦脸、一脸哀凄,让张奶奶备感压抑。

天性乐观的张奶奶暗自寻思:这样下去怎么能行!本来协会里全都是病人,再长期待在一个悲观死寂的群体里,那还有什么希望?张奶奶决定带头改变现状。她先是站出来讲述了自己的抗癌故事,又鼓励病友大胆讲述自己的抗癌经历。开始只有几个人畏畏怯怯地尝试着讲了讲,在她一次又一次地热心鼓励下,病友的热情都被调动了起来,越来越多的病友大大方方地讲述了自己的故事,以及对生命的渴望。张奶奶趁机鼓舞大家:只有我们自己真正认可自己、真正从内心深处快乐起来,我们才可能收获越来越多的健康和幸福,所以我倡议,从今以后,我们协会里不允许再有愁眉不展、郁郁寡欢的人。我们都是相亲相爱的兄弟姐妹,有什么困难说出来,我们大家共同解决……

病友齐声响应,并用热烈的掌声回应了她。

她积极组织病友成立了一支文艺队,根据队员个人特长,精心编排了葫芦丝长笛演奏、独舞、黄梅戏、越剧、小品相声、白族霸王鞭、大本曲等文艺节目。她的名声像朵蒲公英,在整个小城里传播开来,病友快乐的身影频繁出现在各种公益活动的舞台上。那之后,文艺队每年都要举行五次以上的大型表演活动。她诙谐地告诉病友:有位名人说过,少做多活是少活,多做少活是多活。所以我们要多笑多动、多找乐子,我们要快乐地活到一百岁……长此以往,在张奶奶的带动下,协会的氛围越来越好,隔着院墙都能时常听到病友们的欢声笑语,而且慕名加入协会的病友也越来越多,后来,石磊的母亲凤枝也加入了抗癌协会。

那是一个艳阳高照的中午,张奶奶正在活动室教病友剪窗花,一位三十几岁身材高挑、气质优雅的女人款款走了进来。她身后跟着个十三岁左右的少年,少年背着个双肩包,遮阳帽拉得低低的,遮住了一半的眼睛。他并没进屋,只斜倚着门框,好奇而冷漠地打量着这一屋子学剪纸的人。

张奶奶与他对视了一眼,就被眼前这个忧郁气质的少年吸引了,她暗自思量:如果自己有孙子,差不多也该是这个年纪了。

缘分这东西真的很奇怪,石磊母亲去世后,张奶奶成为石磊的"监护人"。她经常喊石磊去家里吃饭,有时石磊不去,她就将他爱吃的菜打包送过去。要是石磊不在就将东西放门卫室,久之连门卫大伯都认识她了,还以为这个满头银发的老奶奶就是石磊的亲奶奶。这两年,石磊惹是生非、打架斗殴,张奶奶少不了——给他善后,领人、交罚款、给受害者补贴医疗费……该担不该担的责任,张奶奶都给担上了。

六

中秋节刚过去没两天,月亮仍然是又大又圆。小罗顺着护城河巡逻,又在辖区街道转了转,顺便在幸福路与天福路交叉口的饵块店买上两套手揉饵块:雪白的饵块被揪下一坨,一双戴着银镯子的纤手将之揉啊揉,揉得又黏又软,摊开抹上芝麻酱花生酱香辣酱、包上烤肠、撒上韭菜豆芽,重包成个荷包形状,小蒲扇慢慢悠悠扇着,火上烤得金黄……小罗一口下去外酥里嫩,口里吐着白烟似的热气,神仙的日子也没这么逍遥。

小罗每值夜班必烤上两套做消夜,卖饵块的女老板叫杨晓芸,三十八岁,小他两岁。杨晓芸五官周正,皮肤白皙,小巧的鼻尖稍稍上翘,即便穿着朴素仍显漂亮,用现在的网络语说就是"长相很高级",也有人背后称其"饵块西施"。听说她在外省离异后回老家生活,好在没孩子拖累,自己一个人的日子过得也还算可以。

每回小罗买饵块，杨晓芸知道他是重口味，她总会多加点料。有几次揉饵块时小罗没留意，吃着吃着才发现饵块里多了个煎蛋，或是多了条鸡柳，小罗下次去要补钱给她，她死活不肯要，说错就错了吧，老主顾了，何必在乎那两块钱的。小罗喜欢她这豪爽劲，往后更是死心塌地只在她那儿买饵块了。

小罗将饵块放在办公室的桌子上，准备饿了就在烤火器上热一热。敦实的身体撂在半高的椅子上，他边欣赏月亮，边冲泡那个新开的无量山普洱熟饼。无量山，在金庸笔下是"无量剑派"的发源地。这让小罗觉得这茶附上了武侠的气息，每回喝都能喝出一种侠肝义胆。

对于小罗来说，今天是个特殊的日子。六年前，也是在这间办公室里，上一任女朋友帮他庆祝了三十四岁的生日，自那次之后，小罗再没过过生日。那是个让他终生难忘的生日，那时小罗还很年轻，还没有这么胖，并且对工作充满信心、对未来充满憧憬。那晚也是轮到他值班，女朋友跟他商量好，晚上就由她买几个热菜、拎个蛋糕来办公室给他庆祝一下。哪想临时接到应急处突发任务，等凌晨十二点他拖着疲惫的身体回到办公室时，看到了女友蜷缩在沙发角的瘦小身体，桌上放着一些已经放凉了的饭菜，还有一盒精致的生日蛋糕。那一刻，小罗感动得哽咽了，他在心里对自己说：今生今世，就她了。同事们见有蛋糕吃，都高高兴兴地将凉了的饭菜拿去食堂热了热，热闹地给小罗庆祝生日。这一切看起来，都是美好的开始。谁知狂喜后就是锥心的痛，这或许就是"物极必反"吧。小罗准备向女友求婚，出乎意料的是，他非但没等来女友的回应，还等来了一个晴天霹雳：女友要结婚了，新郎不是他。

小罗自嘲地笑了一下，使劲晃晃头，生生地将自己从痛苦的回忆里拽了回来。他将公道杯里琥珀色的液体注入粗陶茶杯，一口一口慢慢呷。味蕾在茶汤中苏醒，沿着喉管进入身体，身体也慢慢回暖过来。人生就如茶，时浓时淡，还有七曲十八弯的转机，每一道的滋味都有所变化。这三杯茶刚进肚，身上的对讲机就响了，说辖区附近有人报警,酒醉争吵中,有两人被朋友从幸福菜市场围墙外扔到了围墙里出不来了。小罗放下茶杯,立即带领两名辅警赶往事发地点。幸福菜市场位于南北巷,警车只能开到巷口,巷道的路灯昏黄得似烛光,不是每一盏都亮着。月朗星稀,银白色的月光如同明净的水泼洒一地,三个人打着手电筒像在水里跋涉,东一脚西一脚。中秋节过后,气温骤降,寒风刺骨,小罗看着空荡荡昏暗的菜市场,呼唤了几声没人回应,赶紧再拨打报警人电话。电话一直未能接通,正心急火燎,对讲机中另一指令又来了:某中学教师宿舍有人扰民。小罗心里偷偷骂了句,胡乱抹一把满头满脸的汗,一年四季,体形肥胖的小罗都是热汗不断。他气喘吁吁赶往现场,一眼就看到一醉酒青年男子在那里胡乱拍打宿舍门,嘴里不干不净地骂着,小罗立即上前制止,同时熟练地打开了执法记录仪。那男子此时醉眼惺忪,俗话说"酒壮尿人胆",在酒精的作用下,男子拥上前就往小罗头上胡乱地打。

捆上捆上。小罗气哼哼地捡起被抓挠掉的作训帽,辅警用约束带将男子约束住,小罗又从男子手机里查到他朋友的电话号码,又陪同男子朋友将他送往医院醒酒。这边刚折腾完,先前报警那男子再次报警,说他已从围墙里爬出来,可另一个朋友仍困在围墙内。小罗再次确定该菜场地址后,又迅速带领辅警赶到事发地点。路灯下,一个歪歪倒倒的年轻男人在那儿瑟瑟发抖,小罗喊辅警先去警车取来自己的大衣给男人穿上。男人理个平头,说话时嘴巴直抽搐。

警……警官,真,真他妈……哦,不不不……男人顺手给自己一嘴巴子……我、我,我是说真的太感谢你们了……俗话说,救、救人一命,胜……胜造七级浮屠。

瞧你这样,早、早干吗去了?小罗学着男人的结巴样,将手电筒的光打在男人脸上,男人眯着猩红的眼侧了侧脸。

我看,除了灌多了酒,好像也没受伤哈?

是是是,再不敢了……下、下不为例。男人双掌合十,头捣得像只鸡在啄米。

行了行了。小罗一挥手掌,向男人详细了解警情。

因为醉酒不清醒,报警人也记不清他俩被扔进去的准确地点。又是一番地毯式搜寻,小罗根据判断,先确定个大致方位,后用手电筒一一扫视搜寻时,发现墙角那有两处缝隙,这么高的墙爬进去都有些困难,怎能扔人进去? 小罗让辅警搭起人梯,站上去用手电筒光一扫视,人果然躺在里面,看起来已不省人事,难怪屁都不放一个。小罗这么胖的人,照理爬进去十分笨拙,哪想他的身体竟这么轻便灵巧,这与他经常训练体能和自习“少林拳”有很大关系。小罗轻声落下那一刻,两个辅警还是忍不住叫了声“好”,颇有给江湖艺人捧场的阵势。缝隙狭窄,小罗半蹲着掐了掐昏迷者的人中,只听见一声痛苦的“嗯”,他用手触碰男子的后脑勺时感觉湿漉漉的,手电筒一照,暗红的一片……小罗心说不好,在辅警协助下,他赶紧将受伤男子弄出围墙。简单包扎后,小罗喘着粗气,肥胖的人就是这样,一超负荷运动便会气喘吁吁,似乎时刻提醒别人他的存在,这种时刻刷“存在感”有时也颇令他尴尬。小罗咬咬牙背起男子就跑,因为这是条狭长的巷道,警车根本就进不来,这一段路得人工救急……

后来的事,是这么个版本:由于送医抢救及时,受伤男子成功脱离危险,小罗不但被评为那一年的“优秀共产党员”,还被市里见义勇为基金会评选为“见义勇为先进个人”。

后来,因为此事连续就职派出所十几年、从未挪过窝的罗秉亮同志,破天荒地被调到了市局刑侦支队。

七

点,放开点,别像个娘儿们般纠结。小罗难得穿便服,肥大的休闲牛仔裤配件黑色 T 恤,刚坐下就将灰白色的休闲外套脱了搭椅背上。再有几天就迈入寒冬腊月了,好像他对气温无感,才走两条街就满头大汗,颗颗汗珠顺着连鬓胡的脸颊往下淌,前胸后背濡湿了一大块,

T恤黏糊糊地贴在身体上。胸口黑T恤颜色深进去的形状像小孩子吃饭系的围兜,看起来有些滑稽,也让这位"胖叔叔"看起来有些呆萌。

AA吗? 石磊迟疑地慢慢坐下来,斜着眼先行发问。

A啥啊A,我请,今天可劲点可劲吃,别跟我客气。小罗大手一摆,阔绰地说。

真的假的啊"胖笋"?小红毛迟疑地问。"胖笋"是少年们对小罗的称呼,几分使坏中又透出几分亲切。小罗的小气是整个幸福社区出了名的,以往进了派出所,到饭点了,小罗就去门口小卖部买方便面。每次都是两桶麻辣牛肉面,两个卤蛋,几包袋装面。当然,两桶面和卤蛋都是他的,他食量大。先当着少年们的面呼噜呼噜吃泡面、哧溜哧溜吸面汁,那些面味啊、脱水蔬菜味啊、香辛料味啊、各种酱料的味啊混合成浓香,勾引着他们的馋虫。小罗很得意,边吸溜面汁边说他们:饿不饿?想不想吃啊?下回还打不打架了……像这样发自灵魂的拷问反反复复,可以持续两个小时,直到他们饿得前胸贴后背、双眼无光、口水横流,他才会拿根牙签剔着牙打着满足的饱嗝给他们下命令:去,自己泡面去,一人一袋,水开了。听到这句,饿极了的少年们马上对小罗感激涕零,忙不迭地去抓属于自己的那袋。小罗早给犯事的他们备好了,迷彩图案的大碗,一人一个,泡那袋只够填牙缝的袋面……

所以小罗今天突然大方到极点的表现是十分可疑的,只是两个少年也看不出有什么猫腻,心想还是吃美食要紧。两个少年又对视一眼,心有灵犀似的,默契地点了奥尔良烤翅、炸薯条、鸡米花、鸡腿堡、鸡肉卷、可乐等一大堆食物,几乎将所有能点的全点一遍。这些大人眼中的垃圾食品,是青少年最喜爱的美食,对于平时生活拮据的两个少年来说,很少能一次性吃个饱,这次破天荒有个"冤大头"埋单,机会咋能错过。

音箱里播放着动感十足的欧美流行歌曲,两个少年边往嘴里塞东西边摇头晃脑,用鞋底在地板上打着拍子,是他们都喜爱的迈克尔·杰克逊的歌。小罗看着两个孩子吃得津津有味,一向严肃刻板的表情渐渐地变得柔和起来。平时食量很大的他今天吃得很少,一个汉堡咬了两口就放一边了,他点燃一支烟,狠狠吸了两口,又掐灭了。他几次张嘴好像有话要说却又闭上了,最后一次他站了起来走向吧台,跟吧台小哥耳语了几句,当他迈着外八字、挺着大肚腩霸气十足地往回走时,歌曲停了,而后班得瑞经典的《安妮的仙境》轻柔地从音箱里飘出,小罗放松地吁出一口气,两个少年停下了咀嚼和吞咽,他们知道他有话要说。

我要走了。

啊?两个少年面面相觑。

我被调到市局刑侦支队了,今后不可能天天盯着你们了。但你们可别得意,千万别将事闹大了,要闹大了可就不是派出所走一圈那么简单了。到时落我手上……哼哼……你们下辈子可就完了。小罗两个实沉沉的大手肘搁在桌子上,桌子立马狭窄了很多,给人一种奇怪的压迫感。他双手相握,不动声色地使着内劲,骨节被他捏得"咔咔"作响,强大的威慑力,两个少年都瑟缩了一下。

八

小石子,你……你干吗躲着奶奶啊?张奶奶堵在天福巷口,手撑着后腰上气不接下气。她剪着三七分的短发,银白的发梢微微自然卷曲,五官与某位著名模特有几分相似,看得出年轻时也定是个美丽的女子。虽上了年纪,但整个人看起来也精神满满,根本就看不出来已经是七十九岁高龄的老人。

我……有事。石磊用鞋尖蹭着地,垂下了眼睛,很奇怪,平时目空一切天不怕地不怕的少年,竟会害怕与这位老人对视。

除了上学你能有啥子事嘛。奶奶和你说了,你别总点那些外卖吃,对身体不好。

张奶奶,那些外卖也是饭啊,怎么就对身体不好了? 石磊皱起眉头。

哎哟,你这孩子是不晓得吧? 外卖为了增加口感,就会重糖重油的,而且那油搞不好还是地沟油,哪能多吃呢……

行行,我知道了……石磊想赶紧打发张奶奶。有时张奶奶给他一种类似母亲的错觉,张奶奶最常对他念叨的一句话就是:人活一辈子,什么事情都有可能碰到,关键是怎样看待。就好比同一道题发给不同的人去做,你能做多少分? 石磊从没想过自己人生的这道题能做多少分,他只顾眼下。只顾眼下不也是当今许多普通年轻人的生活态度吗?

但更多的时候,石磊对张奶奶是留恋与依赖,不过石磊不允许这一种感觉过多的存留,他很怕自己的心“硬”不起来,突然就在温情中沦陷了。这对一个渴求迅速“成人”的少年来说,是致命伤。

那晚上过来吃饭? 罗叔叔也来。张奶奶眯着亮闪闪的眼睛瞅着石磊。

哪个罗叔叔?

还有哪个啊,就是就是……以前经常逮你们的那个小罗啊……胖、胖箩。张奶奶憋了口气,还是将他们经常喊罗秉亮的绰号喊了出来。

哈哈……石磊终于还是忍不住笑了,他想让这位老太太喊一个人的绰号,那为难的样子,真是太有趣了。

嗐,你这死孩子,逗我老太太玩呀? 张奶奶也反应过来了,扑哧一声也笑了。

那就说定了,记得要来啊。张奶奶回转身要走,突然被石磊叫住了。

奶奶,那、那人生气了吗?石磊不好意思地又低头用脚蹭地了,他一难为情就是这个模样。

哪个人? 张奶奶一时没反应过来。

就那老头儿……

噢……你说徐大爷啊,他才没生气呢,相反还夸你呢。张奶奶若有所思地看着眼前这张稚气的脸庞,突然扑哧一下又笑了。她突然想起中秋晚会结束后,徐大爷特意找到她说:张副会长啊,我看石磊这孩子是个可塑之才嘛。以前我还一直认为,他和历史上那个'扶不起的阿斗'差不多,不是逃课就是打架,今后是不会有什么出息的。想不到啊,这孩子终于还是上进起来了,不简单啊……希望他今后能坚持走正道,不是三分钟的热度……

这话本来任谁听了都难消化,偏偏张奶奶不是凡人。她照旧笑眯眯听着,照旧眯缝着眼笑成了一朵花,她一个劲地点头称是,好像徐大爷传授了什么重要的做人心得。张奶奶从不得罪人,在病友的印象里,这位优雅的奶奶从来没有过失态,她永远都是那么的友善、和气。

哈,夸我?真的假的?石磊想起徐大爷那装腔作势的神态,不可思议地摇摇头。他根本就不相信那种以自我为中心的人,怎会心甘情愿地去夸奖别人。

真的真的,你这孩子啊,还是小。张奶奶慈祥地笑着,你不懂得人生一世啊,哪看得了那么多,有时眼睛睁一只就够了;耳朵呢,哪听得了那么多,要适时地关闭一只……嘻,慢慢经历世事,你就懂了。张奶奶说着话,一直是一副笑眯眯的模样。在石磊的记忆里,一年三百六十五天,无论何时何地,她总是一副笑眯眯的模样。有时他就纳闷了:一个身患癌症的老人,从哪里来的那么大的心性,那么多的正能量?其实他对这群中老年人是有"想法"的,成天见他们嘻嘻哈哈地开玩笑,很多时候那些话题啊、笑话啊,在他看来根本就没有什么可笑的,可他们还是笑啊笑,严重时笑得都直不起腰,他就觉得他们笑得太假太装,令人反感。

张奶奶和石磊挥挥手告别,她右手挽了一只竹编菜篮,养眼的浅绿色,现在这种手工的东西太少了,石磊猜她是从幸福菜市场后门口那个残疾手艺人买的,那人下半身瘫痪,却是世人口中的"身残志不残",每天早八点,他准时摇着轮椅来菜场口编菜篮和簸箕,现编现卖。石磊不屑地努了努嘴。他并不是没有同情心,而是不喜欢什么都被赋予自以为是的"意义"。

哎……石磊突然唤了一声。

还有事吗?张奶奶停下脚步回转身。

就、就是……你得留意着点那个姓徐的。石磊咬咬牙,还是将话说了。

你这孩子,我留意他干吗呢?他怎么了?

哎呀,让你小心就小心点嘛,那老头儿要说起好听的话来,恐怕树上的雀儿都能被他哄下来……就是不真心……我是怕你被骗了。石磊说完这话臊得慌,一跺脚就跑了。

张奶奶回味了一会儿,突然脸红了。她自嘲地笑了笑,才转过身,慢慢往菜市场方向走去。今天是元旦,她要好好做几个菜,和小罗、石磊他们好好聚一聚。

九

石磊说的这事,几年前张奶奶的确是认真想过一下的。徐大爷徐国忠与张奶奶同庚,今年也是七十九岁,他患的是胃癌,处于早期,胃部被切除了一小半,手术也已经十来年了,恢复得非常好。徐大爷平时就爱好读个书写个字,活动室里挂有他"老有所乐""开心活到一百岁"的墨宝,整个人还是挺儒雅的。当然,人都有缺点,也有病友私下议论他"爱表现""装腔作势",不过只要不是致命的原则性问题,这些小毛病又算得了什么呢?

五年前,徐大爷经病友介绍加入协会,才来就"盯"上了张奶奶。其实,"日久生情"是人类的共同情感,"一见钟情"也并非不可能,所以协会里的病友,的确有几对"小暧昧的",他们都是丧偶或单身,再结婚也是受法律保护,可在张奶奶眼里,就没有一对挑破窗户纸的。

其实这道理任谁都门儿清：一伙病友一起玩是找乐子，两个病友捆绑在一起就是相互拖累。都是历经变故的过来人，生死的事看过太多，想法和做法各归各，都很拎得清。

可徐大爷似乎看不透这些，他帮张奶奶管理协会事务，给她出点子想办法，与她一起探望病友、帮忙处理善后，无论人前人后都对她嘘寒问暖。前年七夕节，他特意给张奶奶写了一幅字，大大方方地送给张奶奶，张奶奶打开一看，上面写有唐代李商隐的两句诗：身无彩凤双飞翼，心有灵犀一点通。张奶奶的心猛地一跳，再偷偷展开看时，久违的甜蜜，像好不容易抢来的灌田水一样一点点沁入干枯的心田。她就是在那时认真思索与徐大爷的事情的，只是，老年人特别是身患癌症的老年人的感情往往是脆弱的，他们的未来，甚至比少不更事的孩子的还要渺茫。比如，有这么一对，刘大爷突然病情恶化去世了，前后不过三天时间，吴奶奶撕心裂肺哭了一场，这件事之后，吴奶奶过了许久才恢复昔日的爽朗，后来关乎感情的事再也不去触碰了。

张奶奶就是从刘大爷和吴奶奶的事里参悟禅机。那之后，她故意处处疏远徐大爷，意思就是告诉他：他俩不可能。徐大爷当然不是个木讷的人，他比起以往有所收敛，只是不时地仍会给张奶奶献个殷勤，当然不只献殷勤，有时他也会不留情面地给张奶奶说几句"硬话"，比如暗示石磊抢他风头那类怪话。对于这些张奶奶是毫不在意的，她知道徐大爷心里有气，这气也并非针对她，只是他自己过得不舒心不痛快，儿孙都在外地工作生活，寡居的人能有几个真正舒心的？他想发泄，就让他排解一下。她记得当初进入协会的初心：病友就是一家人，谁有困难都要一起解决。协会大的能力没有，至少能为病友提供一个倾诉的场所，让他们相互打气。

十

二〇一三年初，罗秉亮同志正式被调往市公安局刑侦支队。从这一天开始，十几年来一直窝在幸福社区的片警小罗的人生就像"开挂"一样，顺风顺水起来。

小罗调到刑侦支队碰到的第一个案件，就是"非法倒卖枪支案"。一月中旬的一天，大队根据线索，抽调公安民警迅速成立专案组，在全市进行大规模搜索，但整整一个晚上也未能查到嫌疑人，由于还有其他警情，大部分警力只能先行撤退。天亮时分，一直蹲守在某旅社附近的小罗，突然发现一神色诡异的男人从那家旅社出来，从男人的体貌特征观察，正是此次"非法倒卖枪支案"的嫌疑人。情况紧急，小罗一边打电话向大队报告，一边悄悄尾随该男子来到客运站。眼看该男子上了一辆客车，车子已经发动，排气管排出混浊的气体，刺鼻的汽油味警示着小罗嫌疑人即将逃脱。想不了那么多了，小罗只有镇定神色，紧跟着上了客车。客车上只坐有小半车人，身着黑色皮衣的嫌疑男子坐在右侧倒数第二排，双腿中间夹着一个又大又厚的包，看起来沉沉的。情况紧急，胆大心细的小罗观察着嫌疑人的动静，他决定铤而走险演一出戏，扮演一个小地痞。他将平时喜欢倒挂在脑后的墨镜拉回来戴眼睛上，夹克衫右侧故意从肩头滑到手肘部，迈着不可一世的鸭子步慢慢接近嫌疑人，等闲逛到男人身旁时，他突然猛扑上去，一下就反剪了男人的手。男人这才反应过来，瞪眼蹦脚爆粗口，但迟了，小罗已将其牢牢控制。别看他人胖，却不是虚胖，经常作训实战的人，真功夫得有。俗话说赶得早不如赶得巧，此时增援民警赶到，一举将男人抓获，并从他黑色皮衣及包中搜出小手枪共八支。由于抓捕有功，罗秉亮荣立三等功一次，并被提拔为一大队副大队长。

这人要走起运来，天兵天将也挡不住。二〇一三年五月份的一天，市刑侦支队组织"大查夜"，在某招待所小件寄存处一旅行包内，搜到一千多发步枪子弹。为将寄存子弹的嫌疑人抓获，支队特做精密安排：取走子弹，包伪装后留下，并严肃嘱咐服务员，若有人取包，一定想办法将人稳住。为确保抓捕成效、保证市民安全，小罗一连几天带人守在那儿附近，不敢离开一步，困了就与同事轮换在车后座随便休息下,饿了就啃面包喝凉水。终于在一周后的一个上午,小罗刚用矿泉水将胡楂儿打湿,准备刮一刮那圈连鬓胡子,透过挡风玻璃,他就发现三名身强力壮的男人在与服务员交涉,小罗赶紧抽过毛巾抹一把脸,嘱咐同事请求增援随后便走进招待所。他刚走进大厅,听见脚步声的三人就警惕地回过头,小罗镇定自若,满不在意地背手走过去问了一句:这包是你们的?一听这话,一个满脸横肉的敦实男人"唰"一下从后腰抽出一把刀来,男人将刀直直逼向小罗。小罗稳着气息,将一直握在手里的枪拉栓上膛。

咔嚓嚓。静寂的大厅里上膛的声音响亮,这招很管用,另一高个子鹰眼的男人马上做出和事佬的样子:算了算了,都是误会嘛。见形势不妙,三个男人想要抽身走人,小罗"唰"地一下将手枪从后背抽出指向三人,并大喊:警察,不许动。见小罗手中有枪,三人都不敢轻举妄动了,都乖乖照要求面墙而立,这时,增援部队赶到,一举将三名嫌疑人成功抓获。

胆大、心细、逻辑思维缜密、应变能力快……一次又一次成功侦破案件,让新任副大队长罗秉亮的知名度一日日高涨,市里但凡有个重特大案件,领导都会点名要他主抓侦办。二〇一四年秋天,支队掌握线索,一个蠢蠢欲动的犯罪团伙,近期将进行毒品交易,为首的正是街痞光头。可是该犯罪团伙迟迟不动,似乎嗅到了危险气息。专案组穷尽一切办法搜集情报,还是无法准确掌握其具体的交易时间和地点,侦办工作陷入僵局,这种情况持续下去也不是个办法,耗费的是宝贵的警力资源及时间。主抓侦办的小罗急得鼻子尖都冒火了,这时他想到一个铤而走险的办法,就是发展线人小红毛。

十一

自那次请两个少年吃了美食后,两个少年的心态都发生了很大的变化。石磊和小红毛打架斗殴的问题消失了,小红毛虽然仍跟着光头瞎混，但有所收敛，没做出任何违法的事情。

但要说一顿美食就能彻底改变两人的命运，那也是不可能的。小红毛对小罗态度明显的转变，是发生在那次吃饭的几个月以后。那晚小罗难得不值班，窝在沙发上看完第一百零八遍《少林拳法》后，肚子饿得咕噜咕噜乱叫，他这才反应过来晚饭还没吃呢，他套上外套，准备去天福巷附近，那里有个夜宵铺，蒸饺和麻辣烫都很好吃。炎热的大夏天，小罗穿着T恤、大裤衩，配双夹拖，挺着个圆鼓鼓的大肚皮，"踢踏踢踏"迈着外八字逛到那家店铺。他点好了两笼蒸饺半打扎啤，塞两个蒸饺进嘴，蒸饺皮薄肉厚、满口留香，再灌口扎啤，冰凉沁心、舒爽至极。老板很贴心，小木桌上放有大蒲扇，小罗惬意地扇着，心想人生的"小幸福"有时也不过尔耳。这一抬头，他突然看到西北方向某单元楼五楼倒数第三个窗口还亮着灯光，小红毛和他外婆十几年来一直就住在那儿。去年小红毛的外婆去世了，就留他一个人。小罗被调到刑侦支队三个多月了，成天忙得头朝天脚朝地，他还没跟两个孩子打过照面。这让他隐隐有些愧疚。于是，他便掏出手机给小红毛打了个电话，约他一起吃个消夜，正好了解下他俩的近况。

电话打了两遍才有人接，小红毛在电话里的声音很不正常。小罗警惕地问怎么回事。小红毛说肚子一直疼，还呕吐，胆汁都快吐干了。小罗一听暗说"不好"，蒸饺也没胃口吃了，脚下生风似的就往小红毛家跑。

由于是老式低层居民楼没有电梯，心急如焚的小罗从底楼一口气跑到五楼，敲开房门后发现，小红毛面色苍白、满头大汗，捂着右腹部直不起身，小罗喘着大气，背起他就往楼下跑……

急诊科检查结果果然不出小罗所料：急性阑尾炎，而且已经穿孔，需要马上手术。

两个小时后手术终于结束，一直焦急等候在手术室外的小罗见门开了，马上迎上去。

阑尾穿孔，引发腹膜炎。再晚半小时，我们就是华佗转世也救不了这孩子了。哪有你这样当父亲的啊？对孩子的身体一点不上心……主治医生是位戴副金丝边眼镜的中年男人，他一把拉下医用口罩，严肃地告诫小罗，显然是将他当成小红毛的父亲了。

小罗也不辩解，对主治医生唯唯诺诺、诺言听计从，他暗自思量：如果自己真有小红毛或石磊这样一个儿子，其实也不失为一种幸福……确认小红毛没事了，小罗才感觉左脚钻心的疼，这才发现"夹鼻"位置扎进去一片玻璃碴……

后来，小红毛得知这事，心里十分愧疚。

十二

最近，张奶奶觉得身体有些异样，时常感到腰酸背疼，这是她多年来没有经历过的感觉。张奶奶起初也没太在意，想着多休息休息就可以了。有一天，张奶奶在协会忙完后上卫生间，先是有尿急尿频的感觉，而后才发现下体有淡淡的血迹……张奶奶心里一惊，作为肾癌患者，她太清楚这些意味着什么了。

张奶奶没告诉任何人，悄悄到医院做了复查。医生几次欲言又止，最后慎重地告诫张奶奶：你要马上住院治疗。

老人家，我需要找您的子女们好好谈谈您的病情，然后拿出一个切实可行的诊疗方案。医生委婉地对张奶奶说。

我就一个人，没有子女。是不是复发了？很严重？你可以直接告诉我。

医生沉吟片刻，沉默着点了点头。

住不住院，我得考虑一下。谢谢你。张奶奶镇定自若地说，她优雅地将一捋额角垂下来的银丝，亮闪闪的眼睛里含着笑意，略带抱歉地跟医生点点头，转身慢慢离去。

医生和护士看着这位老太太优雅的背影渐行渐远，一个个都觉得不可思议。

张奶奶想起自己六十九岁得这个病，现在八十一岁了，已经足足多活了十二年，赚够了啊……张奶奶不忙着回家，她顺着护城河缓慢地行走。这条河自她与爱人从乡下来到这个小城起就这样流淌着，半个世纪过去了，河水仍然不疾不徐、波澜不惊，仿佛人间悲欢都可以"流水东逝"。她记得半个世纪以前，张奶奶还是爱人口中亲切的"小张"的，护城河河两边只是用乱石垒起来的矮矮堤坝，没有铁栏杆。爱人在煤建公司工作，自己在滇纺上班，白天各忙各的，每天吃过晚饭后，受人羡慕的小两口总要沿着护城河散步。那时的河水比这时还要清，黑不溜秋的水鸟和从西伯利亚飞来越冬的红嘴鸥比现在还多。它们有黑有白，在一起叽叽嘎嘎地歌唱，嬉戏于水面，漾起一片片水花。看着这景象，爱人总会说，这就像一盘黑白分明的围棋。这一切是多么诗意啊！时间一天天、一年年地过去，他俩只差孕育一个小生命，人生就算小圆满了。可命运这回事，总会给你一些，又收回一些，即便是小圆满，也没让他们得到。

　　张奶奶一直绕到护城河拐弯的位置，才顺着台阶拾级而上，慢慢通过过街天桥。过街天桥是这两年新建起来的，钢化的结构，站在天桥制高点，可以俯瞰整座小城。城市虽小，却每天上演着人间的悲欢离合。人这一生什么最重要？可能每个人有每个人不同的看法。但张奶奶觉得过好每一天才最重要。张奶奶掏出浅蓝色素雅的小手绢擦拭汗粒，现在的人已经不习惯用这种小手绢了，都用餐巾纸。张奶奶却认为手绢代表的是一种旧式的优雅。

　　其实不仅是用手绢的习惯，张奶奶整个人都给人一种雅致舒服的感觉，像恰到好处的暖阳。她喜欢剪短发，不胖不瘦的身材，喜欢穿素雅的针织衫、平底小皮鞋，还喜欢打一把镶有蕾丝花边的小伞。她的身上，常年都散发着干爽清香的洗衣液的气味。她是位讨人喜欢的老太太。

　　张奶奶轻轻揉着酸疼的腰背，目光温和地穿过城市上空，用眼神追逐一群飞鸟，让鸟载着她的情思，飞向那个叫"有稻村"的地方。

有稻村不只是水稻的故乡,还是她的故乡,南方的水稻一年两熟,六月份收早稻,七月份种第二茬,十月金秋又可以收晚稻。张奶奶永远也忘不了十月收稻穗的场景。风吹稻浪,一层层金黄色的浪潮席卷而来,连同而来的是扑鼻的稻香。上百亩成片的稻田里,人们在喜悦地收割,欢笑声、割稻声、打谷声……那是生活的馈赠,人间的烟火。

张奶奶已经有十年没回有稻村了,最后一次去是参加老哥哥的葬礼。此刻,一直隐藏在心底的想法强烈地跳了出来:她想回有稻村,带上小罗和石磊,让他俩也去看一看漫无边际的金黄色的稻穗……

十三

据罗秉亮了解,小红毛根本就没参与光头一伙的毒品交易活动。自那次阑尾炎事件后,小红毛自动疏远了那些街痞,还找到一份在电信公司卖手机的工作,这让小罗暗自为他高兴了一段时间。小罗知道他还没满十八岁,还不够公益性岗位的条件,心里早就想着让他先在社会上锻炼两年,成熟一点,明白赚钱的不容易,今后就会倍加珍惜自己所拥有的,比如青春、比如纯真。

是否发展小红毛成为线人？这着实让罗秉亮纠结了很长一段时间。可是要掌握有效线索、重拳打击罪犯,有时就必须做出艰难抉择。由于时间紧迫,其实更担心上级不同意自己将未成年发展成线人,小罗藏了个私心,没将发展小红毛的事向上级汇报。

窃取情报、秘密布控、收网……光头毒品交易案的侦破工作终于大获成功,公安机关当场抓获犯罪嫌疑人八名,缴获涉案毒品五十多公斤,涉案毒资两百多万元,是近年来侦破的毒品数量最大的贩毒案件。

重大走私、贩卖毒品案的成功告破,让所有警员都深深舒了一口气。重拳打击犯罪、减少和避免毒品对人民群众生命和财产的损害,这是大家努力的初衷。对于领导钦点自己主抓的案件最终成功破获,也让罗秉亮舒了一口气。但这口气却未能舒到底,因为这起毒品案的主要嫌疑人光头没有落网,在抓捕现场罗秉亮根本就没有发现这只老狐狸的行踪,更让他心里一紧的是,小红毛也失踪了。

发信息不回,打手机关机,公司也说他几天没来上班了,这让原本打算给小红毛增补报功的小罗彻底蒙了。他突然惊恐地意识到:自己可能犯下了一个致命错误。

那几天小罗像疯了一样逢人就打听幸福社区小红毛的踪影,还找到了石磊。石磊这一年的变化很大,不但彻底戒掉许多不良嗜好,而且不再逃课了,成绩已从原来持续保持的倒数第一,上升到全班前十名。后来小罗找班主任了解过,班主任说只要不松懈,持续保持下去,他考个理想的大学完全没有问题。

可是石磊也不知道小红毛的行踪,他记得最后一次见到小红毛是一个月前,他听说自己曾经的死对头脱胎换骨了,就托一同学去小红毛那儿买个手机壳。后来,该同学对石磊说,当时的小红毛称呼为李红兵更为合适,因为他头顶上像条鸡冠的红毛已经全部剃光,他留着规规矩矩的平头,整个人精神了很多。

这小子,人模狗样的。石磊狠狠骂出这句话后,却忍不住笑了。李红兵不和街痞混了,其实石磊打心眼里为他高兴。

可是这样一个"回头浪子",怎么就不见了呢? 他怎能不见了呢? 看着小罗失魂落魄地走了,石磊的心也紧紧揪了起来。

几天后,罗秉亮最害怕的事情还是发生了:有市民在护城河里发现一具男尸,尸体已被泡得肿胀,尸斑遍布全身。法医检验结果表明:死者正是李红兵,已遇害至少三天。

小罗就是在见到尸体那一刻崩溃的,他待在河岸边一言不发,耳朵排空了一切嘈杂的声音,肥硕的肉身像已被灵魂抛弃,他就那样垂手呆立着,像截没有生命的木桩子。

十四

降职、停职、检讨、反省,一个月后,再回刑侦支队时,所有人看他的目光都变了。鉴于罗秉亮同志目前已不再适合留在刑侦支队工作的实际情况,市局领导给了他两条路选择:要么去巡警支队,做一名普通巡警;要么还回派出所,干他的小片警。小罗没犹豫,他选择回派出所。

在回去之前,他厚着脸皮软磨硬泡,终于见到了当初提拔他到刑侦支队的那位领导。他找领导的目的不是为他自己,而是争取追授小红毛为烈士。

小罗啊,你令我很失望知道吗?想不到你受党和国家培养那么多年,觉悟性还是那么差。不讲政治不讲原则,无组织无纪律……你都自身难保,还要为一个从未上报过的线人争取烈士称号……领导越说越激动,哇啦哇啦一大堆,领导可能意识到自己的措辞有点过头了,又缓和了语气说:目前特大毒品交易案的主犯光头还逍遥法外,谁来证明小红毛确是因为透露有效情报给你而被害?这个没有依据……领导说完,挥挥手,意思是就这么着了,不用再说了。

领导,我一定会将光头绳之以法,到时请您言而有信。罗秉亮说完这话,给领导敬了一个标准的举手礼,随即转身离去。

哎……你你,我许诺啥了还言而有信? 罗秉亮,你可不要乱来……领导的话从后面追来,但小罗已经走远。

二〇一四年冬至那天,天气阴冷,天气预报说有小雨。小罗换上曾经连续穿过十几个年头的冬常服,套上那件褪色的咖啡毛领制服大衣,到幸福路派出所报到。入冬后的街道看起来有些萧索,枯黄的梧桐树叶被风撵着四处乱窜。清晨六点的街道,行人还不是很多,不知是冷还是赶时间,都走得行色匆匆。临进派出所时,天空飘起了微雨,雨丝钻进脖颈,凉飕飕的,小罗将脖颈缩了缩,裹紧了制服大衣,匆匆走进派出所。刚进小院,就听见值班室里欢声笑语,简直就像个普通的大家庭，没事时也会相互打趣几句开个玩笑，逢年过节也会叫个外卖拼个单改善下伙食。像今天这么冷的节气，大伙肯定在烧糍粑。

果然不出所料，值班室里同事在烧糍粑蘸蜂蜜吃，一抬眼看见小罗，像迎来了位贵客，全都欢呼雀跃起来，他们热情地将罗秉亮请进屋，特意将他原先最爱坐的那把大椅子让给他，大椅子被坐得热烘烘的，小罗的心瞬间就温暖了。一个搭上甜香蜂蜜的糍粑递到了他手上，抬头看是两年前自己带的徒弟小刘，长着一张娃娃脸的小刘正龇着雪白的牙望着自己他，示意让他趁热吃。听说他现在已是派出所副所长，转了一圈回来徒弟已是自己的领导了啊，罗秉亮感慨万千。

所长老谭人称"老黄牛"，他正准备带人出去巡逻，这会儿边系武装带边走过来拍了拍罗秉亮的肩，沉着地说：回来就好，所里的很多弟兄，还等着你带呢。

小罗感觉喉咙发紧，眼眶发热，忙将热乎乎的糍粑塞进了嘴里，沁心的甜。

日子又过回了原来的模样，巡逻防控、维护治安，扶老人过马路、用竹竿给市民挑钥匙、调解两口子吵架……事无巨细，是派出所的常态。每每值夜班时，小罗照旧逛到"饵块西施"杨晓芸那儿，买两套香喷喷的手揉饵块当消夜。两年过去了，她仍是一个人。有一次她将纸包递给小罗时，低头说了一句"总吃消夜不好"。小罗嬉笑着打趣自己"耳朵不好，没听见"，可心里早已像浇了一罐蜂蜜，甜到心底。之后他故意三天没去买饵块，等第四天再去时，杨晓芸没再劝他少吃消夜的话，只是偷偷在他的饵块里多加了两个肉饼。

其实他也不是没想过与杨晓芸在一起的可能性，他打听到杨晓云离异的原因，她的老公是个小包工头在外面养了"二奶"，男人许诺她不离婚，条件是她必须睁只眼闭只眼。别看杨晓芸身形瘦弱，却是个刚烈女子，她毅然选择了离婚。勤劳、正直，不图财、懂得自重，这正是小罗梦寐以求的女人。

只是现在还不是时候。

现在的小罗，还没有娶她的资格。他背负着一笔债，沉重得让他喘不过气。

自从回到派出所后，无论是在外办案，还是街道巡逻，或是上下班途中，他都如一条有着灵敏嗅觉的猎犬，敏锐地捕捉着每条有用的线索、每个可疑的身影，他要从这些蛛丝马迹中揪出光头。

光头是他的梦魇，他发誓要亲手将光头绳之以法。

每当值夜班时，小罗仍泡上一壶最喜欢的无量山红茶。地点、身份仍旧，可喝茶的心境却完全变了。回想两年前在这间值班室喝茶的自己，自诩将名利看得如不加盐的汤一样淡，他总会苦笑一声，感到无地自容。

小红毛是他这辈子最大的伤疤，很多时候他强迫自己不要去想，却又忍不住一次又一次地去想。他想，思想有个门阀多好，说停就停、说关就关，那样他会少一些痛苦。有时他又觉得必须时刻折磨自己才行，这样虽然不会减轻负疚，却能时刻提醒他，光头是他不共戴天的仇人，提醒他活着的另一重意义。

夜里睡不着，睁眼望着一片漆黑，他总会质问自己：难道当初你真的只为了伸张正义？你就没有过一点点利己的私心？有时他会整夜整夜被噩梦缠绕——他要到河对岸去，却苦于没有船。他站在黑浪滔天的河边焦灼无奈，这时小红毛从河里浮了上来，他原本瘦瘦的身体被河水浸泡得肿胀。他瞪着血红的眼睛，在浪涛的沉浮中高举着惨白的双手，他一次次尝试着去抓岸边的小罗，对小罗说：胖箩，我渡你过去……

小罗从惊惧中醒来，心跳如擂鼓。他再也无法入睡。

十五

那是一个废弃的地下停车场。原本那里在建一个大规模超市，因资金不到位等各种问题成了烂尾楼，几年来一直荒废在那儿。

　　沿着护城河一直走下去，穿过一条二十世纪七八十年代建成的吊桥，晃晃悠悠走到对岸，便到了地下停车场的一个入口。入口的硬化路面已被泥水浸湿，坑坑洼洼，看起来与泥土路已无两样了。小罗并不是第一次来这里，这里是贩夫走卒、三教九流聚集之地。

　　地下停车场光线昏暗，小罗在门口站了一会儿，才逐渐适应了黑暗，他慢慢走进去，细细打量着每一个隐匿在黑暗中的人：小偷、骗子、失足女、嫖客、瘾君子、乞丐、流浪儿……

　　在一个墙角，他逮到了一个小混混，小混混浑身发抖，面目扭曲，鼻涕口水止都止不住，那是瘾君子。小罗将抢到手的零包举得高高的，向他打听光头的下落。小混混个头矮小，抢不到，呜啦呜啦叫着让小罗将东西还给他，不然他要死了……小罗做出要将零包撕毁的动作，吓得小混混一个劲求饶。小混混猥琐的小眼睛向四处看了一圈，抖着身子悄悄告诉了小罗一个地名。

　　小罗不知道的是，在他转身之前，一个少年的身影迅速在柱子后面隐藏了起来。就因为这个疏忽，以后让他多了一份自责……

　　小罗叹口气，怜悯地将东西扔到小混混怀里。转过身，沿着刚才进来的路往外走，再次过各种各样身份的人，听着各种粗俗的叫骂、低沉的梦呓、夸张的威胁、歇斯底里的狂笑……他踩着臊臭的尿液，手扶到墙上的蜘蛛网，耳垂被一只蚊子狠狠咬了一口，一只硕大的老鼠吱吱叫嚣着从他脚面跳过去……第一次，他问自己是否执念太深了？

　　他曾经在网络上看到过网友们讨论"执念到底好不好"的问题，有网友说，就像你要修习佛法，要渡到彼岸，那么你坐船到对岸是好的执念。可你到了对岸不愿下船就是不好的执念，下了船还要扛着船走就是更不好的执念……

　　当然网上还有一个绝妙的说法来讨论"执念好不好"：就像开会

前,大家闹哄哄的,这时有人高声说,不要讲话! 大家才安静,但"不要讲话"也是话呀! 可是没这句话,不能止息嘈杂之音。

十几年人生起起落落、沉沉浮浮,小罗还是不敢说自己已经领悟了人生。或许还是拈花一笑的那一句:不能说不能说,一说就错。

十六

让罗秉亮无论如何也想不到的是:石磊跟踪了自己,先一步去了废旧厂房。

等小罗赶到时,远远就听见石磊撕心裂肺的喊声。小罗举着手枪冲进去,看到石磊躺在地上。石磊脸色煞白额头冒汗,右小腿鲜血直流,一根血口的骨头戳出了牛仔裤。光头手握一根粗粗的钢筋棍,将尖锐的尖头抵在石磊正在淌血的伤口处,他癫狂地朝小罗怒吼:姓罗的,把枪给老子扔了,不然我立马让这小子没了右腿!

小罗点点头,将枪远远扔开。

光头又咆哮着喊道:老子前半生过得低三下四、东躲西藏,有谁把我当个人看了? 今天我就要抬起头,堂堂正正做回人。不错,小红毛就是老子弄死的……是那小子该死,跟了我那么多年,竟敢反水,还不知死活地劝我去公安局自首……他到底吃了你什么药? 我光头明里暗里和你罗秉亮缠斗这么多年,还是斗不过你? 老子就不信这个邪。说完,光头将沾满鲜血的钢筋紧紧握在双手中,目露凶光,圆脸上的肉痉挛起来。

你想堂堂正正做回人,就和老子一对一,别使阴招。小罗平静地说,他听见自己体内野兽般的低吼,身上的骨节"咔咔"作响。

滚,都他妈给老子滚得远远的。今天就是我光头和你决一死战的日子。小罗的激将法很管用,好面子喜充好汉的光头冲手下几个小喽啰怒吼,并将手中的钢筋棍狠狠扔在地上。那些人本就是些见利忘义的乌合之众,见到警察本就想开溜,只是惧怕光头。现在老大发话了,对他们来说就是解脱,一个个片刻间就跑得没了踪影。

小罗将石磊的头靠在水泥柱上,安抚地捏了捏他瘦小的肩膀,起身活动活动身体,做好准备,此时光头已是磨刀霍霍。

据说,光头是个弃婴,后被福利院收养,十几岁就一个人走南闯北讨生活,后因机缘巧合,拜了一位师傅,学得了十八般武艺。小罗扎实马步气沉丹田,眼见光头双眼锋利如刀,就知传言不虚,万不可轻敌。只听光头大吼一声,耳边只闻风声,人已迅疾地向小罗饿狼扑食般扑了过来,小罗轻轻一躲,光头扑空,却只是个假动作,下一秒急趋连打,小罗大为惊讶,忙不迭地躲避……

眼看着十几个回合打下来也难分胜负,光头突来一个叶底偷桃,小罗忙于化解,哪想这是光头的假动作。趁小罗化解的当头,他竟然顺手捡起一块沉沉的废铁,使劲朝小罗头上砸去……

一旁观战的石磊惊呼一声。

小罗头顶顿时绽开了一个血口子,殷红的鲜血从口子里流出来。小罗讥讽道:看来,下三烂就是下三烂。永远都是狗改不了吃屎,永远不可能堂堂正正做人。

啊,闭嘴……光头被戳到了痛处,张牙舞爪,咆哮着扑向小罗,两人顿时滚倒在地。要说摔跤,还是体形胖大的占优势。两三回合下来,光头就没力气了。小罗骑在光头身上,用双手锁住对方,两人都气喘吁吁,小罗头上的鲜血顺着脸颊直往下淌。

哈哈哈哈……光头仰视着受伤的小罗,突然歇斯底里地狂笑起来。

笑啥? 疯了吗? 小罗咬着牙。

笑你们这些蠢货啊。你说你为个小红毛整成这副臭、臭德行……光头撕扯着嗓子:副大队长的位置还没坐热吧? 是不是还妄想升官呢? 做梦吧你,还不是灰溜溜做回你的小片警了……还有那根红毛,他以为自己是谁啊? 就是根毛! 自不量力,把小命都玩没了……

你给老子住嘴。小罗举起右拳狠狠砸在光头嘴上,鲜血顺着光头的嘴角流出,像一摊浓稠的西红柿酱。

呸……光头吐出被打掉的门牙,继续折磨小罗:你知道那根毛是怎么死的吗?你没见他临死那抓心挠肝的样子……打开我手机啊,我录了像……

你这魔鬼……小罗哑着嗓子,彻底失去了理智,他握紧两个拳头,疯狂地朝光头的头部和脸部砸去……

不能再打了,不能再打了……石磊已爬到小罗身边,眼里淌着泪水,祈求地望着他。

光头已被他揍得奄奄一息,小罗逐渐恢复了理智,松开手,一把将石磊的头揽在怀里痛哭起来……

这是自李红兵遇难后他第一次痛哭。

十七

时间来到了二〇一五年。

六月份的时候,石磊顺利地参加了高考,他填报的第一志愿是中国人民公安大学。九月份,小罗和"饵块西施"杨晓芸的婚事也提上了议程,两人决定春节时顺带将婚事办了,他们要请张奶奶当证婚人。为线人小红毛申报烈士的事情也已经层层通过审批,批复下来是迟早的事,到时候罗秉亮会带上那张盖有公安部钢印的证书到他坟上祭拜,以告慰小红毛在天之灵。特大毒品案也已结案,等待光头一伙的将是法律的严惩。

十月金秋,有稻村真是美不胜收。车子才转上盘山公路,一梯又一梯的金黄稻田便映入眼帘。日上三竿,阳光从云层间穿出,照到车窗玻璃上,映红了张奶奶和杨晓芸的脸,她俩坐在越野车后座上,张奶奶的腿上盖着厚厚的毛毯。她比以前消瘦了很多,侧面看就像竹片,瘦瘦的脸庞上眼窝深陷、颧骨凸出。她仍然剪着精致的短发,雪白的银丝被微风撩起,闪亮亮的眼睛里笑意盎然,这让她看起来自有一种迷人的精气神。

　　车子拐下了盘山路，稳稳当当地停在了宽阔的路边，小罗从驾驶室出来，打开后备厢取出折叠轮椅。阳光下，小罗因受伤缝针而剃掉的头发又密密匝匝地长出来了，与他的连鬓胡一样生长得旺盛，只是头顶多了个旋儿，现在他是长有两个旋儿的"牛人"了，当地民间总迷信长双旋儿的人很"牛"，"牛"在当地是方言，有两个意思，一是个性强，一是能力强，这让他颇为自豪。石磊也从副驾驶室下来，帮忙将靠垫拿下车放在轮椅上，从背后看，这孩子比两年前长高了整整一头，他身穿杨晓芸买给他的蓝白相间的卫衣，看起来青春又帅气。如果仔细看，看得出他走路时右脚稍有点跛足。小罗陪他复查时详询过主治医生，医生劝慰他们放宽心，孩子年轻，骨头完全长好是没有问题的，只是需要时间。小罗完全相信医生的话，只是每看到这孩子走路，他仍忍不住一阵阵自责……

　　小罗在杨晓芸和石磊的协助下，将张奶奶抱到轮椅上，他们推着张奶奶在马路上漫步，路两边是连片连亩的稻穗，微风习习，稻香扑鼻，好一个金灿灿的童话王国。一个在田间劳作的老奶奶一直往这边看，末了喊了一声，又喊了一声。张奶奶往喊声处望，也应了一声，又应了一声。乡间劳作的奶奶赶紧往这边赶，两个老人终于走在了一起了，这位奶奶看着比张奶奶还要大，整张脸上爬满了皱纹，精神状态却很不错。

　　老嫂子，您看看我是谁？乡下奶奶笑出了声，她弓下身，亲热地将脸凑近张奶奶。张奶奶辨一会儿，突然一拍扶手嚷道：哎哟哟，是您啊大妹子，好些年没见了，您还好吗？

　　好好，就是前年老伴儿去世了，两个姑娘嫁远了，一年也回不来一趟……那位奶奶还在笑着，眼睛却有点红了。

　　看，光说我了，您还好吧老嫂子。那位奶奶将眼睛转到张奶奶盖着毛毯的腿上，伸出手用掌心抚摩着毛毯。她的手背皮肤粗糙、骨节粗大，手掌却好像不能完全伸展开来的样子。

好好。都好。是人哪,就会生病,好比阳光下必然会有影子,既然摆脱不了,那就不必太在意。张奶奶用白净的手捏住那双庄稼人辛苦劳作的手,两位老人都会意地点头,收住了老泪,高兴地拉起家常。

你们真像一家子。老嫂子,您有福啊。乡下奶奶看看小罗,看看杨晓芸,又看看石磊,打心眼儿羡慕。

张奶奶听她这么一说,爽朗地笑出声,随后大家也都跟着笑了起来。

老人突然像记起什么来着,让等她一下,她利索地爬到稻田,取下后腰别着的镰刀,左手揪住一大把沉甸甸的稻穗,右手镰刀一挥,唰唰割了下来。她边走边搓着稻穗,熟透的稻穗轻轻一搓就脱去了壳,微风袭来,吹去捧在掌心的壳,只留下一捧白生生的米粒。乡下奶奶给他们一人分一把,张奶奶捻起几粒放进嘴里,其他人也学着张奶奶的样子将米粒放嘴里。

这是今年的新米。吃了新米,预示来年无病无灾、百事顺遂。乡下奶奶说。

小时候的味道。张奶奶笑着说道。

对,小时候的味道。乡下奶奶点点头。

他们一起望向一望无际的稻田,金光闪闪的稻田,带着平和的微笑,张奶奶好像看见了小时候……

温润柔和的米浆和着唾液被咽下,石磊想起了张奶奶经常念叨的话:人这一生啊,就像稻穗,播种了,发芽了,抽枝长叶了,结穗了,成熟了,收割了,腐败了,来于尘土归于尘土……只要用心付出了,就会有收获,你来世上走一遭,不要颗粒无收……

石磊张开双臂,闭上双眼,仰起脸,拥抱微风。

理想国

一

九月份,稚子开学第一天。学校报到刚结束,稚子便拉着我往文化路方向赶。

电话里贾老师说了培训中心地点——原市服装厂宿舍,似曾相识的地名,我心里不由得一动。

稚子想学的是洞箫,两相一照面,贾老师便很有经验地解释说这孩子年龄小,手指不够长,不适合学习洞箫,可以先选择葫芦丝、巴乌、竹笛之类的乐器学,等年龄大点了手指够长了再转学洞箫不迟。听到"手指够长了"这几个字,我的心里又动了一下。陈年往事隐隐约约,一张张年轻的面孔在脑海中闪现,似要撞开记忆的闸门。贾老师还在说,我的思绪却飘远了。这是一间二层小楼的办公室,年代已经久远,应该是二十世纪建造的。虽然室内几经装修,但格局还是那个年代的:斑驳的外墙,狭窄而局促的过道,一面开窗。眼光穿透窗户,不远处坐落着另一幢体量和造型类似的平房。在那幢楼内有一间相对宽敞的美术教室,墙上挂满了静物素描,一群孩子围在一位颇有艺术家气质的年轻人身旁,仔细聆听他的谆谆教诲……

建议在葫芦丝和笛子里二选一。家长?

哦,好的?我迅速收回思绪,有些抱歉地看着贾老师。他身形短粗,头发稍长,眉目有点泥塑佛像的神态,最特别的是那张肥厚的嘴唇,这让我觉得,无论他吹奏什么乐器都带有莫名的喜感,同时又透露出一种庄严。

葫芦丝入门快一点,学好葫芦丝,为学好笛子可以打下近一半的基础。笛子讲究用气,入门会慢一些,不过学好笛子,葫芦丝也就小意思了。明白吗?乐器都是相通的。贾老师再三强调,无论学习什么,都切忌半途而废,关键是开头要想好了。

我学笛子。稚子说。

贾老师说的你都听清楚了?笛子入门有点难,得做好思想准备。我对稚子强调。

贾老师认真地看着稚子:对!你要想清楚了。不要学几节课就打退堂鼓。

我确定!就选笛子。稚子肯定地说。似乎怕表现的决心不够,又深深点了下头。

我和贾老师都笑了。贾老师摸摸稚子的头,鼓励地说:小子,真有决心!

那就这样定了!贾老师伸出肥厚的巴掌示意稚子,稚子举起自己的小手掌和他击了一下。

我家孩子和你老板的孩子——是你老板吗?还是合伙人?话说到半截,又不确定地想确定下关系,免得出洋相。

我们是好兄弟,各开各的店。贾老师用纸杯给我倒了茶水,抬头笑着望着我,似乎在安慰脸上满是歉意的我。

扯这些并非想要拉家常,而是选好了所学项目,剩下的便是学费问题了。在一个金钱至上的社会,有时人情,或多或少会得到金钱赏给的一个情面。这对于一位并不是很富裕的家庭主妇来说,多少都是好的。

哦,对!你兄弟的孩子和我儿子是同学,还是非常好的同学。这后一句有点违心了。其实两个男孩不太对路,上周还打了场小架,被班主任狠狠批评一顿,连同家长都遭殃了。不过,这又有什么关系呢?孩子间打打闹闹是家常便饭,关系时好时坏也是真实情形,不代表说了假话。

我知道,肯定会给你优惠的。你看这样,我一节课给你优惠到六十。而且吹奏乐器都是我在教,只要他想学,都可以教。到时改学其他乐器都不加价。贾老师满脸真诚的笑意。

我在心里合计了一下,原价八十元,现在六十元,心理上多少是有占了便宜的平衡感了,但仍有点不甘心,因为过来前留了个小心眼,进附近两家店问了下行情。人家说的就是六十元,不是人情价。不过无论真打折还是假打折,我心里已经认同了。因为我总喜欢有所牵连的东西,哪怕只是第一次说话的陌生家长介绍的,哪怕明知是扯冬瓜拽葫芦的牵强关系。与做菜敢于冒险的精神相比,我对人情世故总有种没来由的紧张与惧怕。当然,更主要的是我莫名地对这个地方很喜欢,一种模糊的,忧伤与欣喜杂糅在一起的复杂情愫,这种复杂情愫或许会影响我的判断,但似乎又不会。

现在,价钱也谈妥了,我们商量好了每周一节课的学习时间。双方都似乎松了一口气,或者这只是我一厢情愿的个人感觉,对于无论大小的培训班的老板,搞定一位学员家长,再怎么谦虚地说,都应该是轻车熟路的事情。

谈完了正事,我没有要走的意思,贾老师也没有送客的打算,他仍在扯一些学习笛子方面的东西。我有一句没一句地听着。我的思绪像条逆流而上的鲤鱼,就差那轻轻的一跃。那一跃,便是十多年前的文化路。不错,我是那么小心却又急切地想要亲近这条路,我了解它的前世今生。

我有个堂兄弟,从前,也在这条路上教钢琴。我若有所思,漫不经心地说。

哦？他叫什么？贾老师果然很感兴趣地挑了挑眉毛。是征询，抑或是怀疑？

余莫笑，认识吗？

余莫笑——哦，你是——贾老师的记忆闸门似乎也被撞开了，他的五官突然生动起来。

我是他堂姐，那时他在残阳溪琴行……

贾老师没等我说完，一巴掌重重拍在自己大腿上。我倒被吓了一跳。

老熟人啊！想不到转了半天是老熟人！贾老师很激动的样子，摩拳擦掌仿佛不知何处安放自己的激动。

是的。真的是老熟人！记忆里贾老师似乎和我堂弟在一个琴行共事。不过，那贾老师的面孔在脑海深处是模糊的。它可以是贾老师这张脸，也可以是白老师李老师杨老师谭老师的脸，或者是其他某个人的脸。

那时你在报社，给我们写过好多报道，还有照片……可他确实记得我。

是呀！时间过得真快！那时我们还是小伙子小姑娘。现在，我胖了很多……我不好意思地自我嫌弃了一句。贾老师哈哈笑了起来。

我就说认不出来你。确实变化很大呢！那时你很瘦！贾老师细细打量着我，只说那时的瘦，似乎是对现在发福的一种礼貌表述。

我却说不出那时候贾老师的样子。只是隐隐有些后悔，如果早一点提起十年前、提起堂弟和残阳溪琴行，加分的"人情"会不会再给我的学费打个"折上折"？当然，想到这里，心底还是对自己过分的精打细算鄙视了一下。但没办法，生活很现实。

果然，贾老师厚厚的巴掌一挥，豪爽地说：都是老朋友了，交给我你就放心吧，我一定尽我所能教他。课多上一节也没关系的。

这样，我还可以给你开个"特殊通道"。贾老师转向稚子。我们先学一个月笛子，如果你觉得困难，我们再转学葫芦丝好不好？

那意思是在卖给我这"老相识"人情！真应了那句"人熟好办事"！因为是熟人，所以原则性的规定都可以打破了。我不由得感谢一番。最关键的是多了这层关系，我更感觉心里有底了。又与贾老师闲扯一通，回忆十年前的文化路，回忆那时的琴行和人，又说到部分拆迁的路段及迁走的琴行。说到当年跑新闻时在残阳溪琴行与他们混过的那些时光，说到唱过的那些歌、喝过的那些酒……真是万分感慨，嗟叹时光如梭。

那个包黑羽……是不是叫包黑羽？他还在吗……犹豫半晌，还是问出了多年来一直缠绕在我心头的问题。他的身影一直印在我内心深处，刀刻斧凿般。那影子高高瘦瘦，黑衣牛仔裤，一把装在黑色封套里的电吉他永远斜背在背上。

早死了，好几年了。贾老师老成世故地答。他又似乎欣喜起来：你还记得他？

他的欣喜是为我的记忆力吗？还是为不死的青春？

二

十多年前的文化路，应该和古城里的人民路一样有名。这里是艺术文化传播的聚焦地，也是 D 市两所学院艺术类学生走向社会的重要平台。很多音乐学院和美术学院的老师都在这条路上开办培训班，很多院校的学生也在这条路上实习，另外一部分毕业生，干脆就在这条路谋生，先是打工，积攒一定实力后，便三三两两另起炉灶办学。多是两人合伙，实力雄厚的，也往往单干。这条不过几百米的文化路，十多年前街面院内、楼上楼下、旮旮旯旯都挤满了培训班，从清晨到夜晚，钢琴声、二胡声、手鼓声等各种乐器声不绝于耳，与车水马龙交相辉映。那时候，走上这条街，我会有一种说不上来的心境平和，那些或悦耳或聒噪的乐声，即便是夹杂在尖厉刺耳的车鸣声里，在这纷繁的城市中，于我，也是种奇异的奢侈享受。那时的文化路，是校园与社会连接的重要通道,承载的是学生与社会人角色最初转换的特殊意义!

其实直到现在,我也不知道包黑羽是否是那两个院校之一的毕业生,或者只是一个专科学校的毕业生也未可知。也许,他根本没有读过太多书,不过凭着对音乐的热爱和天赋自学成才,再出现在这条路上边打工谋生边实现自我理想。十多年前的文化路,的确有太多这样的年轻人。

记不清第一次见到他是什么情形。只记得十多年前,每每身心疲惫,或是跑新闻刚好路过文化路时,总自然而然去残阳溪琴行小坐。喜欢坐在门口,耳朵像装有高度的分辨器,有意无意地剔除杂音,捕捉着我需要的乐声,眼里欣赏来去匆匆的行人,紧张一天的心情也得到舒缓。那时我由别人眼中匆忙赶路的过客,转换为单纯的看客。或许正是这样的角色转换,使我的心情得到有效舒缓。路两旁长着粗壮的法国梧桐树,冬天灰褐色的虬枝冲天,像一条条朝天呐喊时张着的手臂,让人怀疑它们的生命是否就此终结,只是在它们熬过了一整个冬天,人们对它们的重生即将失去信心时,它们会在某个你不经意的瞬间绽出点点新绿。老树嫩芽,每每让我有想要流泪的冲动。这时我会想起,读过成千上万次的柏桦的那首诗《唯有旧日子带给我们幸福》。

也只有在暂时充当的看客角色里,我才能卸下看不见的焦虑与压抑。也是在那时,我看到了包黑羽。第一感觉,他的个子好高!保守估计也有一米九了。他穿着黑色外套和自然穿旧的水磨牛仔裤,身材瘦削精干,一张同样瘦削的年轻脸庞上,眼睛深邃,两个高高凸起的颧骨透着某种殉道者的坚毅。他的样子实在很特别,最主要的是他永远高一个角度的眼神,轻悠虚空,他走路时似乎永远不看路,不知在看什么地方。

我就这样记住了他。偶尔他也来残阳溪琴行坐坐,有时是一个人,有时带一两个同伴。在没课的间隙,堂弟他们喝茶吹牛,有时也钢琴、吉他、手鼓合作一首《卡农》,或是巴赫、肖邦的曲子。他们当然是喜欢 Beyond 的,《再见理想》《我是愤怒》《光辉岁月》《谁伴我闯荡》《海阔天空》等 Beyond 的热门歌曲都是他们每次必弹唱的曲目。那时的我同样迷恋 Beyond,他们的歌总给人一种拨云见日的振奋,鼓舞着一代代人。那时候我发现,包黑羽不但身长脚长,就连手指也非常长。瘦削的手掌、均匀的指形,小麦色的肌肉在骨节处微微凸起,又平缓地滑到指尖。每一片指甲都饱满干净,透着微微的光。毫无疑问,这是一双天生艺术家的手,这双手与他说不出来的忧郁气质是吻合的。

我的感觉是对的。堂弟说,包黑羽不只是文化路吉他玩得最好的艺人,甚至是他迄今为止所认识的人中,对最具有天赋的人才!包黑羽在另一家琴行教吉他,业余时间,他还与几个同好组织了一个乐队,他们组织乐队不只是为了闲暇时的娱乐或追寻理想,更是为了通过经常组织义演,用义演所得购买一些日用品和点心,节假日送到敬老院和福利院,并用他们的音乐给老人和孩子带去一个又一个开心的日子。

乐队的名字我至今都记得——赫拉巴尔故纸堆,极有个性的一个名字。赫拉巴尔,一位我同样喜欢的捷克作家,他称为"为之延后死亡"的重要作品《过于喧嚣的孤独》是我非常喜欢的作品。书中主人公汉嘉,三十五年的垃圾工生活,数吨重的书籍与书籍所包含的思想也没有使他真正优雅和快乐起来,却使他获得了中国古代圣贤老子主张的"通透"的智慧,让他知道"知强守弱",明晰了自己想要的生活,彻悟了最后的归宿,最终他乘着书籍升天……

那时候,我就确定,乐队的名字绝对出自包黑羽。更加确定的是:他与我有着同样的灵魂!那时我们甚至还没说过一句话,每次照面不过是礼貌地点一下头。我几乎算是常混在那儿的一位"长姐",至少长他们一岁。我不擅长交际,有时会尴尬地触摸到一种似有似无的"代沟",这种偶尔的不自在,往往会被一种熟悉的理想主义情怀所带来的欣喜感所取代。和这些充满活力与朝气的弟弟妹妹在一起,我可以暂时逃离没完没了的枯燥工作和赤裸裸的现实,他们提醒我我也是有过理想的人！因此,在我跌落生活泥淖的时候,我会挣扎着少喝一点脏水,可以不至于沦落到太过鄙视自己的田地。

正式与包黑羽说话大概是半年以后。当然,无论如何我也想不到是以那样的方式与他说话。那时我正陷在进退两难的境地,不只工作,也包括感情。我来自类似加西亚·马尔克斯的《百年孤独》里描绘的封闭乡村马孔多一样的小山村,相比物质上的匮乏,刻印在我心灵深处的更是精神上的孤独与贫瘠。我曾亲眼所见一位四十来岁的中年妇女,因为丈夫与儿女的孤立而压抑得精神崩溃,最终跳井自杀。打捞她的那个中午,全村的人都去了。村里人将她家那小小的院场围堵得水泄不通,没有人交头接耳,这个村子的人习惯了缄默。然而他们的鬼把戏仍逃不过我的眼睛,我看到他们交汇的眼神,那些神秘莫测的眼神幻化为杂乱不堪的话音,夹杂着来意模糊的笑声充斥在我的耳朵里。我堵上了耳朵。松开耳朵时,女人尸体已被打捞上来。奇怪的是她的面容很安详,没有死亡给人带来的骇然感。她的嘴角甚至还浮现一缕笑意。一位老者松了口气,接过她家人递过来的床单盖在女人脸上。老者说,女人说完了自己一直憋着的话,现在不会有遗憾了,后事可以顺利办理了。在我想老者说这话是什么意思时,我看到井水翻涌着,由低到高,像一连串话音一样回荡在井沿。村民们还是没出声,都侧耳细细倾听着。这翻滚的井水像女人诉说着陈年往事,诉说着压抑多年的心里话,有时抱怨,有时高兴,夹杂着哭声、笑声、叹气声,这个过程大概持续了二十分钟。最后,一切都结束了。水面恢复了平静。万物静默。老者抓一把石灰撒在井里,说生了尘、归了尘,一个月后,这井里的水又能喝了。

还有一个故事。相爱的一对年轻夫妻,在孩子一岁前后该学说话的当口,因为发生口角打起冷战互不理会。因为他家独住半山腰,平常与村里人交往就很少,等一年后糍粑节,娘家人照习俗接姑爷一家去过节才发现,一家三口都成了哑巴,再也不会说话了。

这些类似"传说"的故事并不是危言耸听,而是真实发生在我眼里,深烙在记忆里的。那时候我就固执地相信一个概念:人与人之间的沟通与理解该是这世上最艰难的一件事!然而,又是最必须做的一件事!

毕业后,我选择回到家乡。当然是以市为单位大范围的家乡,与衣胞之地相望,却又不至于太过遥远。我需要这样一个合适的距离,用更加客观与公正的眼光审视我的故乡,那个祖祖辈辈安贫守弱、循规蹈矩的闭塞小山村,那个一代又一代人习惯了沉默不擅长交流的"哑村",那个因缺乏交流与理解,而发生过一件件不可思议的奇异事件、堪比魔幻小说的我的故乡。怀着巨大的开口言说的欲望,我用必胜的决心与坚忍的耐力打败了同来应聘的对手,稳妥地进入 D 市报社,成为"社会与民生"栏目的一名正式记者。记者,是一个专门记录时代的神圣职业!这时候,我相信冥冥之中一定有一只神奇的手,推动着我成为这样一名记录员。尽管对这份工作的神圣感仅一年便被残酷的世相消磨殆尽,这个身份沦落为了一种再普通不过的谋生手段。然而,我仍然一次又一次地尽力保留着更多的真相。同时,多少在这一身份的加持下,我遇到了生命中重要的一次恋情。然而,相处不久后,原以为尘埃落定的恋情却让我面临一个艰难的抉择。

我喜欢你,觉得你适合做我的妻子。但我不敢保证婚后对你忠诚。他留着干净利落的寸头,五官标致,青色的下唇下留有一缕精心打理的短髭,左耳戴着钝光的耳钉。

面对如此无耻却真诚的坦白,我竟无言以对。

他给我三天时间做决定。第二天我就将他送的铂金项链扔到他脸上——一段令我全身心投入的恋情就此终结。他不知道那个晚上我坐在地板痛哭流涕的狼狈模样,不知道我舍不得他刮干净的青白面颊和含笑的酒窝。当然,他更不可能知道,一位年轻姑娘在举步维艰的"单打独斗"与家产殷实的深爱男友之间做选择是多么的痛苦。无论选择什么抛弃什么,都绝对是内心的激战!

最终,我偏向尊严多一点。即便十年后的今天,我过得并不太好,仍然不会后悔当初的选择。

内心激战的那个晚上，记得是端午节，我没买粽子，只在出租屋熬煮了一锅甜美鲜香的糯米粥，我锁好门，用垫布抬着电饭煲的把手，从容不迫地穿过大街小巷，穿过行道树与花圃，穿过人流和车流，穿过 D 市一年四季无处不在的风，慢慢走着，将糯米粥一直端到了文化路。在残阳溪琴行，与一伙年轻人又唱又吹又弹，笑闹中大家很快分光了我用心煲制的粥。在那群人中，就有包黑羽。说不清是什么道理，极致的难过，却要用狂欢来掩盖。当然，吃到后面几口，我几乎要吐了。我感觉脖颈有个硬块，酸胀感一阵阵侵袭着眼眶。我逃也似的离开了现场，跌撞着扑向那排梧桐树。已近午夜，街上行人稀少，昏黄的路灯茫然地在行道树上方照出微光。我走到距离残阳溪琴行稍远的位置，抱着双肩蹲了下来。

如果实在难过，还是哭出来的好。一个极富感染力的男声在耳边回响。一回头，包黑羽站在我身后。他将两张面巾纸递给我，泪眼模糊，我没看清他的表情。不过即使是嘲讽，又有什么关系呢！至少我给自己留了条遮羞的底裤。这让我今后无论走到哪里都存一份底气！我说"谢谢"，便扯过他递的面巾纸捂住脸颊抽泣不止。我记得哭了好长时间，哭得已经忘记身边还有个人的时候我慢慢平息下来。掩面的纸巾已被泪水鼻涕浸透，一旁正好有个垃圾箱，在扔纸巾时，那双修长美好的艺术家的手又伸了过来。这时我才想起来他一直没走。我接过他手中干净的纸巾，感觉好多了的同时，也有点不好意思起来。

失恋，其实是对方的损失。因为他失去了一个爱他的人。包黑羽说话很平静，这些类似心灵鸡汤的话，如果换了个人说，我可能会忍不住对他嗤之以鼻。但说话的人是包黑羽，即便这些话令人反感，他的声音和神态真能给人一种安慰。

人，还会死。所以两相比较，失恋真不算什么。他极富感染力的男声又被风送进我的耳朵。我愣了一下，这下心里真的反感了。在我看来，"死亡"是一个沉重而尖锐的大词，轻易就从一个二十来岁的文艺小青年嘴里说出来,无论如何都带有一种轻佻。更何况他试图教育的还是长他六七岁的姐姐。我并不想掩饰这种不适的感受,所以故意轻蔑地撇了撇唇角,毅然转身走开,将此时心里已归类为"廉价安慰"的纸巾和瘦削的他留在了风中。

那天晚上,我无论如何也想不到,其实他最有资格说到"死亡"这个令人避之不及的沉重话题。

因为第二天我就从堂弟余莫笑口中得知:年仅二十一岁的包黑羽,他的生命已不可逆转地进入倒计时!

三

每周五下午五点,接到放学的稚子,带他到附近食馆吃点东西,便赶往抱朴艺术培训点。这个集乐器吹奏和弹奏为一体的教学点,其实老板有两个——贾晓木和毛维。当然,教学老师也是这两人。闲聊中,贾老师告诉我,生源还不错。他负责六十多个吹奏学员,毛维老师主要教授钢琴,有二十多个学员。对于一家小型培训班,这样的规模也算可以了。贾老师很知足。我不禁回想十年前的贾晓木,那时的他又是什么样子的?我之所以对经常混在一起的堂弟前同事贾晓木没留下太多印象,不应单单归因于我的健忘。我想更多的可能,是他的平庸所致。试想在十多年前人才济济的文化路,英才辈出风云际会的年代,你能记住的,应该是最优秀的或是最有特点的,恰巧贾晓木不在两者之列。而他的合伙人毛维我更是没见过,据说他那时在另一个城市的师范学院,两年前才来到 D 市与贾晓木办学。

在人家手下干,大树好乘凉。问题是终归不是自己的。自己当老板,虽忙点累点,但想到是给自己打工,心里又高兴了!贾晓木忙完手头的事,坐下来给我泡茶。他说这话时心头肯定喜滋滋的,以至情绪溢于言表。看得出他是那种"小富即安"的人,教音乐完全只是谋生的手段,而非实现理想的托词。其实十多年来,我越来越觉出脚踏实地的好处！至少实事求是，比好高骛远却求而不得好一些。这是否就是常提的"接地气"？

尝尝我藏了五年的普洱红饼。贾晓木烫洗好茶具，用茶刀撬了一块茶饼，放到精致的玻璃茶盏里，经过洗茶、冲泡等不能含糊的程序，明艳的酒红色茶汤由公道杯缓缓注入我面前的青花瓷茶杯里。浅浅的杯底有一条凸雕的小金鱼，在美丽的红茶映衬下，弯弯的尾鳍给人游动起来的错觉。

先闻香，再喝一口，味道醇厚绵密，回味甘久，的确是难得的好茶。贾晓木喝茶很有感染力，噘着肥厚的嘴唇，茶水随着噘起的嘴巴缓缓被吸入，响起一串连绵不绝的"嘘"声，最后还"啊"出一声，这口茶才算喝完。不过，这样喝茶的方式的确没有美感，有时还令在座的人尴尬不已。特别是搭配这样一套雅致的茶具，相当于喝咖啡就大葱。想来贾晓木即便意识到别人会这样看他，也是不会在意的。他就是这样一个居家过日子的实在男人，或许茶具在他眼里，就是个喝茶的工具，是完全务实的。就如音乐是吃饭的工具一样，这和艺术上的务虚精神完全扯不上半点关系。

时间长了，我竟慢慢喜欢上贾晓木这样完全不装样的实在性格，与这样的人打交道，心不慌。稚子学笛子一个月，我只见到另一位老板毛维两次。因为钢琴学员不是很多，时间安排上他要比贾晓木从容很多。他总是一副不慌不忙的样子，对人礼貌少言，一副谦谦君子的平和态度。我似乎从未见过他和谁聊天开玩笑，也几乎没见过他笑。教授完钢琴课，他总喜欢一个人待在办公室里，安静得经常让人忘记他的存在。

我和阿维是从小玩到大的兄弟，可以过命的那种！贾老师有一次和我说，语气带有孩子的骄傲、天真和实诚。他说培训点的账都是毛维在管，高中时他理科很强，不知道后来为什么做了"文艺男"。贾晓木和我在外间开毛维玩笑时，他仍在里间用电脑做账，从来不搭腔。好几次我想提醒贾晓木账款还是分开管的好，即便只是个小店。可张了几次口,终是欲言又止! 我不想让贾晓木觉得我在妄测他人,何况那人是他能"过命"的好兄弟。确切地说,贾晓木身上残留的这点性情,可能是最接近十多年前我们纯正的青春,我们共同追求的"理想国"的气质! 我不忍心破坏! 当然,我也不可能告诉他,毛维总给人一种看不透的不安感觉。是的,那种感觉于我是准确而熟悉的,那双静谧眼睛透出的冷光、那种无时不在的疏离感……不错,他与稚子父亲、我的老公,他们几乎就属于同种气息的人。

十多年来,我生活在一个看似平静祥和,实则被冷暴力和疏离感挤压到临界点的家庭。多少次我都觉得快要爆炸了,然而又一次次地承受下来。我不知为什么不敢迈出那一步,还是在等什么。

我能等来什么呢?

四

多少年以后,我还是总会梦到那场森林大火,一场臆想大于眼见的大火。漫天遍野的火舌,疯狂地舔舐着松林、杉木林、灌木丛和茅草地,一群半大的孩子先于消防队到森林灭火。他们利用所知的常识,在西山林与东山林的狭窄隔路间,用迅雷不及掩耳之势开出一条"防火隔离带",并拼命挥打着树枝,使出浑身的力量和胆气,以及追寻理想般的狂热激情投入灭火。也正是由于他们及时用砍刀、锄头斫除窄道上的草,以及枝蔓横生的灌木丛,火势才没有蔓延到东山林,给消防队争取了宝贵的时间,使得大火在短短两小时内得以全面扑灭,保护了东山林附近大面积的原始森林。这伙半大的孩子中就有包黑羽,他们十来个玩音乐的年轻人,当时正在山脚下一座林中小屋聚会,那林中小屋的主人正是赫拉巴尔故纸堆乐队的架子鼓手老皮。起火原因很快查清了,是放牧人生火取暖引发的。当时正值春节后不久,节日的喜庆气氛还未消散。而我,正陷入生命中最理想也是最惨痛的恋情里难以自拔。森林火灾我是知道的,不过看到的已是次日仍在冒烟的残灰。那座劫后余生的山与一败涂地的我一样落寞。那几个月，我用前所未有的激情投入采写工作，试图忘记那段恋情。直到两三个月后的端午节，我才突然记起已经好久没去文化路了。于是，有了狂欢后的头一次发泄。

你……害怕吗？问出这句话，我甚至觉得自己很无耻！谁面对死亡会不怕？即便他是百岁高龄。人同此心！可是，我仍忍不住要这样问。因为我不知道如何给他一点微不足道的关切，更不知道该如何去帮助他。

这是端午节后的第一个周日，我和他坐在二楼靠窗的琴房。天空的艳阳透过梧桐叶闪亮亮洒满窗台，照得人全身暖融融的，让人渐生一种没来由的慵懒和愉悦，让人感叹生命真美好！然而，我却实在愉悦不起来。包黑羽坐在稍高的琴凳上，抱着他那把心爱的雅马哈吉他，随意地扒拉着琴弦，一串串悦耳的音符从弦处流泻出来。这时候我细心查看他修长的手，似乎确实与从前不太一样了。难道因为现在知道他生病了，视角才不一样的吗？然而，即使畸变了，它仍是一双漂亮的艺术家之手。包黑羽发现我在看他的手，淡然一笑，他停下拨弦的动作，大方地将他的手举起给我看：蜘蛛人症，我的手脚会越长越长，不可逆转。

包黑羽告诉我，如果做手术，能够维持一段时间的生命，如果放弃手术，医生预言他活不过二十五岁。他说这番话时平静得令人心惊，让人疑心他是否抵达了中国圣贤不谓生亦不谓死的物我两忘的境界！可他才二十一岁，那么年轻！即便二十五岁，仍然年轻得让人无法接受这种不幸……

我有种压抑得快要窒息的感觉。

他说：医生还说如果没有那次救火，就不会诱发潜在的蜘蛛人症，那么很有可能，这个病症只会潜伏在身上一生。就是说，我有可能健康地活到老。

在堂弟告知我包黑羽的不幸遭遇后，我在网上查了一下"蜘蛛人症"这一古怪的病症,它学名马凡综合征,属结缔组织病变。病患往往给人第一印象是又高又瘦,除了身材特征外,深度近视、眼内晶状体脱位,甚至视网膜剥离而双眼失明都为常见症状。然而,最严重的是并发症可导致心脏主动脉剥离破裂,或多脏器急性衰竭猝死……

如果重来一次,你还会选择救火吗?问出这句话,一种羞耻的感觉深深攫住了我。然而我无能为力,我在树个"典型",我必须得用记录者的"无耻"彰显出"典型"的伟岸。

我想还是会的。沉默片刻,包黑羽慎重地回答。我唰唰唰飞快地在笔记本上记录着。我猜到他会这样回答。更相信这话发自他的内心。因为他是赫拉巴尔故纸堆乐队的创始人,因为他和汉嘉一样,有着一颗平凡而又洞明世事的通透之心。

然而我却想营救他!不自量力的尽己所能。森林火灾没几天,包黑羽的病症便确诊了。对于父亲跑三轮车、母亲开缝纫铺的贫困家庭来说,几十万元的手术费是这家人承受不了的。万般无奈之下,我试着跑过一些部门,但都无果。

我要将你的事情报道出来。我相信你能做这个手术!我一厢情愿地自我鼓励着,碳素笔飞速游走在记录本上。其实内心里我一点把握都没有,既没有把握这类社会求助的稿子能登出来,也没有把握即便登出来能筹到多少钱,我只是凭着一种或许只能鼓舞我自己的信念!

报道当然是没有出来。原因来自各种看不见却无比巨大的阻力。我曾一度骄傲的"代言人"形象,有时却是不堪一击的。这世上有人选择言说",比如我和我的同行;有人选择不说,比如我的父老乡亲。有的人被人逼着说,有的人被禁止说;有的人不说就有用,有的人说太多也没用。这世界是多么的深不可测!这之后的有一个晚上,堂弟打电话叫我过来。那晚上,赫拉巴尔故纸堆乐队在附近一条繁华的大街上找了个酒吧,搞了场义演,为包黑羽募捐手术费。那时他病情加重躺在病床上,已不能参与并见证这场为他发起的音乐义演。堂弟代替他充当吉他手,乐队演唱了一首首 Beyond 的热门歌曲,还有乐队原创歌曲,演唱会挤满了爱好音乐的青年男女,黑压压一片,一次次将音乐会现场的气氛推向高潮……

这之后的情形我记不太清了,但潜意识里一定暗示自己远离文化路那条街,远离与包黑羽有关的一切。用正常人的思维,我知道一次义演抑或十次百次这样义演都不太可能凑够几十万元的手术费。更何况包黑羽等不了那么久了,他的视网膜已脱落,多脏器衰竭……我做不了什么!多么讽刺,我作为一名关注民生的社会新闻"代言人"什么也做不了。我不愿听到更不愿看到结局。因为我在网上查阅了所有与蜘蛛人症相关的资料,即便做了手术,结局仍不可逆转,那就是死亡。

这之后,我全身心投入工作,像一个随时在呛水却永远淹不死的人漂浮在言说的海洋,再之后,我遇到了袁明,然后迅速恋爱结婚生子。往后,关于文化路所有的消息我有选择地听,我知道这之后的不久,堂弟离开任职的琴行,先后在北京、上海、广州闯荡,知道鼓手阿皮和教古筝的铃子结婚了,知道文化路走过了异常繁华和纷扰的几年。最近这两年,我知道文化路部分拆迁,路面扩展,吃喝玩乐的店铺增多,而很多琴行和画室却搬走了。我详尽了解文化路的前世今生,却唯独屏蔽了包黑羽,以及他的结局。

直到与贾晓木重逢,十多年来,"包黑羽"这个名字第一次被我提起。

五

抱朴培训班接送孩子的家长中,除了爷爷奶奶和爸爸叔叔阿姨,以及个别哥哥姐姐,以妈妈居多。经常在一个时段送娃的三四个妈妈,一来二去相熟了,有时就相约去附近店铺随便转转打发时间,更多时候就在贾老师办公室泡茶喝。

有一位富态的女人很有肉感,圆脸上一双乌溜溜的眼睛很有神采。她喜欢化浓重的妆。头一次看到她,刚进门就咋呼着抱怨到处堵车,她恨不得将车遗弃在大路上走过来。后来终于还是在附近的停车场找到个空位,不过走过来也够受的……

她喋喋不休地数落着,一屁股坐在方凳上,旁若无人地甩掉高跟鞋用手轻揉着脚踝。女人是个自来熟,很快便和在场的几个女人熟络起来。而且她非常健谈,表现的技巧也是一流的。

大栗坡山路太差了,上次我们去扶贫,回来一身黄泥,还拄了树枝当拐棍,手肘都划破好几处……太辛苦了,你们是没去过那种地方……

女人边说边打开手机给我们看她拄着拐棍的"光辉"形象。

正常。村里的山路都这样。一旁一位留着齐肩短发戴副眼镜的瘦女人淡定地一笑,并将烧开的水冲进茶具里,沸腾的开水下,玫瑰红茶的清香飘散开来,枣红色的茶水通过滤芯流到玻璃茶盅里。

哦……你在什么单位?片刻的冷场,我接上一句。

真是太差了,那种路况……女人没回答我的问话,仍在抱怨糟糕的山路。

人家呀,是大老板呢!瘦女人又接话了。看来她们已打过交道。

那种地方,真辛苦呢……富态女人没否认"大老板"这个说法,看来很享受瘦女人这句酸溜溜的奉承话。

过了两周,我又和富态女人碰上了。

刚在门口化妆品店买了支眉笔,一百多元,真贵!女人从包里抽出眉笔给我看。

哦,网购嘛,十元三支。看了她的眉笔,我也抽出自己前两天网购的眉笔给她看。看起来几乎一模一样的眉笔,区别只在她的多几个英文字母。

哇!真的哈!我还没网购过呢!买的东西一直很贵。这支口红三百多元,这盒粉饼五百多元……女人如数家珍地在小坤包里一阵乱翻。我的脸颊不由得开始发烫,后悔给她展示了"会过日子"的廉价品。我算是明白了，她所说"真贵"的一百多元眉笔，对于她来说就像九万头牛身上的一毛，她目的只是从我的"地摊货"引出她的富有。

我婆婆总说我乱花钱，一件衣服六千多元，一双鞋两千多元……还说我懒，连饭也不做，什么都不会。

我听得心头发闷，起身裹紧外衣准备出去透透气。

走廊一头的几间音乐教室里，传出学生吹奏葫芦丝和竹笛的声音，我侧耳倾听，捕捉到稚子不成曲子的几个单调音符。我将围巾拉至下唇，顺着楼梯走了下去。深秋晚八点，夜幕已降临多时，气温下降，飒飒的冷风在狭长的小院乱窜。除了南边抱朴教学点亮着明晃晃的日光灯，显示着人气，东、西、北三个方向的旧式楼群缄口不言，偶有两个窗口透出的灯光，也是昏黄微弱的。正发愣，感觉人影一闪，吓我一跳。眼睛追过去望时，心便狂跳起来。他的背影又高又瘦，淡淡的月光下，黑色的羽绒服后背斜挂一把包着封套的吉他，甚至他走路的姿势，天……我努力压制着狂跳的心脏，呆立在原地挪不了步。

我没向贾晓木说这件事。包黑羽多年前就已经死了，贾晓木他们一起玩音乐的兄弟都参加了他的葬礼。如果我和贾晓木说我所见，那他不是认为我看花眼了就是觉得我脑子有毛病。

第二周，才将稚子送进琴房，我便迫不及待地下了楼梯等在院子里。我找了一处易于隐藏的夹道，那位置与上次看到神秘背影消失的巷道呈九十度角。我躲在一堆杂物背后，耐心观察着院里的动静。约莫十分钟后，他终于出现了，高瘦的身形、同样的着装，一把横挎的吉他静静地趴在他的背上。进巷口时，微弱的月光下，我看到了他的侧脸，高高的颧骨、深邃的眼、高挺的鼻梁……我感觉头皮发麻，握紧的拳头微微沁出汗来。

这之后，我连续跟踪了他好几次，发现他住在巷道里一幢不大的旧式居民楼里。每回进门，他的动作都是开灯、落座、弹吉他。他弹水木年华、弹许巍、弹朴树，但弹得最多的还是 Beyond。这让我又添疑惑。虽然明白凡弹吉他的就没有不弹 Beyond 的，但他的吉他声让我仿佛回到十多年前,他用拨片时压紧在掌心的中指常让我恍惚,恍若隔世……那以后我常躲在门口听他弹吉他,直到稚子学完笛子。又一周,看到他的背影,我又不由自主地跟了上去……

我在想,莫非他是村上春树的小说《刺杀骑士团长》里,那个由虚空的理念化为真身的形体?怀着紧张、好奇和激动,当然还有几分恐惧,我又一次悄悄跟着他穿过巷道,随后左转来到那幢不大的旧式居民楼。自跟踪他后,我将穿习惯多年的高跟皮鞋换成了平底板鞋,走路悄无声息。我屏气敛声跟他上了三楼,他停下来掏钥匙打开了房门。门开了,这次他却不急着进去,而是不回头地对藏在拐角处的我喊"别藏了,进来吧"。听到喊声,我定了定神,从拐角处现身。我有点忐忑有点好奇,却不知道自己是怎么暴露的。

现在,我稳稳当当坐在他的烟灰色布艺沙发上了。面对面看着他,这才发现他当然不是包黑羽。世界仍是这个现实的世界,并未进入魔幻。不过,他的模样确实与包黑羽很像。

他说他叫付川,今年二十一岁。(真巧!我又恍惚了……)大三,为完成社会实践课,就在门口莫愁溪琴行代教吉他。这里是他租住屋子。

直到这时,我才开始打量房间:简单清爽的床铺桌椅,桌头一大摞书,大多是音乐书籍和乐谱。这时,我看到一本书的书脊,那是一本熟悉的书,我心里惊了一下。付川察觉到了我的异样,从容不迫地抽出那本有着抽象图案的书籍。那是一本小说集,书名是《理想国》,与哲学大师柏拉图的《理想国》同名。我惊诧地接过那本似曾相识的书,抚摸着那个似曾相识的作者名字:与风车为敌的唐·吉诃德骑士。这长串汉字是我从前的一个笔名,十多年前,我经常用它发表小说。

我猜,这个是你。付川翻开小说集,指着扉页一张青涩的生活照说。他身上有一股很好闻的淡淡烟草香。我猜他烟瘾不小。照片上那女孩像我又不像我,白裙板鞋,披散的黑发齐腰长,腼腆地抿嘴望着我们笑。

心里又一惊。一直以为自己处在暗处，付川处在明处，现在才知道，一切都是我的自以为是。

这书你是从哪里弄来的？这本书已是我十几年前就出版的了，手头也只剩一本。那时意气风发自恃才华横溢，觉得不整出点动静便是浪费青春。凭着初生牛犊不怕虎的勇气和旺盛的言说欲望，于是，便有了这本书。这本书并未为我带来什么。我指的并不是名与利，这些那并不是我最想追求的，我想追求的是读者的喜爱与共鸣。我希望通过自己对世界独立的认知和经验，与普通读者的感受产生共鸣。但我好像没有成功。那时候，我便懊丧地觉得，我自小从"哑村"带来的经验是对的：这世上最难的，便是人与人之间的相互理解！多久没写小说了？没算过。好像那已是上个世纪的事了。

包黑羽。付川开口，唇角漾开一个怎么看都有些诡异的笑容。我当然没忘记，采访包黑羽没多久，我出版了自己的小说集，并托堂弟送给包黑羽一本。我没签名也没题字，只希望自己躲藏在暗处。那时候他应该一次次与病魔单打独斗，我不知道他是否会在疼痛的间隙，扫几眼那一行行别人的故事，又或者，那些我所赋予的人物信念能否为他减轻一点恐惧。还有一种可能，他看到别人似乎正走在实现理想的路上，而自己正走向消亡，如果是这样，这本书于他而言似乎就有点残忍了！

事实是我什么也不知道。十多年前的我，也不敢知道。

包大哥送给我的。包大哥说这是一本好小说！

我松了一口气，仿佛一直在等大人评价的小孩。这时候我鼻头一酸，眼泪便唰唰唰流淌下来了。付川说他从小就认识包黑羽，两人是邻居，包黑羽长他十岁，他很小就跟邻居包大哥学吉他。他崇拜包黑羽，经常像个小跟班屁颠屁颠跟着包黑羽跑。包黑羽上中学常和朋友逃课到处玩音乐，却又抬腿作势要踢付川让他滚回学校上课……

付川边说边笑了，一脸的不好意思。想到两人的那副调皮模样，我也不由得笑了。

包大哥是好人！我看到付川转过脸时眼里的泪水。

这之后，凡是稚子学笛子，我便来到付川处与他闲聊。付川十分健谈，和我一样，他也喜欢读书。我们谈卡尔维诺小说中的美学艺术，谈布鲁诺·舒尔茨琐碎生活里的魔幻世界。这种愉悦的交谈使我数次恍惚，感觉又回到了与丈夫热恋时的交谈。而谈到 Beyond 的《光辉岁月》与非洲某国总统时，付川无意识地拨动琴弦，又让我仿若回到残阳溪琴行，无数次享受包黑羽弹吉他的场景。这样的时光错位让我乐此不疲。转眼间，两个月时间便飞快过去了。

六

我决定郑重地与袁明谈一谈。

其实，我们类似的交谈从未少过，只是没有一次有结果。

结婚十年，袁明不止一次或含糊或明晰地表达过：这世上并不是所有的人都适合婚姻！这"不是所有的人"里面绝对包含他。

对于这个问题，我举双手赞成！怎么说呢，袁明这个人，永远对世俗社会有一种疏离感。他对我和稚子，以及父母长辈从来没有过太过亲密的动作。

我和袁明相识于我撕心裂肺"保留底裤"的失败恋爱之后。当时正值教师节前夕，社会民生"教育版"要做一期教师节的专版，袁明作为教育局办公室负责外宣工作的副主任接待了我。他为人热情，一方面不失待人接物的礼貌，另一方面又显示出成熟男人的稳重和深沉。应该说，初次见面我和他挺聊得来，互留了联系方式。后来因为几次小的新闻报道又打过几次交道，便慢慢熟悉起来。最难得的是，我们都喜欢读书。这在当今信息化的电子时代，让我们双方都有找到同类的欣喜感。我们聊加缪和萨特的存在主义哲学，聊老子和庄子的道生万物和无为而治，聊卡夫卡笔下被物化的小职员，聊福克纳、乔伊斯大段大段不加标点符号的意识流……聊到最后，双方都有相见恨晚的感觉。当然，我非情窦初开的小女生，对所谓的一见钟情、相见恨晚往往能保持警惕，更明白那不过是弗洛伊德所揭示的荷尔蒙在作怪，这种感觉更可能是一种错觉。然而，我俩都甘愿被这种错觉牵着跑。他已离婚四年，我猜恋爱空当大约也有半年之久。而我，急需情感的补白。我们来年春节后便结婚了。

自愿走进婚姻的女人，多半都是愿意安心过日子的。只不过，当想法成为一种单方面愿望时，往往会以失败告终。袁明的疏离感是一点一点表现出来的。最初让我有所察觉的，是在夫妻生活上。他几乎从来不亲吻我，即便亲亲，也是冷淡敷衍甚至略带恼怒的。这实在太伤人！接下来儿子来了，他在我坐月子期间很少洗尿布，每次不得已洗，洗完后脸上总带有不加掩饰的厌恶感。他很少抱稚子，即便抱着，姿势也是僵硬的，好几次让人感觉孩子就快掉下来了。小小的人，父母总会看不够。他却似乎从没有要细心端详儿子的想法。再大一点，儿子想在他身上黏黏都不可能了。他总嫌儿子烦，会将他才换的衣服弄脏了……

有时我气不过，也会讥讽他：难道稚子不是你亲生的？怎么这么个态度？

他或者不出声，或者瞥我一眼：这是你说的啊。

他让人气得想踢他几脚！

在这个世界上，我觉得唯一能让他喜欢且永不变心的，恐怕只有相机了。袁明有一柜子照相机，多是尼康和佳能的。里面老的有二十世纪初捏个圆球"啪"的一声就拍照的古董，新的有现代普及的数码相机，至少也有二十台。再就是镜头、三脚架、反光板、显影液以及一抽屉一抽屉的胶卷。儿子出生不久，他嫌儿子夜里太吵，便和我们分房睡了。一个个夜里，我强忍着剖宫产尚未痊愈的疼痛，半弓着身子给儿子换尿布、量体温、喂药和哺乳，却总能听到对面的卧室传来他如雷的鼾声。有时他不幸被吵醒，也不会过来问一声，传来的反而是不耐烦的叹气声及在床上翻身传来的声响。起初忍不下去时，我还抱有幻想与他商谈讲道理。可他阴沉的脸色,与不置一言的沉默,会让人的愤怒转为绝望!这真可怕!久之,我也自觉闭了口。

稚子就是一天天在这样一个宛若没有父亲的家庭里长大。我无数次想过那两个令人痛心的字眼,然而一次也没勇气说出口,更没勇气去做,这一拖,稚子就上小学三年级了。

渐渐懂事的孩子夜里不再吵了,自己去睡小卧室。袁明搬了回来,我却整夜整夜地失眠。多少次我从梦中惊醒,摸摸身旁没他,被窝是凉的。书房的灯却亮着。有几次我走到书房窗口,他也没发现。每次他无一例外都在端详他的相机和三脚架,黑色亚光在他眼里应该是极美的。他虚眯着眼,手指自上而下、自前而后轻轻摩挲着,动作与神情都是情人式的。作为一个女人,在震惊的同时,不能说没有受到极大侮辱!一个活生生的人,一具热乎乎的躯体,居然还不过一台冰冷的机器!这是怎样的失败与悲凉!

袁明时常抱怨单位里压力太大,让人窒息,他早想撂挑子不干了,还抱怨被工作、生活双绑架,连出去好好拍几张照片的时间也没有……

每到这时候,我总是沉默。我不想反驳他加入的摄影家协会和几个"驴友"俱乐部,不想提他一周至少一次的摄影采风活动。我算彻底明白了,像他这种人,就不应该有家有工作,就应该无所牵挂地满世界疯跑。

想明白了,我也平静下来。我决定最后尝试与他谈一次,给他,也是给我自己最后一次机会。

我做了他最喜欢的红烧鸡,葱、姜、蒜等作料没放,只放了必要的食盐、白糖和酱油。这样的做法是对他绝对的迁就。从我俩认识那天开始,我就知道他是个特挑食的人,不但不吃芹菜、茼蒿菜等一切"味重"的蔬菜,而且也讨厌那些瓜瓜豆豆的易胀气食物。对于作料,他只需要必要的油盐醋等调料,且盐很重,每次菜上桌,他都要往自己的碗里加盐。照他自己的说法,他是个很好"打发"的人,只要有点盐水肉和炒洋芋，他就知足了！

只有我知道他有多难待候！

恋爱过程可以相互迁让，毕竟那是个满怀信心的开端。婚姻生活却是漫长的一生，在激情逐渐磨灭归复平静后，折中的办法应该是成人间的默契。于是，我将葱、姜、蒜做成一个个作料包，做菜时一个个放进炒锅、煮锅和炖锅，做好菜再夹出来丢弃。这样的做法，既去除了荤菜的膻腥，保证了食物烹饪的美味，也避免让袁明大皱眉头拒吃。他甚至都不大吃得出放了些什么作料。他似乎只在乎他看不看得到，看不见的就代表没有。看着他大快朵颐的吃相，我时常百思不得其解。看见的不一定真实！当然吃到的也是！这真反讽！

可是今晚，我不想再用折中的方式骗他。我打算再迁就他一回，就像甜蜜的恋爱时光。

当我将砂锅端到桌上，稳稳当当放在他面前并揭开锅盖时，氤氲的白汽缭绕了他的面颊，一股香味充斥满屋。我看着他的脸，等他感叹一句"好香"之类的话。这是每次我做他最爱的红烧鸡都会有的场景。如果说婚前每次他说这话都是真心诚意，那么婚后说这话就只能算习惯。因为我已从那张方正的脸上看不到任何表情，他似乎只在例行公事。

其他菜也陆续上桌，清炒毛肚、小虾煎蛋饼、牛肉凉片，素炒是两个时令蔬菜，汤是三鲜汤。可是，待我盛饭，也未听到那句"真香"。我不由得探究地望向他，只见他皱着鼻子闻鸡肉，终于开口说怎么这么腥？这倒把我问蒙了。我说这就是照他说的只放酱油、食盐和白糖做的呀！

他没说话，而是搛了一块尝试着放到嘴里，难于下咽的表情，坚持着没吐出来。随后他尝了毛肚和牛肉也依旧如此。他终于忍不住了，草草扒了几口三鲜汤泡饭便放下了碗。

直到上床睡觉，他都没再与我搭腔，好似我故意让他吃了回哑巴亏。我突然很想歇斯底里地大笑，我用折中的方法骗了他十年他没吃出来,当我终于决定实诚地按他的口味给他做一顿,精心准备的饭菜却成了故意让他吃不好饭的罪证!啊,突然觉得,生活好滑稽!

夜深了,我翻来覆去难以入眠。而他,一如既往地待在书房摆弄他的相机。一个晚上白白浪费,我知道再不会跟他谈了。

也就是这一刻,我下了一个决定,一个推迟了多年才下的决定!

七

那位富态女人告诉我,她已经给儿子请好了家庭教师,虽然每节课贵了一百多块钱,但省去了来回跑的辛苦,很值得!

我点点头,不知该说什么。只有附和着她的话,说:也是。

她掏出小镜�’尖嘴照她的下巴,说:我瘦了发现没?

我笑了笑没接话,心里莫名的很惆怅,且有了些厌恶。我原本也是个跳跃性思维的人,可是无法接受不合时宜的情绪跳跃。当然这也是种强盗逻辑。

这是年尾,寒冬已经实实在在地来临了。可就在稚子已经习惯了抱朴的教学模式、作为家长的我也为他逐渐积累起来的成绩感觉欣慰时,一切都变了。贾晓木老师告诉我,他与毛维开琴行亏本了,先后进的大件乐器都卖不动,年底厂家在催尾款……看他满脸沮丧的模样我没感到太意外,只是眼前浮现出他能过命的好兄弟毛维埋头算账的模样。臆想中我看到毛维抬头看了我一眼,目光如冰凌一般冷硬,我不由得瑟缩了一下。我问贾晓木那怎么办。他木然地说每人都亏了十几万元,能想的办法都想了,只凑了不到一半的钱,他也不知道该怎么办了……

我很想帮他,却又爱莫能助。

下周五上课,贾晓木血红着眼蓬乱着头发,见到我勉强笑了笑。我想问问他琴行的事,又怕更惹他难过,便没吭声。没想到他却主动开口。他说琴行股份全倒给毛维了,这样基本能凑齐他欠的另一半款。他现在算是两手空空,十来年的打拼都付之东流了!我一时不知该说什么。稍停,他勉强笑着又说这样也好,幸好他没家庭,算是"一人吃饱,全家不饿",可以心无挂碍地四处走走了……

贾晓木也是三十大几的人了,一直没结婚,不知为什么。在这点上他与我堂弟余莫笑不是一类人。我堂弟属于可以闯荡天涯的"浪子派",结婚太早反而不正常。而贾晓木,他属于是稳妥的居家男人型,如今,一次变故却使他将走上浪迹天涯的旅途。或者,他骨子里与堂弟、与曾经的我们都一样是有着远大理想的人,只不过被世事掩埋了。他没有走入婚姻或者就是在等这一天?

对啊,世界那么大,是应该去看看。我勉强挤出个微笑。说完这句话我以不打扰他和稚子练习为由迅速走了出来。

我趔趔趄趄奔下楼梯,站在狂风肆虐的院子里,感觉凉凉的液体一直流向耳边。我不知道为什么要哭?只是无端地想哭。我木头人一样站着,站着,直到贾晓木给稚子上完最后一堂课……

富态女人显然没看出我的脸色。为了证实自己没撒谎,她侧过身挺胸翘臀摆了个"S"形。她热情洋溢地说:我真的在吃"激素"。说着忙翻她那个品牌包。我吓一跳,暂时从负面情绪中脱身,忙说"激素"不好,还会大反弹。她说怎么可能呢,说着便拿给我看,我接过一看,原来是"酵素",还是某知名品牌。我略微知道这个牌子的酵素随便拳头大一瓶都是好几百元。我下意识地摸摸自己日益增厚的腹部。富态女人眼神紧追过来说:要不你也试试?

我脸一热,敏感地觉得这话充满了揶揄的意味。我故作淡定地说:还是你先试试吧。心里想的却是这不是我这个没固定收入的家庭主妇能消费的。家庭主妇用男人的钱都得小心翼翼的,即便这钱是用来操持家庭。十多年前,我的理想与所谓的一点半点才气,都随着进入婚姻而被埋葬了。结婚成了一条分界线,从此理想成为明日黄花。我唯一的收入,便是每天在朋友圈声嘶力竭地卖几条羊毛裤的微薄收入。我很明白之前的很多朋友已将我拉进黑名单或直接删除。在当前社会的精神重压下,他们需要心灵鸡汤远胜过冬季保暖的羊毛裤。十多年前说得上话的文友们,已不屑与我共叙理想。如果说我还可以谈"理想"这种东西,那现在最大的理想就是多卖几条羊毛裤维持我的"底裤"!人生真是讽刺:十多年前我为维护"底裤"放弃了差点属于我的优裕生活,十多年后我却仍然在为"底裤"而活!我像摊烂泥被巨手掷入了生活的泥淖里,心甘情愿又于心不甘地做了个彻头彻尾的俗人。

问你呢?富态女人艳红的嘴唇含着意味难明的笑意。

她是问我贾老师走了我怎么打算?我想了想,回答她:抱朴还会请其他吹奏乐器的老师的,我们应该还会在这里学习。

是的。抱朴还会继续办下去,而稚子只是无数学员中的一个,我不想再左右折腾了。哪里都是学习,只是走了一位教师,其他都没改变。

她拎着包带,将那只价格少说也得一万元的名牌包包朝前抛又朝后抛,空中不停摆动着一条酒红的弧线。她一脸不屑:我不想儿子变成他奶奶和他爸爸那样的人!

呵!真是一个一面享受着金钱带来的好处,一面又对金钱厌恶至极点的矛盾女人!

我却不明白继续在这里学下去,与她儿子变不变成"他奶奶和他爸爸那样的人"有什么必然联系。

不过我却忍不住想:如果时光倒转十年,我会不会毅然决然地离开这里?因为那时我们的想法那么干净!我们鄙夷所有可耻的行径!那时我们单纯的眼里容不下一粒沙!

而十年后的今天,我学会了接受龌龊并与之和平共处。这是成熟还是圆滑?

八

我和袁明各有一套集资房,因做过婚前财产公证,离婚后我俩财产各归各的,倒也不牵扯。我在离婚前的准备期,说服了母亲来城里帮我带孩子,我又积极应聘到一家合资企业的文秘工作,这样,我就有了十足的底气能赢得稚子的抚养权。这之后,除了每年年初我准时收到袁明给稚子的抚养费的打款信息,我与他的联系就算中断了。而他的微信朋友圈,也停止在了我俩办理离婚手续的那天中午。那是个略有寒意的三月早春,瓦蓝的天空空气异常清新。走出民政局大门,袁明说开车送我。我拒绝了,我想走一走,舒缓连日来患得患失的情绪。是的,都结束了。从此,牵肠挂肚的家人天各一方,各自安好。当天晚上,当我百无聊赖地刷着朋友圈,便看到袁明发的最后一条动态,一句俗不可耐的网络流行语:世界那么大,我想去看看!配图正是中午我俩同时抬头看到的瓦蓝的天空。

我关了朋友圈,试着淡然地笑了笑。突然想起头一次和包黑羽交谈时他说的那句话:失恋算什么! 人还要死!

对啊! 离婚算什么! 这世上的生死每天都有人在经历着,其他又算什么事!

来年,我听到关于袁明的"传奇",他居然有勇气将工作辞了,把房子卖了,花了一百多万元买了辆房车。从此带上他视为情人的二十台相机和无数的胶片、镜头、三脚架、反光板,游历世界,四海为家。我耳边突然响起许巍的《曾经的你》:

　　　　曾梦想仗剑走天涯

　　　　看一看世界的繁华

　　　　年少的心总有些轻狂

　　　　如今你四海为家

　　　　曾让你心疼的姑娘

　　　　如今已悄然无踪影

　　　　爱情总让你渴望又感到烦恼

　　　　曾让你遍体鳞伤……

我的脸上露出一个释怀的笑容,给他,也给自己。这也许才是最适合他的生活方式!他终于实现了自己梦寐以求的理想!原谅他也是原谅我自己!我真心为他祝福!

九

至于大学生付川,我再也没有见过他。

他在贾晓木走后不久就消失了。我在院里等不到他,翻开手机,才发现我没有保留任何他的联系方式。我顺着那条巷道再次找到他租住的小屋,房门紧锁,窗户半掩。我试着拉开木窗,一股闭塞太久的霉味扑鼻而来,我看到付川整洁的床和收拾干净的桌椅,桌上那一大摞乐谱和书都不见了。屋里空空荡荡,原先放书桌的墙角织了一个很大的蛛网,一只硕大的蜘蛛一动不动地坐在网上,守护着它的地盘。我满怀狐疑,因为上一周,贾老师给稚子上最后一节课时,我还来过这里。我在院里哭完了就想找付川聊聊。付川不在,可透过窗户,借着楼道微弱的白炽灯光,我看到他的东西都在。那时窗明几净,无论如何我也想不到,一周后这里竟破败成这样,完全不像有人住过的样子。

正走神,肩膀被人拍了一下。我感觉头皮发麻,尖叫声就快蹦出嘴巴。回头一看,是位头发花白的大娘,她眯着布满皱纹的眼,说:姑娘,这里快拆了不租了。

原来是房东。

我问:这里租房的小伙子什么时候搬走的?

什么小伙子?

上周还住在这里,他叫付川。

没想到她像看病人一样瞪着我:这里两三年都没住人了,一直租给前面的商铺用来装百货和材料……

我大骇,逃离了那条巷道。

第二天,一夜无眠的我鼓足勇气,来到付川说过的实习地点莫愁溪琴行,我开口问之前,一直告诉自己一定是昨晚那个大娘搞错了,她那么大年纪记忆不好或是精神不正常都有可能……我和付川认识那么久,有共同的朋友,怎么可能……

我踟蹰着停在莫愁溪琴行门口,琴行的人迎上前问:要买乐器,还是学乐器?

我舔舔干裂的嘴唇说:我找人。

小伙子很幽默,笑着说:我们的人都在这儿了,你要找谁?

我一眼望过去,几个年轻人好奇地望着我,他们男女胖瘦都有,可没一个是付川。

我又舔舔嘴皮,说:他叫付川,是实习大学生,麻烦你好好想想。这回我没对小伙子说,而是冲着刚走出琴室的一位中年人说。他显然是老板,事实证明我的猜测是对的。他待人有礼,很有绅士风度。他像对待一个无理取闹的顾客,耐心地偏着头回忆了一分钟,最后十分肯定地回答我:没有,我们店里从来没有这个人!

没有这个人!

没有这个人!

莫非,他只是一个幻影?

花斑蟒

一

中午放了学,辉丽和常玉到学校食堂打饭,一眼看到凤姐一伙靠墙根蹲着吃饭。两人不敢细看,忙低头排队。其间心里忐忑不安,生怕凤姐一伙上来找碴儿。打完饭出了食堂大门,仍如芒在背。

两人端着饭盒无精打采地走到前操场西北角,那里有一排臭臭的扁柏,两人就地坐在泥土上,恹恹地,也没心思吃饭。

你说,我俩会被打吗?面容姣好的常玉说完这句眼眶就红了。这是怕的。她细如蚊蝇、发颤的声音,也是怕的。

这是农历冬月中旬,一年中非常冷的月份。无风,空气如凝滞一般。操场周围一排排一人高的扁柏也像被冻住了一般,纹丝不动,一派了无生气的景象。天空倒又高又远,碧蓝得不染纤尘。

辉丽打开饭盒,一大股香味扑鼻而来,肚子也适时咕咕叫唤。辉丽舀了一大勺放进嘴里,滋味平平,没吃出惊艳。食堂的饭菜就是这样,闻着挺香,味道可差远了。大锅伙食,再好的食材味道也被几大瓢水冲淡了。更何况这里最好的荤菜也不过一周一次的红烧肉。

常玉见辉丽没说话,也打开饭盒有一口没一口地嚼着。心里有

138

事,饭菜来回在嘴里咀嚼也没味。直到一口辣椒呛到了嗓子眼常玉才回过神来。常玉扔下饭盒捂着耳朵直跺脚,眼泪直冒,口里呼出的浓重白汽转瞬就没影了。

哭啥? 有我在你怕啥! 辉丽皱紧眉头,唇角挂着戏谑。也真难为她,这种时候还能开玩笑。辉丽虽是个只长常玉一岁的女孩,却生得背厚腰圆,浑身结实。她出生于农村,自小跟小伙伴骑牛背打猪草,皮肤晒成小麦色,身体结实得很! 十六岁青春发育期的女孩,额头和下巴布满了蓬勃生长不甘落后的青春痘,生气或高兴时会发红,运动了走急了也会发红。这让她时常给人一种羞怯的感觉。这当然也是表面的印象,其实她的性情与她健硕的身体一个样,也"结实"得很。

就是这样一个其貌不扬的女孩子,心里却十分有主见。三个月前新生刚入校门,一群女孩叽里呱啦四处打招呼交朋友,生怕一不争先落了单。只有少年老成的辉丽不慌不忙,对谁都是。既不特意讨好,也不故意得罪。当然也没人过于留意她。她的样貌和性情是那种放到人堆里就找不到的,青春期的少男少女,没谁会对她感兴趣。

常玉却在暗中注意到她,刚入校的一件事让常玉颇为吃惊,继而促使两人成为好友。那是刚入校第三天,学校组织新生拔校园里的杂草。先前班主任将本班学生带进负责区域,四下里比画了一下就回办公室喝茶了。九月份的校园早晚已经有了寒意,老师们边喝茶,边从半山坡中的三楼办公室瞅一眼劳动的学生,既欣赏了景致,又监了工。

因老师不在跟前,学生很快你学我学你地怠工偷懒了。有的挑小的、细的拔,只拔易拔的节节草、细叶芹;有的一根牛筋草故意拔上半天,直抱怨韧性太好,手都勒出血泡了。有几个女生很快在乏味漫长的除草工作里找到了乐趣,她们专拔一种学名叫"马唐"的杂草,马唐属禾类植物,样子像刚抽穗的稻类,通体枣红,在一大片或枯败或墨绿的植物里分外显眼。她们悄声商量,劳动结束就去门口小卖部买橘子罐头。虽然橘子味苦,不好吃,但那种口细肚大的玻璃瓶,却是所有罐头瓶里最像花瓶的美丽瓶子。

上午九点来钟,太阳已升至教师办公楼楼顶,热气蒸发着夜露及寒气。这晒太阳刚开始暖融融很舒服,不一会儿就觉得热气紧逼,似炙铁烙背,耐不住了。这时新生多半已将任务忘记了,很多躲到扁柏树下,头在阴影处避光,只将腿脚伸出去晒太阳。

只有少数几个老实的学生还在做无用功。常玉也是其中之一。她在想为何老师不提供除草工具,莫不是在考验他们。正胡思乱想,忽见辉丽不知从哪里借来一把镰刀,薅过一把把杂草便割起来。那把镰刀在她手里仿佛就是双手的延展,使用娴熟得令人眼花缭乱。新生开始交头接耳,几个男生还打起了呼哨,不知是夸赞还是戏谑。

同学们都看着辉丽,她竟也不在意,只循着杂草一味割过去,很快操场四角就垒起了几个草垛子。辉丽又"变"出一把小板锄,将割过的草根一一铲去,然后双脚跳着夯实地面。见她这样,一些女生也觉有趣,都嬉笑着加入队伍,有几个男生扯闲篇扯够了也觉不好意思,就去教室找来簸箕,将杂草草根装了丢到垃圾桶里。常玉是那种腼腆的女孩,不好意思跳着夯地,只和两个女生直接抱了杂草扔垃圾桶。经过辉丽身边,她偷偷打量了辉丽:满脸绯红,额头和下巴的青春痘因为运动渐渐红了起来;说不上漂亮,那双黑亮的眼睛里却有一种说不清的气息。这是能吸引常玉的东西。辉丽也正好对上常玉的目光,或许那一对视,两人友情的种子就种下了。

其实那天注意到辉丽的还有别人,就是这届营林 33 班班主任赵青梅老师。那时她烤着栗炭火,喝着云南古树茶,眼光在手中学生花名册和窗外劳动的学生间不断转换。新生刚入校,很多老师对不上号。只是报到那天念了名认了学生,很多班主任都是双眼一抹黑,得十天半月的才能慢慢记住每一名学生。赵青梅却是个异类,她的本事是过目不忘、过耳不忘。她前年才从师范学院毕业,二十三四岁的年纪,浑身青春干练。人又长得漂亮,少不得遭人非议,渐有了些关于她的闲言碎语。幸而她是个大大咧咧的女孩,心理素质好,那些脏水从来泼不到她心上。这会儿她又将学生名字与学生本人对照了一遍。对照到辉丽时，正好看到她借来镰刀割草的场面。对于一名思维开阔、善于发现学生潜质的年轻老师，赵青梅一下子就对这个叫辉丽的女孩子感兴趣了。实际上，学校安排新生拔杂草，不过就是给学生上一堂劳动课，使其懂得热爱劳动、尊重劳动者。

二十世纪九十年代，最优秀的尖子生上的是中专学校，以师范和卫校最吃香；高中接纳的是中等生；最差的或辍学或进了技工学校。两年来，赵青梅无论发挥多大的能量，也无法调动学生学习的积极性。这些十五六岁处于花季的孩子，似乎从宣布进入技校那一刹那开始，就认为被社会放弃了。这些孩子，有两种极端倾向：一种是老气沉闷，一派看透前程不求上进的样子；另一种是寻衅生事，一副混世魔王的模样。之前送走的那个班，无论赵青梅怎样努力，都无法改变的那种死气沉沉，这让她有一种挫败感。所以，当她看到辉丽与众不同的举动时，心里动了一下。这才是一个正值青春年华的孩子该有的正能量！当下她便做出了一个决定。

二

入校不久学校组织了新生摸底考试，辉丽成绩居全年级榜首。这并非问题关键，关键是她的分数与总分只差二十一分，第二名与她相差七十二分。这成绩，上最好的中专都绰绰有余，她咋会来技校？就是这次摸底考，使全校同学都认识了这个其貌不扬叫辉丽的女生，而在常玉心里，更有了一种亲近她的渴望。其实常玉成绩一向不错，哪知临近中考前竟生一场大病，考场上仍高烧不退，勉强考完便因肺炎住院了。最后当然就考砸了。出院后幸而又赶上技校招考，她只能退而求其次了。她很明白，自己上面一个读中专的哥哥下面一个上初中的妹妹，父母早觉不堪重负。这回考场失利，双亲也是暗暗松了口气。母亲不止一次提过她的小堂妹，小学毕业便辍学跟姐姐学美发，小小的年纪就会挣钱养家,可了不起了!母亲的言下之意是她也该和那个堂姐一样去学美发。想到今后再不能上学了,她便一阵恐惧。所以这个众人看不上的技校,却是她的救命稻草!

三

每年新生入校,总能引来老生或真或假的"选美"高潮。此届的"校花"非常玉莫属。她肤色若雪,唇不点而红、眉不染则黛,与《红楼梦》里薛宝钗的长相有几分相似,性情却似黛玉般娇弱。常玉从拔草和考试成绩这两件事中看出辉丽与他人不同,便有意与她亲近,渐渐地两人成为好朋友并结为金兰姐妹,常玉将辉丽当成了亲姐姐,凡事信赖她。而辉丽同样也将常玉当成亲妹子,凡事关爱有加。辉丽曾半开玩笑说过:妹子,在这鸟不拉屎屎不生蛆的不毛之地你我相遇,是我俩的缘分!从今往后,不管谁欺负你,姐姐都会罩着你!

看到辉丽如此义气,常玉感动得热泪盈眶。

原以为这只是小姐妹间表达情义的玩笑话,谁会欺负新晋"校花",哪想一语成谶!三个月后,两人确实碰上了棘手事。

四

赵老师的决定是选辉丽当班长,她认为积极主动性强的孩子一定能起到好的带头作用。

学生的反应分为两种,多半沉默不语,技校的班长,能有多大能耐?索性随她去吧。还有几个易妒的女生,很快结成一个小团体,有事无事明里暗里冷嘲热讽。学生的反应赵老师都心知肚明,对第二种情况她反而不太担心,能嫉妒,证明还有上进心嘛。如果什么都不在乎了,那才可怕呢。于是让学生们毛遂自荐,又选出了副班长和各种委员。但赵老师这一举动仍引来一场非议。说是全班三十来个学生,班委就选出近一半人，真是"爱搞花架子"。对此赵老师笑而不语。两年来多亏了她不是玻璃心，否则在这技工学校是断然无法立足的。她晓得其他班班主任都很"低调"，一个班只选一正一副俩班长协助班主任管理，因此俩班长权利无限大，曾经还发生过班长体罚学生的事情。

面对那些恶言恶语，赵老师常常保持沉默。

这所学校就是这么奇怪！从她入校那天就发现了。你觉得平平常常的事情他们觉得不符合规矩，你觉得不符合章法的事情他们反而觉得稀松平常。有时赵青梅也突发奇想，是不是这地方的磁场与众不同，所以导致这里的人想法也都与众不同？当然，这种突发奇想很多时候是自嘲。然而有一个当地传说却不是突发奇想，那便是花斑蟒的传说。传说学校后山有一个巨洞，洞里住有一条瑰丽无比的花斑蟒，每三十年在月朗星稀的深夜出现，见到的人将幸运一生……

很多师生都笃信这一传说，并且想要亲眼看到，希望得到幸运的加持！

五

花斑蟒！

什么？常玉抬头，愣愣地望着辉丽，一时不明白辉丽说的是什么意思。两人的饭盒都冷了，索性盖好扔到一边。

难道你没听过这个传说？不知道三十年出现一次给人带来幸运的花斑蟒？传说三十年前，一对遭父母反对的恋人，就是天天守在我们学校后山上等花斑蟒——那时还没我们学校……

那后来看到没有？

当然看到了。两人整整等了十三个晚上，终于精诚所至金石为开，在第十三个晚上，突见山头东边霞彩冲天、明如白昼，两人正诧异，更加令人惊诧的情景发生了：一条粗如老树、长似游龙、艳若红梅的花斑蟒突然从天而降,它在后山从容环游一周便不见踪迹,明若白昼的山头迅速漆黑一片、寂静无声。消失的速度与它的出现一样迅疾……

常玉听呆了,手心里捏了一把汗。她不知道如果自己真的可以看到花斑蟒,会不会立马被吓晕过去。

辉丽对常玉紧张的神态毫不在意继续说:说来也怪,这对恋人回去后,两家老人突然开了窍似的,很快为他们操办婚礼,从此,两人过上了幸福的生活……

听到这,常玉从新奇中回过神:你说这个干吗? 这对我们目前的困境有何帮助吗?

的确,学校"大姐大"凤姐两天前就放话,要来"收拾"她俩。难道辉丽的意思是,她俩可以利用三十年一次的难得机会遇见花斑蟒,从而获得"幸运"的彩头,避过凤姐的寻衅生事? 可是,这是多么不靠谱的事! 居然聪明的辉丽也信。

辉丽没直接回答常玉的疑问。

下午放学,辉丽居然真的约常玉去后山。说是后山,也得从学校正门经过长长的国道,绕过曲里拐弯的田埂路才能到达山脚。后山连绵好几个山头,中间拥有最高峰的山头,因长有一片长达两公里左右的松树林而扬名,被学生戏称为"情人坡",总有一对对恋人流连于此。其实与植被繁密、四季常青的家乡的山相比,这座后山,包括这个地方所有的山对辉丽都没有吸引力。可能是地质缘故,这里的山只长耐寒的松树,连坡的青草也是极少见的,满目只有裸露的山石和黄土。

辉丽和常玉准备爬到一眼望不到头的山顶。站在制高点,举目四望,可以将学校和周边村落尽收眼底。爬过个个土丘,便是那片深深的松林,这就是传说中有名的"黑松林"。墨绿的松针坚硬,地上零星散落着赤褐色的剥落干松针,有的陷进泥水开始腐烂,腐败的气息随着两人的喘息深入鼻孔。两个女孩停下来喘气,心里都不由得有点紧张。以往常见的情侣今天好像都约好不见了！除了上山时遇到的唯一一对下山情侣，再也见不到其他人影。

两人又开始爬。进入松林，像进入一个被树木包围的幽闭空间，给人一种莫名的压抑感。脚踩落叶的声音沙沙作响，风刮过，松林摇摆不定，宛若是在呐喊。常玉冷不丁打了个寒战，她不想再往上爬了。

我们，还是选中午再来吧。常玉停下来扶着瘦瘦的细腰，弱弱地喘气。她额头细细的绒毛渗出了细汗，不知是走急了还是怕的。

可我们都走一半路了，不想去山顶看看吗？辉丽不解地抹一把此时已是绯红的脸，她脸上的疙瘩此时很像酒精过敏的反应。

回去吧，天快黑了。常玉声音里带了央告。辉丽无奈地叹口气，抬腕看了一眼手表。真的，上山时晚上六点一刻，现在七点二十三分，东边彩霞退得迅猛，从赤焰到橙红再到淡黄不过眨眨眼的工夫。等天边变为蛋青色时，暮色就会快速降临，前后不过十来分钟时间。而她俩才走了一半路程，到山顶至少还得一个多小时。

辉丽瞅一眼看不到边的松林，有点不甘心。她也只来过不多的几次后山，每次都只到松林，看会儿书，听听偶有的鸟鸣就下山了。常玉同样只和同学来过几次。她和那些同学都没男朋友，遇到小情侣牵手搂抱倒是她们先不好意思。后来后山少有"单身狗"来爬了，真成了名副其实的"情人坡"。

常玉和辉丽都知道，传说中给人带来好运的花斑蟒，每次都是从山顶出现。所以，想得到好运，首先得有勇气穿过所谓的"黑松林"。传说中，这片松林总能让人听见各种令人闻之惊悚之音，像笑、像哭、像诉，随风飘送，绵绵不绝。

快走吧。要不，我们明天中午不吃饭就来？常玉真的怕了。她紧紧勾住辉丽的手臂，单薄的身子瑟瑟发抖。

你这个样子，怎么保护自己！辉丽叹出口气，眉头无奈地皱了皱。她让常玉勾着，两人相依着转身下山。自三个月前，两人成为无话不谈的好友后，互诉遭遇。同为学霸，一个因病考场失利，另一个却是主动放弃报考中专，委曲求全上了技校。

我只有常年患病的妈妈和小儿麻痹症的哥哥，只有迅速学好一门技艺，有个谋生手段，才能帮妈妈支撑起这个家。这是辉丽告诉常玉的。常玉的温柔、辉丽的懂事，加上两人同病相怜的境遇，促使两个女孩稚嫩的心灵迅速靠在一起。从那时起，辉丽便暗下决心保护这个柔弱可爱的女孩。

这样的想法其实不是两人成为好友后辉丽才萌发的，而是初见常玉时就产生了。刚入学时，常玉便成为所有男生追捧的新晋"校花"，然而，常玉都不动声色，直到"校草"林遥的穷追猛打。当然，作为曾经品学兼优的优等生，常玉是不会陷入早恋泥沼的。她只想学好技能，毕业后找个不错的工作。俗话说"树欲静，而风不止"，她的存在彻底惹恼了一个人，这人便是凤姐。凤姐原名凤珊，因长相妩媚、性格泼辣，又是学校的"大姐大"，故被誉为"凤姐"。在新生未入校时，凤姐是技校公认的"校花"，无论姿色还是气势，都是引人注目的焦点。哪想常玉一来，就有男生在背后戏谑常玉姿色绝对在凤姐之上，且娇柔弱态更体现女性美，学校校花得重新刷新……你想凤姐是谁，历来是她处处强势，所谓的卧榻之侧岂容他人安睡焉，故她藏了一口气。新生入校当天，学校两大势力凤姐一伙和林遥一伙便先后进入新生宿舍"巡查"。一伙为震慑，一伙为寻美。常玉的美丽，凤姐心里是承认的，可气势上不能让。所以，当晚叼着香烟的"大姐大"们经过常玉床前时，凤姐故意打了个呼哨停了下来。她斜着眼，似笑非笑地盯着正在铺床的常玉，烟圈悠悠喷到常玉脸上。常玉闻不惯烟气，大声咳嗽起来。凤姐一伙却放肆地大笑起来。常玉又窘又怕，整张脸羞得又红又烫。辉丽看到这情形气愤得很。虽那时还未与常玉成为好友，她心里却有个奇怪而坚定的念头：如果这伙"女流氓"再敢有过分举动，她会不顾一切冲上去……

后来辉丽和常玉提起这事，竟让常玉双眸湿润。她没表达过多的谢意，而是紧紧抓住了辉丽的手。

六

那晚凤姐一伙再没什么出格的举动。看到常玉的表现，她知道这个对手非但不强大，而且非常弱小。心里有底的凤姐不屑地使个眼色，一伙人哄散而去。凤姐一伙没走多久，林遥一伙就来了。林遥一伙也完全是小混混模样，他留着时兴的"两片瓦"，穿着卡其色外套，嘴里叼了根虾须草。他走路微弓着腰，双手插衣兜里，叼草的嘴角略歪，显得吊儿郎当。林遥一伙将整个宿舍巡视一遍，最后停在常玉床边的墙角。一伙吊儿郎当的男生不谈定了，有的呲嘴、有的惊叹、有的打呼哨，林遥更是错不开眼睛。常玉先是受到凤姐一伙的惊扰，已觉害怕，此刻再见这伙男生，眼泪就快流出来了。林遥只说了一句：妹子别怕，今后哥罩着你。这话就是权威，男生们立马噤声了，有不雅动作的也立马规矩了。林遥一伙人走后，常玉才忍不住轻声啜泣出来。很显然，常玉被学校"大哥大"看上了。

凤姐和林哥其实是固定的男女朋友关系。男女生两派势力的老大，一个美女一个帅哥，正好般配。只不过两人不时产生的荷尔蒙也会开小差，不过逢场作戏而已，只要相互躲避得当，睁只眼闭只眼也就过去了。只是凤姐不能容忍比她漂亮的女生，常玉是头一个。不过这还不至于凤姐撒泼动粗，而是因为后来辉丽的介入。

不久后辉丽与常玉成了好朋友，两人同出同进形影不离。因为碍于凤姐，林遥起初对常玉的追求并不太显眼，不过一两天带人逛逛宿舍走个过场，找常玉随便聊几句。凤姐是何等人，当然心知肚明。因男友没有明目张胆泡妞，就得为彼此留个脸面，好歹两人都是学校老大嘛！于是相互派眼线留意，一般是这伙走了那伙才来，从未发生碰到一起的尴尬场面。不过不久之后两人便发现，一个监控一个泡妞很快就行不通了，因为在下课后、熄灯前两人基本上见不到常玉了。很显然常玉是在躲避他们，这让凤姐的威严受到打击。林遥紧张了，因为这时候他才明白,自己是真的喜欢上常玉了。从此他不再碍着凤姐,而是对常玉展开了明目张胆的追求。明确的表白,情书、小礼物以及四处扬言常玉是他林遥的人,搞得校园里人尽皆知。这下凤姐被"啪啪"打了脸,忍不住跟林遥发生了冲突。这是两人在一起一年多最激烈的一次冲突。林遥气头上放了狠话:我就是喜欢常玉怎么啦?不行咱俩分手。一句话把凤姐气得冲上来就打,嘴里还不干不净骂道:小娼妇,狐狸精,一看就不是好东西……林遥一听凤姐口不择言也被气坏了,他将缠在他身上的凤姐甩开,顺手给了她个耳刮子:你嘴巴给我干净点! 谁是娼妇? 咱心知肚明。凤姐被打蒙了,又听他如此护着常玉,气得又冲上前打。任这女孩如何强热,终敌不过男生,她只有放声号哭起来。

冷静过来,凤姐叫人打听经常跟常玉在一起的女生是谁?她觉得以常玉文弱的性情,不可能敢犯着得罪校园两大势力的危险拿他们不当回事,况且大晚上还不归宿肯定是辉丽那小丫头唆使的。如果常玉被林遥找到,他就不会发狂以至和自己翻脸。凤姐越想越来气。此刻辉丽无论如何也想不到灾祸真要降临到自己头上了。躲避两伙人的主意真是辉丽出的,但她想不到,凤姐身边那些小喽啰全是唯恐天下不乱的人,她们很快就将辉丽的详细情况回报凤姐,并且添醋加醋地说那小丫头放话"今后就罩着常玉了,看谁敢欺负! 凤姐也不怕! "凤姐听手下这样说,气得脸发白。其实她当然知道自己人的德行,不过正乐得有人给自己递刀子。她决定给辉丽她们一点苦头尝尝,来个杀鸡儆猴,看谁以后还敢惹她!

凤姐很快叫人将风放了出去,大家知道凤姐要"抓典型"了,整个校园弥漫着紧张与期待。

七

刚吃完中饭,还没来得及出去洗碗,两人就被堵在宿舍里了。

十来个"大姐大"团团将两人围住。凤姐剪了利落的短发,个子高挑苗条,高鼻梁尖下巴,习惯性斜睨的丹凤眼总自带不怒自威的气场。此时她双手叉着水蛇细腰,短短的卡腰夹克半穿半披,虚眯的眼里含着令人胆战的笑意。

胆小的几个女生害怕殃及池鱼,早悄悄避让了出去。大多数喜看热闹不嫌事大的却留了下来,心跳加速地等待着。

凤姐先是任意谩骂,极尽侮辱之词汇。常玉缩在辉丽后面,垂头咬唇,一张脸红一阵白一阵。此刻她感觉辉丽像座石雕,不发一言却让自己有种说不清的恐惧。

骂过一阵,凤姐质问:辉丽,听说你要和我作对?

没有。

大声点,我听不见。凤姐伸出涂着血红指甲油的食指,狠狠将手指头戳在了辉丽的太阳穴上。常玉在后面小声啜泣起来。娇小的她瑟缩在辉丽身体后面,低垂着头,油亮的乌发披散下来掩住了她的脸,她的肩膀随着抽泣一耸一耸。她的哭声让辉丽听了十分难受。

辉丽深吸口气,高高仰起了头,又用洪亮的声音大声答了句"没有"。可这"没有"的尾音还未落地,凤姐便顺手抄起桌上的一摞衣架,朝辉丽劈头盖脸打来。咬牙切齿,骂声连连,那狠劲,吓得在场好多女生都埋下了脸不敢看。此时常玉吓坏了,已泣不成声,她一个劲地乞求凤姐别打了。凤姐正打在兴头上,哪会住手。常玉又想护在辉丽身上。可是左边床铺右边桌子,辉丽像堵墙一样死死堵在她前面,目的就是保护她,她卡在墙角根本出不来。常玉只能从辉丽背后紧紧抱住她的腰,哪怕给她传递一点点温暖,告诉辉丽她不是孤立的,还有自己与她一道!可常玉不知道,这一举动更加刺激了此时失去理智变为母狮子的凤姐,她下手更猛更狠了。那一摞衣架急切又胡乱地砸来,一下下击打在辉丽的头部、面部、身上,也击打在箍紧辉丽的常玉的手上。一阵阵剧痛袭来,孱弱的常玉感到眩晕,但她没有放手,而是强忍痛楚,双手像锁链一样扣得更紧了。癫狂中的凤姐此时面部变形,往日漂亮的脸蛋已不堪入目,眼角高一只低一只,面部抽搐,紧咬的下嘴唇似要浸出鲜血,让人不寒而栗。衣架已被她砸飞了两个,一个蓝色胶皮的跳到了旁边一床的蚊帐顶上,另一个不锈钢的砸到其中一个"大姐大"穿着夹拖的大脚趾上,疼得她龇牙咧嘴弓下了身,一直叼嘴里用来装样的香烟也滚落到手上,又烫得她惊跳起来。此时她可能已悔青了肠子,后悔大冷天的穿夹拖来炫耀她美丽的大红趾甲了。但却不敢哼出一声,一系列狼狈的动作都像演哑剧。常玉蒙眬的泪眼,瞅见两个弹跳开的衣架都染上了触目惊心的血液。一口寒气自脚底直蹿脑门,她感到呼吸快要停止。这时她紧倚在辉丽颈背的耳朵感到辉丽胸腔的震动,她听到了模糊的三个字。那三个字是"给我刀"。给我刀!给我刀!辉丽要刀!那把水果刀就压在常玉上铺的枕头底下。因为总做噩梦,辉丽教她用农村的土办法"镇邪"。现在,这把刀就位于常玉后脑勺位置,她只需迅速松开辉丽,半转身就能将那把锋利的水果刀抓到手里。常玉手脚冰凉,心脏却跳动得快要冲破胸腔。她大脑的第一反应是听辉丽的,只要将刀递给辉丽,就能惩治这伙肆意欺凌她们的人!就能保护辉丽!不然辉丽很有可能会被凤姐活活打死!有一秒钟,常玉认为自己已经去做了。她松开了死死紧扣一起的手指。只是她立马被自己想象的后一秒钟的场景吓坏了!血流成河、惨不忍睹!不!她将已经松懈的手指重新扣紧了,只是这一次,她红肿的手指头已没有力气,因为她听见辉丽歇斯底里地怒吼了一声,这声嘶吼不像是人喊出的,而像是发自动物的身体深处。

辉丽腿一软一头栽倒。

她栽倒在那声来自体内的吼声之后,像截失去生命迹象的木桩。

空气在那一刻凝滞。

凤姐先是呆愣了一下,而后木木地将手中沾染鲜血的衣架扔到了地上……

八

　　辉丽左侧额角处开了一个三厘米左右的血口子,缝了三针,外带轻微脑震荡。

　　凤姐一伙在辉丽昏迷后,及时将她送到了附近小诊所医治,主动缴纳了医药费,并多留下三百块钱作为后续一周的挂水费用。

　　宿舍长原村花在凤姐的指示下,给辉丽请了一周的病假。班主任赵青梅问:什么病需要请假一周?

　　不小心摔破了额头。

　　嗯?

　　医生说有点伤风,得预防感染。

　　原村花说谎不带眨眼的,像背台词似的,一套一套的。赵青梅皱了皱眉头。她清楚这里面有问题,还预感这事或许跟上一届营林32班的班长凤珊有关。说起凤珊,那可是个令所有老师都头大的学生。凤珊来自离异家庭,她母亲郭采芹是个非常有头脑的私营企业主。早在二十世纪七十年代末期改革开放时,便积极投身商海,二十世纪八十年代初期便完成了原始资本积累,二十世纪八十年代中期,便在云南各地州大景区开办山货连锁店,专门赚取外地游客的钱。她常常脚不着地各地州跑,儿时的凤珊,基本都是爸爸和保姆带大的。小学五年级时,爸爸和妈妈离异。从此,凤珊开启了她叛逆的少女时代……

　　赵青梅从沉思中回过神来,对神情憨实、垂手立正的原村花点点头,表示知道了。看着这个身体敦实的胖姑娘拉上办公室的门,赵青梅却收拢不了思绪继续批改作业了。她拧上笔盖,深深叹出口气。

　　中午下了课,赵青梅饭也没得及吃,便往街东头的小诊所赶。正赶上每周一次的乡街集市, 她在水果摊上挑了几个又大又红的苹果,用网兜拎着,很快便走到了小诊所。诊所是位从县医院退休的老医生开的,护士是他卫校刚毕业的女儿。不大的家庭诊所,专为乡民做简单的外伤包扎处理、伤风感冒的挂水。不过没见到辉丽以前,赵青梅还是悬着一颗心。

赵青梅走进里间输液诊室。只有辉丽一人在输液，此时她正和一旁端饭的常玉说着话，不时用没输液的右手舀一勺饭放入嘴里。看精神状态倒是不错。看到赵老师，辉丽一张脸唰地一下红成红布，忙将口里的饭匆匆咽了下去，含糊不清地喊了声"赵老师"，常玉也放下饭站了起来，腼腆地朝班主任笑了笑。

我以为我是快的了，没想到你比我还快。赵青梅放下苹果冲常玉笑了笑，并无责怪的意思。常玉低下羞红的脸。赵老师知道自己这个班上午第三节课是自习课，任课老师基本上只打个照面就先行消失了。这种课在这所学校形同摆设。老师不负责任，全靠学生自觉。而自觉的学生屈指可数，辉丽和常玉便是少数人里的两个。今天常玉翘课，完全事出有因。

怎么搞的？赵老师轻轻掀起纱布查看伤口，缝了三针的伤品像条蜈蚣一动不动地趴在这个女孩的额角。疤痕是肯定要留下了，幸而位置位于发际线以上，辉丽浓密的头发，今后基本能够掩藏这个疤痕。然而触目的红肿伤口仍让赵老师心里难受。

赵老师，是我自己不小心碰到桌角上的。辉丽笑着，努力让自己的笑容看起来自然。

那要摔得多么狠，才能摔成这样？赵老师紧紧抓着辉丽未输液的右手，声音哽咽了。

没事的赵老师，输两天液就好了。辉丽回握了一下赵老师纤细绵软的手，眼睛也湿润了。

辉丽，你是从不说谎的好女孩！你跟老师说实话：这事是不是与上一届32班的班长凤珊有关？赵老师平静下来，严肃地盯着辉丽的眼睛。赵青梅太了解凤珊了。在辉丽这届新生未入校以前，因上一届32班班主任休产假，赵青梅临时接任32班班主任三个月。在那三个月里，便发生了一件完全令赵青梅无法控制的暴力欺凌事件。身为班长的凤珊却"体罚"同班的一位女孩，最终导致女孩轻微跛足。然而相较身体的伤残,心灵的伤害才是一生难以磨灭的痛苦!那次事件后,按照学校规章应该开除凤珊,但她居然毫发无损地继续留校。一纸"检讨书",居然还是负责纪律的教导主任撰稿的。凤珊母亲早在事件发生后的第一时间,电话联系了县教育局局长,之后连夜驱车赶到学校,四处打点,分分钟摆平了学校和受害者家人。十万元,便买断了一个女孩的一生。这个数字,在二十世纪九十年代中期,相对于一般家庭来说绝对是个天文数字!

之后,受害女孩很快转校,彻底从这所学校消失。然而赵青梅的心疾却重重落下了。她永远忘不了,女生宿舍门卫大妈惊慌失措拍开她宿舍门的那一夜。那已经是午夜十二点,学生宿舍熄灯后两小时。而早在两个半小时之前,她作为值周老师正在一个宿舍一个宿舍地查夜。轮到她代班的营林32班一宿舍时,她还特意表扬了一向很闹的凤珊。她今晚难得没有蹲椅子上和舍友甩扑克牌,而是颇为难得地在读一本租来的武侠小说。好!愿意读书就是好事!赵青梅从不像其他老师一样反对学生读课外书,反而大肆提倡拓展阅读兴趣。当晚凤珊表现得出奇乖巧,甜甜地喊了声"赵老师好",又冲赵青梅离去的背影加了句"赵老师辛苦了",引得几个喜欢跟在她屁股后跑的小跟班嘻嘻偷笑。这与蛮横骄矜的凤珊平时表现大相径庭!赵青梅离去那一秒心里的确犯起了嘀咕,不过这种嘀咕很快被她压制下去。她还是更愿意相信,人都有向好的本性,更何况她们这些小女孩。她们只是正在经历青春的泥沼期。然而两个半小时后她便自打了嘴巴!

她急匆匆套上外套跟着门卫大妈疯跑。燥热的夏风将大致经过送到赵青梅耳中。大概晚上十一点半,大妈被打斗声与哭喊声惊醒,起身查看才发现是营林32班一宿舍出事了。然而她根本近不了前,并且宿舍木门紧闭,两个女生一左一右把在门口。窗户里烛光晃动,能看到班长凤珊在狠命揪扯一个长发女生的头发,她右手居然握着一根比拇指还粗的钢筋棍。上了年纪的人禁不起吓,立马全身哆嗦起来。那俩守门女生走到她面前,吊儿郎当地说:大妈您老人家快回去睡吧,我们在闹着玩呢!

此时凤珊挥动着钢筋棍朝长发女孩腿上甩去,女孩的惨叫声响彻夜空,让人不忍心听。

平时胆小怕事、能闭只眼绝不睁着的大妈急了,她说:囡,大妈看要出大事!我晓得你们在监视我怕我去报信,可你们想想,都是人生父母养,要是挨打的人是你们,你们父母能有多心疼!

听了这话,俩女孩相对望望,怕真出人命,其中一个穿条齐裆牛仔短裤的女孩停下了一直在抖动的腿,只悄悄说了句"您老看着办",便使眼色与同伴返回宿舍门口。老人家则悄悄打开了女生宿舍大门的锁,一溜烟往教师宿舍跑……

只是一切都晚了。等赵青梅跟着门卫大妈赶到一宿舍时,长发女孩右脚踝已被打成粉碎性骨折。

一名未满十七岁的小女生,可以一而再而三地无视学校规章为,明目张胆暴力欺凌如入无人之境,是谁给她如此大的胆量与权力?!是谁将她的心灵扭曲至此?!我们的教育究竟出了什么问题?!

赵青梅一遍又一遍地自问,她找不到答案,更无法释怀。在自己值周的时候,况且又是自己代班主任的班级出了这么大的事情,她难辞其咎,静等着学校给自己处分。或许只有受到处分,才能缓解她的些许负疚与痛苦。然而一周过去了,两周过去了,三周过去了,一个月过去了,赵青梅的处分决定一直没有下达,甚至这次事件,学校都没有通报,反而采取了淡化保密的方式。除了责令凤珊,在所在班级 32 班念一遍教导主任撰稿的"检讨书",以示认错与处分外,一切都轻描淡写地过去了。云淡风轻、不留痕迹,校园仍是那般的岁月静好!

赵青梅来到鲁校长办公室,向鲁校长要处分决定。

鲁校长面部奇怪地抽搐了一下,干笑了两声:小赵同志啊,凡事严谨是好事,但如果钻牛角尖就不好了!

可是……

没有可是!鲁校长果断地掐断了赵青梅的话,这事就到此为止了,凡事都要向前看啊!

鲁校长没再说话,而是起身拎起一只水壶,给自己绘有"为人民服务"字样的茶缸续水,然后怡然自得地喝了起来,再不理会赵青梅。

私下里,知情的老师们看热闹不嫌事大,酸里酸气调侃她神经搭错路了。摊上这种事,学校不给处分该去烧高香,哪有哭着喊着讨嘴巴子的!这不是有病,就是唱高调强出头!赵青梅在他们心里眼里就是个异类,前人画好了路就该乖乖顺路走,自以为是另辟蹊径就是自找苦吃,就是与人民大众为敌!

赵青梅对同事们的所有疑义心知肚明,但她只想做一个真实的人,遵从自己内心的意愿去做每一件事,然而常常事与愿违。这么大的校园欺凌事件,完全可以诉诸法律,受害者家庭拿了钱便息事宁人,施暴者不但未受到任何惩罚,甚至连一个诚恳的认错态度都没有!这对施暴者能有什么警示意义?未成年即如此,今后走进社会又会怎样?

种种疑问得不到回答,成了赵青梅心头一个过不去的坎。之后赵青梅几次尝试与凤珊交谈,每次不是被她躲避就是搪塞,沟通的机会都没有更别谈成效了。这之后不久,新生入校,鲁校长安排赵青梅担任了新生33班班主任。然而那件事,从此也就成了赵青梅心里的一个死结……

赵青梅这次是下定了决心,如果辉丽的伤真与凤珊有关,她再不会姑息了!即便闹大了丢了工作,也要为受害学生讨回一个公道!不能让孩子们在校园里,就体会到社会的不公与荒唐!更不能让施暴的孩子错上加错!必须让他(她)们深刻认识到:做错事是要付出代价的!这是个法治的讲理的文明社会,而不是蒙昧的野蛮的丛林社会!

然而一向在赵青梅心里老实懂事的辉丽并未承认。辉丽在赵青梅目光的逼视下转过了眼睛,坚定地望向窗外那两排被雾气遮掩的桉树,确定地又说了一遍:赵老师,真的和任何人都没有关系,是我自己不小心碰到桌角上的。

九

辉丽身体底子好，一周后便恢复得差不多了。伤口没有感染，起初以为是脑震荡引起的呕吐、头疼和失眠等症状也相继消失。老医生解释辉丽的晕倒，应该是身体遇到危险时所引发的应急反应，与脑震荡没有直接关系。只是额头上角为了缝针剃掉的头发，不可能马上长出来，常玉特意给辉丽带来一顶米色的毛线帽，正好可以遮一遮，幸好也是冬季！

出院那天，两个女孩沿着门口那条灰秃秃的土路朝前走。正是周日午后，很多同学都乘三轮摩托车上七公里以外的县城放松去了，剩下的或者上情人坡谈恋爱，或者洗衣服，没恋爱可谈又没事可做的只有睡大觉。往常热闹非常的土路现在安静极了，仿佛这条路只属于两个女孩子。又高又直的桉树矗立两旁，枝干遒劲，斑驳的灰褐色树皮像某种动物不太好看的皮，顶部未落光的树叶被寒风吹得簌簌作响，整条土路弥散着桉树难闻的气息。

一直想问你个问题。常玉憋了很久，还是决定问辉丽。

我知道你要问什么。其实辉丽一直等着常玉问她这个问题。

那是为什么？

我觉得……凤珊没有那么……坏。辉丽低头斟酌着用词，她将一块椭圆形的小石头踢出很远，升腾起一股灰尘。

嗯？常玉盯着她。

我看到凤珊喂流浪狗，好多次。辉丽用白净的牙齿咬着下唇。她不太明白自己为何要为伤害自己的人开脱！

然后呢？

什么？辉丽明白常玉的意思，她想说如果凤珊再找麻烦怎么办，可是她实在不知道！

我是说如果我们将真相告诉赵老师，或许她还能帮我们。如果不

156

说,万一凤珊再找麻烦！天哪……我简直不敢想象！

常玉鼻子一酸,泪水顺着她的脸颊滚落下来。只要想起一周前那次恐怖的经历,她总止不住地流泪。这不单是害怕,更是心疼辉丽！她实在不明白,那个只长自己一岁、与辉丽同岁的女孩子凤珊,心肠为何如此狠！

你知道荣格吗？他是瑞士心理学家,写过《荣格自传:梦、记忆和思考》《人格的发展》。

你在哪儿读到的？常玉非常惊异。她一直知道辉丽知识广泛,但不知广泛到这种程度。常玉虽也知道荣格,但也仅限于知道他是位心理学家而已,并未读过他的著作。

我大伯是中学教师,就住我家隔壁。他书架上有各种类型的书。这个辉丽说过,常玉记起来了。原来辉丽广泛的知识积累来自他大伯的书架,这让常玉非常羡慕。

我觉得凤珊是个病人,我们应该帮助她。

怎么帮？我觉得我们连自己都帮不了！常玉茫然地看着灰色的天空。

去后山！辉丽肯定地说。

后山！花斑蟒！当常玉脑海中闪现出这三个字时,爬行动物冰冷而滑腻的身体似滑过她的皮肤,让她冷不丁打了个寒战！

难道我们要将自己的命运寄托于一个虚无缥缈的传说？常玉望向天空的眼神更加茫然了。

北冥有鱼,其名为鲲。鲲之大,不知其几千里也。辉丽念出这两句。这是庄子《逍遥游》的开篇,两个爱读书的女孩一直喜欢,还对其寓意做过多次探讨。

鲲是梦想！花斑蟒也是！辉丽握紧常玉的手,鼓励地望着这个柔弱女孩的眼睛,再次坚定地说。

一周来,赵青梅夜夜辗转反侧,难以入眠。她或明或暗多方入手,打探关于辉丽受伤的内情。无论是凤珊手下那帮小跟班,还是辉丽宿舍的女生,再到近旁宿舍,赵青梅都一一调查过。然而众口一词,都说不知道、不了解,或说"听说是自己摔的"。很显然,像之前每一次暴力欺凌发生后,作为学校"一姐"的凤珊都下达了封口令!再者,即便命令学生说出真相,恐怕也没谁敢说,谁也不希望被凤姐盯上,成为她的板上之肉!

赵青梅还找了门卫大妈。但赵青梅知道,大妈这性格,不到火烧眉毛的紧要关头,是不会吐出一个字的,果然她并没有从门卫大妈口中得知她想要的真相。

赵青梅还是决定找凤珊谈谈。

课间操结束,她将凤珊堵在操场上。凤珊仍然是那副不屑一顾的表情,叼在嘴里的狗尾巴草一翘一翘,冲着赵青梅的方向。

赵青梅强压着怒火,说:凤珊同学,我想和你谈一谈。

我又不是男的,我和你有什么好谈的。凤珊放肆的奚落引来小跟班们一阵哄笑。赵青梅脸色发青,无声地盯着那群唯恐天下不乱的小跟班。小跟班们见势头不好,伸伸舌头相继打闹着走开了。这些无法无天的女娃,可以目无法纪地和校长抬杠,却对赵青梅退让三分。这位性子执拗的代班主任,三个月里是如何待她们的她们不会忘记。赵青梅曾给一个习惯性痛经的女学生煨益母草红糖鸡蛋,给一个家境贫困的女学生资助衣物和现金,给她们讲"少年强,则国强"。虽然她们报以的是嗤之以鼻,但她们明显感觉,这位与校风格格不入、被其他老师孤立与讥笑的女老师身上有种吸引人的特质。然而,她们不愿深究,她们更愿意活在随大溜的主流里。迷糊一点、懵懂一点,这不正是青春该有的状态吗!

凤珊叹口气,"噗"一声将狗尾巴草吐到地上,斜睨着一双漂亮的丹凤眼问:说吧,你想谈什么?

凤珊,你老实告诉老师,辉丽受伤与你有没有关系?

没有。凤珊将头扭向一边。

到底有没有?看着我的眼睛。赵青梅猛地上前一步,双手扶住凤珊的肩膀,强行将她的身体转过来。

凤珊眼里喷着火,无畏地瞪着赵老师,忽然冷笑了一下说:是的!没错!她的伤就是我打的!告诉你又怎么样呢!

是你打的就要负责任!不是当缩头乌龟!赵青梅愤怒了。果然不出所料。这个目无法纪的女孩,这世上到底有没有她害怕的?

你有什么资格教训我!你一不是校长,二不是我的班主任,你就是个"赵倒霉"!最后这句是她悄悄加上去的。这是私下里女生们给赵青梅起的绰号,完全是因为好玩。

我知道,你因为父母离异,心灵受到伤害。你的妈妈……赵青梅舒缓了语气。同为父母离异的孩子,她太了解那种心情了,她希望能从同理心这条路接近这个女孩,从而得到沟通与理解。

住口!谁让你提我妈妈!凤珊一改之前死猪不怕开水烫的无赖模样,脸色一下子冷峻起来,眼睛潮湿了。

她恨她爸爸和自己的保姆,是他们让自己完整的家庭四分五裂!但她最恨的却是她的妈妈。如果不是她妈妈忙事业不顾家,她爸爸也不会跟保姆跑了。如果妈妈能对她多一点照顾,那么就不会在小学五年级发生那件令她痛苦一生的事情!是的,就是那件可怕的事情,颠覆了她一向活泼可爱的性情!就是那件本可以不发生的灾难,完全改变了她的生命轨迹!她恨郭采芹!她发誓将用一生去折磨那个不配被称为"妈妈"的女人,不管用什么方式,只要令她痛苦就行!她最大的乐事,就是欣赏郭采芹焦头烂额的模样!

凤珊尤其讨厌任何人提起她。自那件事发生后,她再没喊过郭采芹一声"妈"。六年来,她与母亲说过的话,还没有在技校两年与同学说得多。

郭采芹,是她一辈子也不愿意原谅的人。

凤珊怒吼着跑开,留下赵青梅诧异地望着她远去的背影。母亲是凤珊的一个结,这点赵青梅料到了,然而令她始料未及的是,提到母亲居然给凤珊这么大的刺激。其中,究竟有什么隐情?

十

是你跟赵倒霉告的状吧!害我挨一顿好训!这是辉丽出院半个月后的一个中午,凤珊带着人将辉丽堵在宿舍里,一脸坏笑。

我没有。

再说一遍。

我没有。辉丽昂首挺胸,大声地又答了一遍。她的声音不卑不亢,眼睛在昏暗的宿舍里熠熠发光。

凤珊将食指和中指一起放进嘴里,打了一个流里流气的呼哨,又"哎哟哟哟"痛快又痛苦地呻吟着,用不屑的眼神邀约着她的同伴,那意思是真不可思议,居然还有人敢顶撞她。

那伙小喽啰落井下石地狂笑起来,狂笑声中,有声音说"整死她""整死这不知死活的"。凤珊在言语刺激下用双手箍住比自己胖大得多的辉丽,径直将她拖出宿舍。没有人知道凤珊要做什么,她的举动每每都会出人意料。这让以别人痛苦为乐事的"大姐大"们兴奋不已。她们之所以毫无原则地崇拜她们的老大凤珊,不只因为她能给她们带来无穷无尽的兴奋感,更因为凤珊带领她们找到了一个新的方向。

一个方向,在这样一个毫无生气与希望的学校是多么重要,即便这样的方向是带领她们走向深渊,她们也愿意。

至少,她们渴望真实地活着。

所以当凤珊推搡着辉丽,往门前的简易卫生间走时,她们已经大致猜到她们崇拜的"女魔头"想要干什么了。在讶异的同时,巨大的激动让这群女孩心脏狂跳、手舞足蹈。在辉丽被推搡的过程中,她一直顺从着,像只木偶被无条件地操纵。女生群中响起了更加响亮的呼哨。这时凤珊使了个绊子,辉丽站立不稳身体倾斜,凤珊顺势将辉丽的头摁向那只用来充当马桶的黑色大瓮。此时人群中的兴奋已升至顶点,她们正等着这个倒霉的女孩的头被塞进肮脏无比的屎尿罐子!

她们一致认为:这时即便有神仙,也救不了这个女孩了!

然而令她们想不到的是,在最后一刻,剧情完全反转了——之前任人宰割如砧板之肉的辉丽,突然像头发疯的野牛。她全身的肌肉都鼓涨了起来,整张脸涨红得像烧红的栗炭。她拽紧凤珊稳稳站立,同样一个绊脚将凤珊绊倒在地,凤珊的头栽到了泥地里,头发上沾满了泥水。辉丽没给凤珊反击的机会,而是重重地坐在了她的肚子上,辉丽没打她,只是用两只粗糙的手一左一右死死摁住了她,让她动弹不得。一旁等看好戏的女孩一同惊呼起来,都走近想要帮忙。凤珊看着走近的脚,大声呵斥道:走开,没你们的事!

那些脚步都不动了,凤珊仰面瞪着位于她上方的辉丽的脸,突然歇斯底里地大笑起来。她说:稀奇啊!你是这学校第一个敢和我动手的人!她说这话时眼里透射出新奇与欣喜,好像这一刻她不是被人压倒在地无力还手,而是捡到了一个价值连城的大宝贝!

总会有人这么做的!不是我,就是他。总会有人!辉丽没有松手,一字一顿地说。

凤珊眉头皱起,腿脚乱蹬,双手用劲,想要将辉丽从她身上掀下去。她狠狠咬着下唇,像啖着辉丽的一块肉。然而一次又一次地失败了。

臭丫头,你到底想怎样?凤珊折腾了一阵,彻底没力气了,她气喘吁吁,无奈地问辉丽。

不想怎样!就想让你知道:在这世上,每一个人都是平等的!每一个人都有尊严!没有谁比谁更高人一等!也没有谁有资格随意践踏别人的尊严!

辉丽的脸照样因为青春痘红涨着,眼神却一改以往的忍耐与沉静,她的眼中透射出坚毅和执着。如果说以往的她与她们一样,瑟缩和臣服于"邪恶女王"凤珊的威风之下,那么从这一刻开始,她不再惧怕凤珊了,她重做回自己,重做回"人"。

辉丽,说得好!赵青梅老师不知什么时候站到了卫生间门外。她的眼睛发亮,欣喜而鼓励地看着辉丽。作为一名人民教师,或许她该宣扬的是"一个巴掌拍不响""不还手你就占全理,还手就是斗殴"。但她不想做那种教条主义的死板老师。从心理学角度来说,"恶"很多时候就是在软弱的温床上成倍增长的!

其实她一直暗暗希望,学生们在受到欺凌时能勇敢站起来,无论什么方式。敢于向丑恶和不公反抗,这就是一种自我肯定与救赎。

她任命的 33 班班长辉丽,确实没有令她失望!

赵青梅走上前,将辉丽从凤珊身上拉了起来,又蹲下身,将手递给躺倒的凤珊。凤珊先是没动,也没看赵青梅。赵青梅仍坚持伸着手,片刻之后,凤珊活动了一下被压麻的手臂,终于将手递给了赵青梅。

十一

除了全身心投入教学,赵青梅更大的决心,是做孩子们心灵的工程师!没课时她就躲在十平方米左右的小宿舍读书,她读《教育心理学》《爱的教育》,也读卡夫卡、博尔赫斯、陀思妥耶夫斯基、加缪、黑格尔、黑塞、弗洛伊德、荣格和阿德勒,周末就泡在县图书馆。她深信唯有知识和爱可以教化人。她别着一股劲:没有任何人有资格放弃自己,即便是在这样一个颓废的校园。

她决心拯救凤珊,不,不单单是凤珊,还有这个学校的精神状态。这决心听起来着实可笑,她不是救世主,无法拯救任何人,然而在这一潭死水里等着沉溺,她不甘心。

她发现,自辉丽勇敢还击凤珊那件事发生后,凤珊就变了——她仍然带着小喽啰四处游走,却极少惹事了,有时手下想要生事,反而是她主动制止。她变得沉默寡言,少了张扬与嚣张的势头,眼神却更加冷峻,有时还闪过转瞬即逝的忧伤。这让赵青梅心疼,也让赵青梅更加肯定,这个女孩本质上并不坏。无论阿德勒的个体心理学自卑型人格分析,还是从荣格内倾型和外倾型人格角度分析,凤珊都只是一个童年遭受冷遇，想要通过"大作为"引起长辈或周围人在意的、患有心理疾病的人。作为老师，如果不能很好地认识到这一点，绝对是种失职，更不要说沟通、理解与挽救了。

赵老师现在缺乏的只是一个机会，一个可以跟凤珊单独相处的机会。

机会终于来了。

第二个学期，学校给营林班安排了野外活动课。新一届33班和上一届32班分了一起，他们将在野外认识树木、地质及学习栽种技术、护林管理知识，并露营一夜。体育老师钱福大拥有丰富的山林和田野活动经验，加之上一年的野外露营也是他带队，所以这一次带队便非他莫属了。

能再次带队，钱福大看起来十分高兴。小组会讨论时，他就一个劲用眼角睃赵青梅，毫不掩饰对这次野外活动的欣喜之情。在他眼里，半年过去了，赵青梅非但没有像有的失恋女孩一样萎靡不振，反而活得越发充实和滋润。她不但积极进取，而且在教学上提出了很多具有建设性的建议和意见，像个女斗士一样，一次又一次地和各种迂腐的体制做斗争，还不断深入学习提升自己，在她一次又一次的"搅和"下，静如死水的校风逐渐有了起死回生的迹象。剪成齐耳短发的赵青梅更加成熟也更加吸引人，钱福大再难以压抑对她的爱慕之情。在他看来，这次野外露营带队，便是冥冥之中上天赐予他的一个绝佳机会，他要挽回赵青梅对自己的感情。

赵青梅对此心知肚明，然而钱福大越这样，只会越发增加她对这个始乱终弃男人的反感。一年前的自己，终是太年轻了，怎么会爱上这样一个浅薄轻浮、不负责任的男人！对此她只有不解，没有后悔，因为她相信，有的路是必须要走的，不是在这个分岔口，就是在那个分岔口。如果没有遇见这个男人，就会遇见另一个男人。然而教训往往也意味着经验。只有经历过了，才会懂得！

她对学校委任他野外带队的决定嗤之以鼻。一个不负责任的男人,他可以吗?

学校最后确定的露营地点出人意料,居然就在附近那座被学生称为"情人坡"的山顶。只要爬过那块植被稀疏、癞痢头一样的缓坡,穿过传说中充满诡异气息的黑松林,爬到平坦的坡顶,便到达了露营地点。

对于这个决定,学生先是有一瞬间的失望,继而又莫名地兴奋起来。他们都无一例外想到了那个有关花斑蟒的传说。那个传说中有着暗夜一样纯正的底色、油彩般大朵金红色斑纹、总是在人猝不及防时像流星一样划破长空的大蛇,曾经在三十年前就降临过这块颓败的山林。

关键是这是一条能够给人带来无限幸运的大蛇!

很少有学生能一鼓作气,穿越这片幽密的松林,即便是处于热恋中的学生想找僻静地,也只在松林附近。现在能有机会穿越整个黑松林,还能在山顶过夜,接近那迷人的传说,无疑让每个人都很兴奋。

每一个人,都希望幸运降临到自己身上。

十二

队伍迤逦而行,爬过一个又一个的缓坡后,站在黑松林前休息时,正是烈日当空。四月份,微风和煦,正午时温度升高,阳光照在人身上暖融融的。那片往常骇人的长达两公里左右的黑松林,看起来异常安静。带队老师钱福大清点了人数,带头先走进松林。冬去春来,松树生发出勃勃新枝,一阵阵好闻的松香灌入鼻孔,给人带来身心的愉悦,同学们都开心地说笑起来。走了几十米,起大风了,风越刮越猛,穿过密集的松树,在整片林子间兜兜转转,那种如泣如诉、低沉迂回的风声又来了。这时头顶一大块乌云正好将太阳隐去,松林间顿时昏暗、阴凉下来。同学们都停止了说笑,都有些神情紧张。这些十五六岁的孩子想到了那些可怕的传说。钱福大这时安慰大家说:同学们知道隘口地貌吗？简单来说，高楼与高楼之间会形成隘口，山与山之间也会形成隘口，而密集的树林更有可能形成无数的隘口。起风时这些隘口就是一个个风库。这是由于空气通过隘口地形形成的，也称"狭管效应"。这就是你们刚才听到的声音，在山林中也称"林涛"……钱福大绘声绘色地讲解着，顺带给同学们介绍了这座山的地质状况和常见林木，并让同学们收集了样本。赵青梅走在学生旁边，不由得暗暗赞赏这个在感情上不靠谱的男人，居然在教学上还真有两下子。

下午五点左右，野外露营队伍已成功穿越传说中的黑松林，在阔大而平坦的山顶上扎下了十几顶大帐篷。简单地吃完晚餐，已是晚上七点，正是黄昏时段，落日悬在西方山头不远的位置，像只亮晃晃的气球。余晖映照，位于几公里外的学校及山脚下的山村群落都显得好小，像鸟随意拉下的一堆堆鸟粪。钱福大安排自由活动两小时，可以相互请教营林知识，也可以欣赏山顶难得的美景。注意安全，切勿下山。同学们听见解散的通知，都高兴得疯了，三五成群四散开去各自玩耍，也有谈恋爱的偷偷牵了手离开。只要不过分，老师对此也睁只眼闭只眼，开明的赵青梅老师更是深以为然。她站在原地，看着四散开去的学生，久积心底的郁气也渐渐消散。

多好啊！健康、活泼、单纯、青春，这才是校园里的孩子该有的样貌。这样的野外活动真是太有必要了。赵青梅倒背着手，慢悠悠踱着步。春天来了，枯草根部密密匝匝冒出很多油绿油绿的草芽，生的希望占领了这片石头比泥土还多的山头。这片油绿像条连绵不绝的毯子，以山顶为中心点，向四面八方辐射开去，带着固执与坚定的姿态。用不了多久，这些山头都会被油绿装饰。赵青梅老师的眼睛湿润了。是的，即便是最严寒的冬季，也终有迎来暖春的一天！不经意间，她看到凤珊一个人坐在南边不远处的一个小山包上。她眼神空洞，俯瞰着山下，渺小的村庄。赵青梅调整了呼吸，朝她走过去。

辉丽和常玉找到了一条给她们带来惊喜的小路，那条小路两边居然开满了一丛丛粉白粉白的小花。这种小花在辉丽乡下老家十分常见，学名"迎春花"，俗称"瘌痢头花"，小时候大人吓唬说这种花碰不得，如果手上沾染了它花茎上的白粉粉，就会生瘌痢头，头发就再长不出来了。辉丽一直以为，这种光秃秃的石头山，是开不出这种娇艳的花的。原来自己错了。

摒弃了儿时的偏见，辉丽觉得这种花实在是太美了。这么恶劣的生存环境，那么顽强的小生命！相较之下，身而为人却自我放弃，实在太不应该了。

辉丽和常玉沿着这条可爱的小路向前走着，常玉看着面前这个外表平凡、内心却异于常人的优秀女孩感慨万千，上学期她与"女魔王"凤珊那场惊心动魄的打斗自己并不在场，之后她的"光辉事迹"名扬校园，很多同学都折服于她的勇气及那番振聋发聩的"宣言"。常玉相信在看不见的地方，这个校园一定有什么东西正在发生着细微的变化，只是这种变化得有一个从量变到质变的过程。

我很佩服你，辉丽。内心想着，常玉不觉说出了口。

佩服我什么。辉丽知道自己的好朋友指的是什么，所以用的是陈述语气而不是疑问语气。然而她的脸还是不好意思地红了。

我在想第一次凤珊用衣架打你时，你让我递刀给你。

是的。辉丽下意识地将手举到左额发际线位置，轻轻抚摸着那个凸起来的丑陋疤痕。它是不会消失了，并将陪伴她一生。幸而剃过的位置已重新长出了密密匝匝的乌发，若不仔细看，只觉得那里长了一个旋。

我是想问，如果那时我真递刀给你了，你会动手吗？那么结局会是什么样的？

我不知道。辉丽轻轻摇着头打了个冷战，她抬头望向浩渺的天空，沉默了一会儿说：或许我们成长的过程就像那条花斑蟒一样神秘吧，它的美丽斑斓也是我们一直企望的梦想！然而，我们却不能忽视它变幻莫测的本性，它终归是蛇。成长的路，每一个人都要试探着走。没有谁可以替代谁去完成。"常玉似有所悟，赞同地点着头。

这是一条下坡路,走到半坡时黑色已全部笼罩了山林,天空零散着几颗星星闪烁着飘忽不定的光芒。气温回凉两人开始往回走,走到一半时,突然听见清脆的一声"啪"。两人寻声望去,只见小路北边接近黑松林的边缘,两个模糊的人影拉扯着,两人惊讶地低喊,再细看原来是赵青梅老师和钱福大老师。只见赵老师跌撞着愤然地朝前走,钱老师跟在后面解释什么。学生们普遍知道两位老师曾经的恋情,现在看这场景,难道赵老师又遇上麻烦了?都是学校老师,两个女孩不知怎么办才好,正想跑过去,哪怕凑个人数发个声音也是种声援,至少可以制止事态的发展。哪想这边还没跑近,更加令人吃惊的事情发生了。只见又一个人影从黑松林中跑出,手持树棍对着钱福大老师就是一顿好打,口里还歇斯底里地叫骂着:臭流氓!不要脸的臭流氓!就是你毁了我!毁了我⋯⋯是凤珊!赵青梅老师反应过来,猛地一把将凤珊拦腰抱住,但她似乎处于极度发狂状态,手中的树棍仍不断朝空中挥舞着,双脚一下下跺跳着,眼看就要挣脱赵老师的怀抱。辉丽和常玉飞奔上前帮忙,一个摁手一个摁脚,总算勉强将她按住。

此时钱福大已完全蒙了。看到赵青梅走进黑松林,他认为再次表白的机会来了,便紧跟其后。但他绝没想要动粗。他虽然是个花心大萝卜,犯法的事却是断然不敢干的。令他想不到的是,赵青梅听到他的表白后,竟然情绪失控、怒火冲天,并顺手赏了他一记响亮的耳光。然而更加想不到的是,凤珊这一出人意料的举动。这令在场的所有人都大为震惊。

钱福大蹲着,捂着头上被敲出的一个包,一语不发。

凤珊躺倒在赵青梅的怀里痛苦地抽泣着,她仍处于癫狂状态。赵老师安慰着她,突然她猛地推开赵青梅,用颤抖的手指着她怒骂:郭采芹,都是你害的我!如果你能多顾一顾家,爸爸也不会和小保姆搞到一块!如果你能多管管我,我也不会被那臭流氓⋯⋯强奸⋯⋯

凤珊脑海中,再次闪现她读小学五年级那晚的痛苦遭遇。妈妈郭采芹常年出差,那晚下自习等不到小保姆来接的她,任性地一个人背着书包回家。下公车后，她还得独自行走十分钟左右的"别墅走廊"，才能走进她家的别墅区。然而，人性之恶恰巧发生在这十分钟，发生在这段号称"最美回家之路"的水域之上……

对方是个大个子男人。或许那时她太小，任何男人在她面前都是"大个子"。完事后歹徒很快就离开，她独自在走廊坐了半小时才回了家。她原以为小保姆和下夜班回家的爸爸看她没回家，会急着来找她。如果是那样，她会伤心地扑进他们的怀抱寻求安慰和保护。然而没有，没有任何人来找她，没有任何人想到她。她觉得自己是个不被人需要的人。凤珊坐在走廊扶手上，双腿悬吊在那片静谧的湖水上。四周静寂，仿佛什么都没有发生过。有一瞬间，一股强大的力量紧紧吸住她，将她往湖里拉，她几乎就要妥协了。是恨，是骨子里浓浓的恨意使她倔强地活了下来，活成了现在这个样子。

赵青梅什么都明白了。

面前这个被称为"女魔王"的凤姐，不过就是个拥有凄惨过往的柔弱女孩。这么多年隐藏在她心底的伤痛，谁又关心过？那块没人看见的伤痛，只能她自己一次次独自承受和消解。而这种无人分担与慰藉的伤悲，是会深入骨髓的。

在这一刻，赵青梅才真正理解造成凤珊卑劣性情的根源。有句话说得很对：你只看到我做了什么，却不知道我经历过什么。

巨大的悲悯袭来，赵青梅泪流满面，她将凤珊紧紧搂在胸前，滚烫的脸紧贴着凤珊冰冷的脸。辉丽和常玉都哭了，她们蹲下身，四个人紧紧搂抱在一起。这个女孩只是个缺乏爱和关怀的可怜人。一个小时前，赵青梅走到凤珊背后。多么开阔的山顶！多么美好的春天！她觉得有好些话，适合在这样的氛围讲给凤珊听。从心理学角度来说，在怡情的氛围中，沟通与交流的收获会大大提高。站了一会儿，她却不知从何讲起。同样的，或许说教对于美好的氛围也是种致命的破坏。这时凤珊回过头，对她露出可爱而略带羞涩的笑容，轻声喊了声"赵老师"。这是倔强而霸道的凤姐从未有过的好态度。是的，这个令人头疼的问题女孩确实在改变。这是多么难得的事。赵青梅索性同她坐在一个山包上。她们不再说话,只放松地欣赏着周围的景致。

坐了一会儿,赵青梅起身拍了拍凤珊的肩膀,算是打了个招呼。她想活动活动身体,于是便信步走进了黑松林。她不知道凤珊一直跟着她。凤珊是在暗中保护老师吗?而突然出现的钱福大和两位老师的冲突,恰巧揭开了凤珊隐藏在心底六年之久的伤痛……

钱福大一瘸一拐地走到赵青梅身旁。除了头部,他的身上和腿脚都遭受了凤珊棍棒的袭击。他低下头,满含愧疚地对赵青梅说:对不起!

赵青梅不再理会钱福大,而是和辉丽、常玉一同扶着凤珊站了起来。因为此时天空突然起了变化。一道极光像条柔软的光带划破黑夜,不远山顶处传来同学们的阵阵惊呼。她们仰头张望,奇迹发生了,只见一条身披霞彩、绚丽夺目的巨蟒,从刺目的光带中从天而降,它姿态轻盈,长着一双人类一样温润的眼睛。它顺着山顶四周蜿蜒游走一周,所到之处,亮如白昼!

它带来幸运,带走灾孽! 每个人都亲历它的出现!

我们会越来越好吗? 有人问。

一定会!

我们会有明天吗?

一定会!

201 房客

我的灵魂与我之间的距离如此遥远

而我的存在却如此真实

——阿尔贝·加缪

　　暮色降临的时候,一个二十多岁的男生出现在我面前。他身材高大魁梧,一只黑色的双肩背包服帖地趴在背上。因为太过"块实",上身惯性地朝前佝偻着,像只大马猴。其实他刚进来时,我并未看清他的形貌,只感觉一个硕大的阴影遮挡了小店的白炽灯,让人瞬间恍惚。

　　有房吗?男生侧过身,悬吊的白炽灯摇晃着,光影照在他脸上。一明一暗,这回倒看清了。俊朗的面容,东方人中过分高挺的鼻梁,令人赏心悦目。唯一不相称的是,额头上两道刀刻斧凿的抬头纹,干裂如地缝般的存在。

　　男生叫吴毅毅,从身份证号码可以看出是二十六岁。这我熟悉。我将他安排在楼上201。我们这个小镇子,若不到秋冬时节核桃旺季,北上广核桃大老板前来收购核桃,旅店基本上无人问津。幸好父母叫我守旅店,只是派个事做,不是要干大事业。

201 就在楼梯口,送壶开水什么的方便。当然这方便是给我的。为了更方便,给他开房门时我顺带拎了一壶(其实只剩大半壶)。房门掩起前,他探出头疲惫地道了声谢谢。我确定他没看我,他的眼神没有焦点,一直落在虚空。当晚吴毅毅再没下来过,不知道有没有吃过晚饭,他在的那一层静寂无声。

第二天一大早,吴毅毅便站在我身后了。可能睡了个饱觉,他今天看起来精气神很不错。

要出去,还是退房? 我一眼看到他仍背着那只黑色双肩背包。

我没告诉你我可能要住很久吗? 吴毅毅拍着脑袋,一副努力回忆的模样。两条抬头纹更深了,像永远也渡不过去的沟壑。

没有。

那现在告诉也不迟嘛! 吴毅毅笑了,一脸无邪。

不迟。不过你也不用成天背个大包,只要不是贵重物品,放这里很安全。

习惯了。里面只是换洗衣服,背着它有安全感。

我再次看他。这么一个年轻健硕的大男生,居然要靠一个背包获取安全感,或者他的意思是,背包在他身上才安全?

安全只是相对的概念,这和危险一样。

吴毅毅皱了皱眉,笑了。他帮我将旅店的折叠门拉到最边上折叠好,在自然穿旧的牛仔裤上擦了擦手,他手上有昨晚门扉沾染的雨水。六月份的小镇,雨水想来就来,纵情得很。他看起来饶有兴味,干脆倚在柜台上,若有所思,可能觉得无意中遇到·个聊伴。

不过你刚才的话也有问题。"只要不是贵重物品, 放这里很安全。"人难道不是最贵重的吗? 换言之人住在这里也不安全?

首先,人不是"物品",其次,人不用"放"。人有灵活性与自主性,他能决定去或留,而每一种选择所造成的结果,只不过是所谓的"碰运气"。正如你将贵重物品放在身上也不一定安全,同样的,被上天赋予了能动性的人,无论决定待在房间还是走出家门,都没有绝对的安全。

也许你说得都对。吴毅毅松开一直紧皱的眉头。不过,剩下的话题留到我们晚上再讨论。现在的我,要"自主性"地出去晒晒太阳啦。

从背后看,吴毅毅的肩背很高,黑背包像只黑蝙蝠一动不动地扒着他的双肩。

几天后混熟了,我知道了吴毅毅来这里是为了等他的女朋友。这听起来没什么问题,可问题是他不知道他女朋友到底会不会来,到底什么时候来。

这听起来不可思议。

你有工作吗?

暂时没有。吴毅毅告诉我,他前年研究生毕业,连考两年公务员都落榜。现在他在思考,应该选择一种什么样的工作。

从去年落榜到现在,算起来你也思考了一年?

对。

一年里你没找过工作? 那你何以为生?

当然找过。我送过外卖、加过油、在超市扛过货、卖过手机……怎么说呢,每一种工作我都全心全意去做,我得到同事认可老板褒奖,仍感觉我游离在每一种工作以外,或者是每一群人之外。

加缪的《局外人》现实版?

吴毅毅呵呵呵地笑了。

为什么? 难道认可与褒奖不就是价值的一种?

不是这个意思。吴毅毅剑眉紧蹙,在深深的抬头纹映衬下,表情显得苦大仇深。他显然在搜索能够准确表达他想法的句子。那是一个夏日的傍晚,我俩坐在店门外的空地上,头顶是甜香扑鼻的四季桂花树。篾桌篾椅,桌上几瓶葡萄酒,一壶花茶,说是解酒,更多的是附庸风雅。我一口酒都能上脸,活似关公。他倒越喝脸越白,与索命白无异。

几瓶进口,我俩都瘫在篾椅上。谁都没醉,刚刚好的状态。只要一张嘴,或许出真知,或许出混账。

这样的状态显然对吴毅毅想要表达的"意义"大有裨益。他一字一顿地强调:位置。一个人找到自身的位置很重要。这才是他的意义所在。

我有点明白了。他所强调的"位置",并非官场的排位,也非自知之明下的"站位",而是能够使自身真正舒服的生存方式。这就有点理想主义了。幸好他只是二十六而非六十二,前一个数字还天真情有可原,后一个就不切实际不可原谅了。

就是说你在等一个不确定的人或是一件不确定的事,以此确定一个不确定的答案?不能再喝了,我用手肘将空瓶扫进垃圾桶,稀里哗啦声中,我斟满两杯花茶,又重拾起先前的话题。

不知道。我只想等到她。

然后呢?

没有然后。

我对这样模棱两可、似是而非的回答有点恼火。我知道这个远在临沂的她与他是研究生同学,两人从相识便一路相恋,一共恋了五年。这与山山水水阻隔无关,也与双方父母阻拦无关。我以为如此的痴情等待,只有"等她来嫁给我"才是标准答案!

没想到回答是"不知道""没有然后"。或许是另一种情况,他们像苦恋中的青年男女,跋山涉水的相会不过是为焦渴太久后迫切的肌肤相亲,然后借着对方的温度和安慰,再与自身与外界做一番顽固对抗与垂死挣扎。然而,这多半是无益的。

或者相濡以沫,或者相忘于江湖。吐出这煽情的句子时,我觉得牙齿有些凉,牙缝间刮过丝丝冷风。

正陶醉于自己制造的文艺氛围里,没想到吴毅毅呵呵呵笑了,边笑边又蹙起了眉头。两道深刻的抬头纹触目惊心。

不是这个意思,这和……感情无关。他清晰地吐出字和意,表明他没醉。

什么?说实话我有些气恼的同时更有点蒙,绕了半天原来不关感情的事!那与什么有关?

我是说,我等在这里,只是觉得这个时候,我的位置应该在这里。如果这时我在家里或单位,做着一些别人觉得我非做不可而我却十分不情愿,甚至无所适从的事,我会深感痛苦!

看起来吴毅毅似乎因为脑补了他所不愿意出现的地点不愿做的事而真的很痛苦,我识相地闭了嘴。怎么说呢,我似乎大致明白了。吴毅毅选择这个时候来到我的小店,并非真要做一件什么事,而是觉得,这时候他必须来到这个小镇子,等到他那个叫宛然的女朋友,至于然后,没有然后。

这一刻,以我有限的经验,可将他归于加缪的"反叛者论":他肯定界限,同时也肯定他所猜疑的一切,并要在界限以内进行防卫。他以某种方式把不能忍受、超出他所能容忍的压迫的某种权力与压迫他的秩序相对抗。

这就有点意思了,他的出现远比为什么出现有意义。

吴毅毅每天早上七点准时起床,最初我以为他是去晨跑。后来知道他不过是出去溜达,每次外出仍习惯性地背着他的黑色双肩包,没一次落下过。有次送水,我看到他背包敞开着,出于好奇,顺带瞄了两眼,不过是几件衣服、钱夹、充电宝和钥匙扣。实在没什么新鲜的,我不屑地抬了抬眉毛。

吴毅毅背着他的包,穿过那个旺季拥挤不堪、现在空空如也的核桃交易市场,等他溜达够了,会转去小街子品尝这里百吃不厌的特色早点——油条麦芽水、稀豆粉饵块、油粉汤米线……每回都打着心满意足的饱嗝回来,满口葱蒜辣椒味。这条长达上千米的街道,被称为滇西最大的核桃集散地。每年八月份至来年二月份,整整长达半年的时间,这里的老百姓都会将全部心血倾注在核桃加工上,进而是这条街的买卖上。每年这里都会按部就班进行着上亿元的交易,上演着勃勃生机的俗世故事。这里的半年,支撑的是镇子人全年的吃穿用度。

在未跟吴毅毅交流之前，我以为他不过是每年无数慕名而来学习生意经的"新人"。不过他来的时间不对。当我知道他的来意以后，虽觉这是个有趣的人，但不相信他会将这种形而上的等待坚持很久。我曾一度认定他是那种行为艺术家，为了一个理想中的概念，去做一些别人不理解的事情。为了完成这个"作品"，除了有形的道具、空间设置，无形的时间、情感投入等等也是可利用的道具。

我就那样观察着他。我们的关系，比店主与房客的多一些，又比真正意义上的朋友少一些。当我在打量他时，我相信自己也无意中成了他观察的对象。尼采说："当你凝视深渊的时候，深渊也在凝视你！"这未免有些让人不寒而栗，不过适当的警告也许并不代表没意义。还有一句是"你站在桥上看风景，看风景人在楼上看你"，这是卞之琳说的，不仅柔和得多，也浪漫了很多。有一次他就定定看了我一分钟，当我确定脸上铁定染了脏东西而又遍寻不得时，他问：你为何在这里？

这是我家呀。我毫不留情地瞪他一眼。其实确切地说，这是我小叔家的旅店。他家常年都在外做生意。我守着旅店，既增加人气，也让父母放心。这些陈年老调早和他说过了，不想再解释。况且我知道他问的不是这个意思。

我有过一次婚姻。我想我脑袋一定被驴踢了，居然和一个近似陌生的人倾诉自己的隐私。

然后呢？

没有然后。我有点恶作剧地以牙还牙。实际上更是一种搪塞，因为我不知道如何将话题继续下去。

方姐，我是说，你有文凭，有知识文化，有思想，长得不错，年龄……也还年轻（的确，除了比他稍长几岁，还算年轻）……我是说，你的位置不应该在这里。难道你就甘心一辈子守着个半死不活的小旅店？

我认真地再次打量着吴毅毅，他说这话的神情没有半点戏谑，反而十分真诚。可能因为太过真诚，他的眼神显得焦急而动情，深刻的

175

抬头纹盛满了世间的博爱。

我从来没和人谈过，现在倒想说说了。我从柜台拿了一盒云烟，拆开银线抖出两根，抛给他一根，另一根我学着叼嘴里，却找不到打火机。我从不抽烟，现在是剧情需要？也许很多时候，只要感觉到有观众，我们的生活都免不了有表演的成分。

吴毅毅眼疾手快，凑过来"啪"地点燃我的烟。我十个指甲都很长，涂着透明的指甲油，夹烟的姿势肯定很优雅。我跷着兰花指，轻轻吸了一口，却没过肺，缓缓吐了出来。微凉微醺，奇特的感受。

他也是这个镇子的人，不过现在不在这里了。

是去找寻他的位置了？

也许是吧。说实话吴毅毅的天真有时会让我忍俊不禁。他似乎并不清楚，不是所有的人都有能力、有时间、有精力、有兴趣去选择，很多时候不过是被动地被生活选择，被生活的洪流裹挟向前。

我和他相恋三个月，三个月里爱得死去活来。然而两个人的恋爱，最终还是逃不过"两家人的婚姻"这个魔咒。在接下来的三个月里，我顶着巨大的压力与家里做着艰苦卓绝的斗争，一哭二闹三上吊，那时觉得迟嫁给他一天都不行。在那三个月里的第二个月，被弄得心力交瘁的父母保持了中立态度。第三个月的月初，他们居然妥协了。这让我蒙了，不知道接下来如何继续。第三个月的中旬，我和他已经能正常见面与交往，婚礼也提上议程。可是，这时我却在问自己一个问题：我为什么非得嫁给他？第三个月的月底，我们按镇子的规矩举行了婚礼，父母以为我是如愿以偿了，他们也以长辈的宽容渐渐接纳了这个从前不喜欢的女婿。然而所有人都不会知道，我那时却连一丁点想嫁给他的欲望都没有了。就是说，我在最不想嫁给他的时候嫁给了他。

很有意思。吴毅毅长叹一声，他眼里闪着光。

我在想二十多年前我和他互不相识，还不是快乐地活到今天？但我迫切想嫁他的念头不过维持了短短几个月。如果这个念头不能长久保鲜,那这世上就不存在"非不可"的事情。

所以为了打破"非不可"的魔咒,你以离婚作为牺牲?

离婚就一定是牺牲吗?用一段短暂的婚姻验证一个真理,不亏!重要的是,分开后我知道了自己还能活,还能自由呼吸,认真度过每一天。我看到烧烤摊仍兴奋,吃麻辣烫仍很爽,烤臭豆腐夹鱼腥草永远吃不厌,仍喜欢化妆喜欢看书,我对世界的所有感知能力和兴趣都没失效。

是很美。

是的。如果说找对自己应该待的位置很重要,那么,认清自己不应该待的位置,同样很重要。

烟头烫了手。我将自己仅吸过一口的香烟摁熄在烟灰缸。如果剧情合理到让人入情入境,那么所有的作秀都是多余的。

我看看门外漆黑的夜色。吴毅毅知趣地立起身:时间不早了,你休息吧。明天再聊。

转眼一周就迅速地过去了。以往漫长而难熬的淡季,现在因为有了吴毅毅,仿佛一切都暂时找到了支点。这个支点便是言说的欲望。这时候才发现上帝真的很睿智,给人一张嘴巴,不仅解决入口的需要,还有出口的需求。

吴毅毅经常将宛然的微信朋友圈里的照片点开给我看。宛然是一个长相一般的姑娘,不过穿衣打扮很在行,加上很会拍照,看起来也算赏心悦目。不过总看一个陌生人隔着手机屏幕对你搔首弄姿,久了也会烦。然而情人的眼光自是不同,吴毅毅翻看宛然朋友圈的神情,痴爱中杂糅幽怨,让人觉得这姑娘绝对是独一无二的。果然,吴毅毅最常说的一句话就是:我害怕今后再也遇不上她那样的人了。

那你就不害怕今后再也遇不上别人那样的人了?我戏谑道。

吴毅毅一愣。这还没想过。不过别人那样的人是什么样的人我还不清楚。我只能活在当下。

其实,我觉得现在的你挺像三年前的我,困在不自知的执念里。

那时,我觉得嫁给他就是最正确的选择——幸而最后还是打破了"非不可"的魔咒。我迟疑地说。

那以你的预测,我最终会不会打破魔咒?他同样戏谑地调侃,眼神里是那种被轻视后的高傲。

不知道。因为结局还不在你我的掌握之中。特别是当凡人以此打赌时,往往会受到更有发言权的命运的嘲笑。

吴毅毅眯着眼想了想,又不置可否地笑了。

以我的猜测,无论是一时心血来潮的等待,还是普通人难以理解的行为艺术,总有结束的时候。方式无非两种,一种是等来宛然,剧终。另一种是等不来宛然,落幕。当然我希望无论哪种方式,都能慢一点。因为我希望核桃正式上市前,这段漫长的等待,能有人充实。或许我需要的不是一个人,而是一种言说的方式,只不过借助了一个人来完成。

有一天在闲聊中,我说起了在"等待"这件事上,我和他是何等的相似。我在等待核桃旺季来临,使自己繁忙起来……

吴毅毅没等我说完便接口说:看起来都是等待,然而有质的差别。因为你的等待是有目的性的,而我的等待,纯粹只为存在。

你苦恋五年,难道真不希望有个结果?难道你一直幻想有哪个女人愿意永远和你"柏拉图"下去?我真被吴毅毅这种永远模棱两可、神神秘秘、高高在上的态度激怒了,仿佛全世界都是俗人,就他一个哲人。

我,不是这个意思。吴毅毅一脸无措,仿佛不知道我为何发怒。

算了。他的无措不像装出来的,也许他就是个了悟了的哲人也未可知,有时人连自己的想法都搞不清,又有何能力干涉他人!

吴毅毅每天都和女友语音聊天,女友声音很嗲,能让人起鸡皮疙瘩。和我熟络后,他便很少出去吃饭了,经常是隔三岔五买菜买肉与我搭伙。这样也好,两个人的饭菜比一个人的好做,肉菜都可以有模有样摆两个了。以往我总米线饵丝打发,怎样简单怎样好。有一次他聊完语音,我不怀好意地抱怨,今后吃饭时别跟女友语音聊天了。他问:为什么?我说:听得鸡皮疙瘩都掉一地了,还怎么吃?他听了不恼,反而爆笑。

有段时间,他神秘地告诉我:我女朋友可能快来了!

我问:"可能"是什么意思? 不还是没确定吗?

他像没听到,独自沉浸在女友要来的喜悦里。

这样的"谎报军情"多了,我也没再当一回事。时间已经滑到了七月初,不知不觉中,吴毅毅居然在这儿待了一个月。这让我有些吃惊,除了外来核桃大老板,还没有哪个闲人敢这样无休止地住旅店的。虽说旺季我的标间也才一天五十元,淡季只是四十元,一周以上的打折成三十元,可对于一个无业游民,这小一千元也是实打实的,更何况他还贴我肉菜钱。如果不是富二代,这钱便有来路不正的嫌疑。

有次我就迂回着套他话,不想被他一眼识破。

将你的小心脏稳稳放回肚里。之前不是告诉过你我下死力打过各种工吗? 苦力钱都在这儿呢。吴毅毅将一张银行卡在我眼前晃了晃,半嘲弄半认真地对我挤挤眼睛。

我倒抽口气,就是说,他老先生省吃俭用一年,就为了出现在这里,等一个不确定会来的人? 他做这事也不是为了要个结果,而是因为现在的他觉得自己该在这里……

天哪!这一切完全超出了我的认知。我不知道这件事会延续到什么时候,将以什么方式收场,同时,我竟有隐隐的好奇,有等着翻页看结局的欲望。当生活枯燥到无可奈何时,谁都希望有点调剂。

转眼漫长的七月也过去了。吴毅毅可以说成了我真正的朋友,至少我俩能谈心。而那个只在微信朋友圈见过的宛然,似乎也成为我未曾谋面的朋友。她不仅知道我,我俩甚至还通过微信名片加了好友,用语音功能聊天。从此她也成为我朋友圈里又一位熟悉的陌生人,吃穿住行与喜怒哀乐充斥着我的圈子。我不明白她每次雷声大雨点小的"狼来了"是什么意思,也不明白她能放心自己男友长期住在一个单身年轻女人店里代表了几个意思。如果"狼来了"是一种震慑抑或抚慰，那不付诸行动的承诺便是谎言。这代表她实际上并不在乎吴毅毅，还是这一切都是心血来潮地逗狗玩？

但是吴毅毅的态度更奇怪。他似乎迫不及待地等着宛然，却又对她每一次爽约的破绽百出的借口坚信不疑。有一次他鬼鬼祟祟凑过来，坏笑着问我：如果我女朋友来了，住一间房行不行？

当然不行！除非你们有结婚证证实你俩的婚姻关系。我不怀好意地回敬，心里突然涌上一阵酸溜溜的感觉。真是莫名其妙！

没关系。但我会在夜里偷偷跑到她房间。吴毅毅无赖地笑了笑。我没说话。

八月中旬的时候，北上广一些老板陆续来到小镇。这些人都是纵横商海多年，与当地核桃老板长期建立合作关系的伙伴。提前到位，一来可了解市场行情做好准备，算是热热身；二来与当地老板冷却半年的情谊也得以重新升升温。淡季里静谧的小镇逐渐喧闹起来。一些淡季里无业可营的宾馆、旅店，仿若重得宠爱的怨妇，一个个梳洗打扮，重新开门迎客。一家家旅店饱满起来，一家家餐馆也饱满起来。每个淡季懒散的小镇人仿佛一夜间忙碌起来。我也不例外，虽然小店不过住进来两个往年常住的上海老板，但感觉我瘦瘦的时间一下就被吹满了。其中一位姓林的老板每年都住201，这次仍想住这间。这就不太好办了，里外都是客，让客人腾房间，始终不太好。说起来这事也怪我，少了一根筋。谁知道这个吴毅毅住下来就不挪窝了。幸好都是熟人，林老板没为难我，而是在我的安排下住进了202，在吴毅毅隔壁。

次日清晨，我正兑好一盆温水抹柜台。一抬头，就被吴毅毅吓了一跳。他像个幽灵出现在柜台前，黑衣黑眼圈。可能一夜没睡好，黑硬的头发蓬乱，眼睛里血丝密布，两条深刻的抬头纹，长久地横亘在我眼前。

昨晚做贼去了？我没停下手中的抹布，照目前我与他的友情，刻薄的玩笑已是张口即来。

吴毅毅没马上搭话，而是一副欲言又止的样子。在我没轻没重的奚落下，他终于犹疑地问：那个林老板，往年，一直住201吗？

是啊，怎么了？

吴毅毅没吭气。我举起鸡毛掸子作势要打。他抱着头鬼鬼祟祟朝楼道口望了望，才喃喃说：没什么……总感觉屋里有人……望着我。

别疑神疑鬼了。恐怖片看多了吧！我没好气，无论是造谣闹鬼还是招贼，这传出去，对我的店没好处。好不容易逮着旺季了，还不容我挣几个钱？

吴毅毅想了想，说那没事了，便转身郁郁上了楼。

看他神神道道的样子，我不屑地撇撇嘴，想这人不是想女朋友想得脑神经衰弱出现幻觉了吧？

想来发神经乃现代人通病，但也只是偶然为之，成不得气候。我便不再当回事。不料过了两天，吴毅毅又找来了。

方……方姐，干脆帮我换个房间。我停下手中的活，将一张大饼脸凑到吴毅毅眼前。他没动，双眼皮的大眼远远望出去，却望不到我。他的眼光穿过了"我"，直直望出去、望出去、望出去，穿过上下五千年的历史长河，穿过星空，穿过云烟与浩渺，投入只有他存在的虚空。

林老板没搬回201。

他豪爽地摆摆手说：算了算了，都住这儿许多天了，不折腾了。

我应吴毅毅的要求，给他找一间"安静的、最好没有人住过的房间"。

确实有这样一个房间，因为处在拐角、空间逼仄，原打算堆杂物，但一直漏水，重铺过两次防水隔层也没解决问题，所以一直闲置。如果关上窗户，那里静寂无声，静得让人感觉不到自身真实的存在，唯一清晰的，只是那缕房屋关闭太久的霉味。那是孤独的味道。世界被关在了外面。这与人类是何其相似。

吴毅毅搬进去的那天中午，打开窗，恰好有阳光斜斜地铺泻而来,我们看到无数灰尘从亮光处缓缓地、绵延不绝地筛下。每粒尘埃都可忽略不计,每粒尘埃却都是一个隐微的宇宙。

像是看见了时间,流动的时间。吴毅毅幽幽地说。他说很喜欢这个房间,就住这里了。

我的本意不过是想让他看到拐角漏雨房的不堪后便"知难而退",所以并未提前打扫。小店虽小,一间像样的客房还是有的。

我喜欢它。在我关门离去时,吴毅毅又自言自语地加了一句。

我没说话。关上门,我盯着空空如也的门板发了会儿愣,走到201房前,撕下门牌号,又返回吴毅毅喜欢的拐角房,将201的门牌贴了上去。

中秋节过后,整个小镇子充斥着外来者的声音和气息,像是一条石头小径转眼被沙土填满了空隙,夯得结结实实。我的小店十几个房间很快住满了。

吴毅毅待在旅店的时间越来越少,回来也是行色匆匆,像在躲避什么。不知是不是避免和那些老板碰面。开始他还瞅着饭点回来吃个饭,后来就在微信里说一句不回来吃饭了,再后来不回来吃饭的招呼也懒得打了,只让我给他留门。

再后来,门也不用留了,他可以整夜整夜不归宿,不知脚步在哪里停留。有时我可以两三天见不到他的人影,发微信不回,打他手机也不接听。作为一个有良知的店主,我要对他的钱包负责,更不能纵容他在我的眼皮子底下浪费金钱。

我决心逮住他,郑重和他聊一聊。

好像感应到我的想法,当天下午吴毅毅就回来了。不过他不是一个人。下午五点左右,一辆很拉风的摩托车停在我的店前,吴毅毅从后座跳下来。驾驶摩托车的是个女的,头盔一脱,一头亚麻色的短发调皮地随风零乱着。她涂着浓厚的眼影、紫红色的唇膏,耳朵钉满了闪烁的耳钉。

她的眼神很冷,不知生来如此,还是为了扮酷。她别有深意地扫我一眼,没打招呼,便跳上扎眼的草绿色摩托车绝尘而去,整条马路只听见她轰油门的轰鸣声,还有排气管散发出浓浓的烟气。后来她匍匐驾车离去的背影,总让我将其与吴毅毅后背上那只蝙蝠一样的背包联系起来。

那个晚上,我与吴毅毅又坐在了小店门外的空地上,两把篾椅一张篾桌。篾桌上还是几瓶葡萄酒。吴毅毅说他其实不会喝酒。白酒只尝过一口,辣得再不敢碰,啤酒觉得像马尿。这在云南如此狂放的地方,你说一个土生土长的男人不会喝酒,说出来都惹人笑话。可是他从小就这么格格不入。这我相信。而且肯定不只喝酒的问题。他肯定也改变过,像是东施效颦、邯郸学步,因为总也学不会,最后就放弃了。这或许也是一种明智。

吴毅毅喝葡萄酒一样很文雅。我一个女的都能直接对着小瓶口吹,他不行,还得倒玻璃杯里。他喝酒,先含嘴里尝味,再慢慢让酒滑进喉管里,"咕咚"一声,最后"啊"出一声,像满足,也像叹气。

明天我就走了。吴毅毅和我碰碰杯,哑干杯里最后一口酒,又自斟了一杯。

我知道。我舒出一口气说。终于开口了,我一直等着呢。原来是这样平淡无奇的结束方式,没令我惊讶也没让我新奇。这代表他的行为艺术结束了?还是他所认为应该待的这个"位置"的期限只有两个多月,现在到底了,像是动物的冬眠期,通过这段时间积蓄能量、韬光养晦可以厚积薄发,这之后将会迈入新的人生境界?

如果是后者,我当然应该恭喜他,尽管离别总是让人难以高兴起来的事情。

好事啊!回去找对自己的位置,老老实实上班。想到他父母也不容易,老来得子,该操的不该操的心,全操在独生儿子身上了。

谁说我要回去了?吴毅毅大笑,笑出一大股浓郁的酒气。

原来他说的"走"只是离开我的小旅店。我长出一口气,不知该说什么。

想不想知道那女人是谁？

哦。其实我知道她，只不过没打过交道。小镇子有名的街妹红姐嘛。她男人因故意伤害将人打残进去了几年，听说快出来了。我边说边别有深意地看着吴毅毅，这是在向他发出警报：这女人危险，惹不得！

吴毅毅举杯，又和我的瓶子碰了下，却没喝酒，而是望向了虚空。这是他拒人于千里之外的眼神。我顺着他望的方向追过去，乌青色的暮霭，这是进入我眼眸的物质。但我清楚，没有什么能闯进他的眼，如果这时我能看一看他的眼睛，一定是什么也看不到的。

你去了红姐那里，是不是证明你与宛然的约定就此终结？这是我次日酒醒后回忆起来问他的一个问题。

当然不是。这是两个问题。

吴毅毅大幅度地摆着手，醉眼惺忪地告诉我：如果有一天，我不再等宛然了，只能证明我觉得和她的位置不对了。这与红姐无关。

他晃晃头，又说：与"绿姐"也无关。

仍然是刚刚好的状态。吴毅毅说起了存在主义。说起了索伦·克尔凯郭尔的神秘主义、胡塞尔的现象学和尼采的唯意志主义。他说索伦·克尔凯郭尔认为：真实存在的东西只能是存在于个人内心中的东西，是人的个性。人是世界上唯一的实在。人即是个人的主观意识。

我说我听不懂。那时，我已不顾形象地趴在了篾桌上。我没醉，也不难受，无论身体还是心情。非但不难受，我还有一种类似于悬浮在半空中的怡然自得。我只是没能力仔细思考吴毅毅的哲思，或是前辈哲人的闪光思想。

可吴毅毅不管这个。他打开了一个口子，宣泄滚滚而来，非人力能够堵上。他后来肯定又说了很多，我都没记住。我猜想这些话一直闷在他心里，找不到倾诉对象，年深日久，郁结成疾。这些闷得太久过度发酵的话语有思想的结晶，当然也会有积怨的糟粕。无论哪一种，在喝得刚刚好的状态下只会让人昏昏欲睡。留在我记忆里的最后一句话是:作为"存在"的人,面对的是"虚无"。世界在他眼里是荒诞的,只有恐惧与忧虑才能使人通向存在。永恒的存在,便是自我选择的自由。

谁说的?加缪?海德格尔?还是吴毅毅?

吴毅毅是第二天中午离开我这里的,我没下去送他。我站在二楼拐角这个他喜欢的房间里。这个寂静的房间,孤独的房间,因为一直漏雨而无法成为正式客房的房间。那只墙角接水的红桶,在寂寥里显得那么不协调,不协调得扎眼。我藏在窗帘后面,看着他无数次回首看向柜台,他可能希望某次回头,就能与我的眼神不期而遇。然而,我决定让他失望。

他跨上了红姐的摩托车,那只黑色背包仍像蝙蝠一样扒着他的肩。他们就像三只倾斜的蝙蝠,一只扒着一只,在轰鸣的噪声和难闻的尾气里迅速离开了我的视线……

大鱼

一

那是一条新修的景观大道,美其名曰"生态走廊"。四车道的宽阔混凝土路面像一条烟灰色缎带柔和地飘啊飘,向着幸福向着蓝天,一直飘向远方。当然,这条四车道宽畅的大道不允许上机动车,偶有轻便自行车队骑行而过,都像小心翼翼飞过一群轻盈的蝴蝶。这条大道就是给人行走的,看看花、看看树、看看天然的水,也看看人造的景,走得惬意时仰面观观天、低头望望地,短暂而应景地思考下人生。

掩映在这条大道东边密林下的廊桥,河面以上是挑高一米的廊道、结实的镶接木板、迂回曲折的铁艺栏杆……只是廊桥间或断裂,就像一个人的大脑突然短路了,得跋涉一段混沌昏黄的路程才能回到正轨。桥下还未放水,断裂处尽是泛黄的泥土,河水在此时只是意象,这是条正在诞生中的廊桥。七月盛夏,太阳刚刚爬到半空,那几个"暴富村"的小青年沿着廊桥往城区方向走,他们脚步疲沓,像小学生笔下软塌塌无形无状的汉字。

我×,这里居然有啤酒!

一个体重不下一百公斤的大胖子迈着外八字走上前,用那双近六千元的凉拖鞋踢了踢那只突然出现的啤酒箱。啤酒箱横亘在廊桥中央,暗红色的英文字母似乎正朝这伙青年人叫嚣:来! 干了它!

这是赤裸裸的挑衅! 这是没见过他们喝啤酒!

丁零当啷,响声很轻,一听就是没有实质内容,有内容的响声是低沉的。

×! 是哪个小杂毛弄来逗人玩? 胖子又是狠狠的一脚,纸箱被踢翻,几个空啤酒瓶骨碌碌往外滚,其中一个居然有半瓶啤酒,金黄色的液体随着滚动往外洒,阳光下像一穗穗等待收割的麦子,胖子赶紧抓住瓶子。

胖墩儿,这点啤酒是你小杂毛干儿子孝敬你的。快,干了它! 一个满口坏牙的小个子一脸坏笑地瞅着胖墩儿,他一个翻身跃上铁栏杆,两只细瘦的腿蹬自行车踏板一样一上一下空蹬着,一副等着看好戏的架势。

对对,喝干它! 一个五官俊秀、面皮白净的小伙子喊。

敢不敢啊?

不敢?

几个小伙子一起开始瞎起哄, 仿佛同时发现了枯燥时光中的兴奋点。那是从土疙瘩里翻出了金豆子。以往,他们都是这样在平淡无奇的日子里翻找乐趣的。

为难得了谁! 胖墩儿将瓶子凑近嘴边,一副一饮而尽的架势。人群顿时噤声。

当然胖墩儿停了下来,他张大宽阔肥厚的鼻翼,夸张地嗅了嗅,鼻头紧皱,一脸欲呕状。你们确定里面装的是啤酒?

你以为呢?

难不成是你干儿子的童子尿!

啊哈哈哈……

敢喝不敢喝? 你就给个准话。满口坏牙的小个子跳下栏杆扶手,用巴掌摩挲着卡痛的屁股。他的屁股又尖又小,像个没熟透的小李子,一点肉也没有。

干草片,要不你替胖墩儿喝?面皮白净的小伙子狡黠地睃着狭长的丹凤眼,冲满口坏牙的小个子喊。他将烫手山芋踢给了干草片。

喝嘛喝嘛!胖墩儿不是你本家大哥吗!你俩谁喝都一样!干草片和胖墩儿都姓刘。一伙小青年又瞎起哄。

哎哎我说……你个老潘潘咋个害我?你咋不喝呢!干草片作势要揪老潘潘早上刚吹的发型,终究是不敢,只顺势在老潘潘肩头拍了一下。老潘潘此生最恨有人弄乱他精心打造的发型,若是有人弄乱他的发型,他可以立马给那人两刀,光屁股玩大的发小也不例外。

我不是怕有毒,我是怕这他妈……是……是尿!胖墩儿咬牙切齿地说。"呸",他将一口痰吐出护栏,翻翻一堆肥肉里藏着的两颗黑豆般的眼睛:这、这、这他妈叫什么可杀不可辱。胖墩儿将堆叠了三层赘肉的脖颈往后转,他本来想转一百八十度的,结果只勉强转了三十度。

羊,羊博士?胖墩儿偏着脖子求助。

这叫"士可杀不可辱"……一个戴副金丝边眼镜、满脸斯文的小伙从他身后绕过来,食指、拇指捏着眼镜腿,文绉绉地说。羊博士姓杨,是"暴富村"唯一的博士生,哲学系的,货真价实。

对了嘛!就这意思!胖墩儿得了羊博士这句话,像是得到个特赦。之后他潇洒地丢丢手,将瓶子扔向它命运的纵深之地——廊桥下一块用来造景的巨石。酒瓶碎裂的响声里水声潺潺,所有人都闭了嘴,细听那潺潺的流水声。那声音似乎是被啤酒瓶里不明液体诱发而出,涓涓细流冲刷着灰白的石块,柔软的水草顺流而下,浅浅的沙子安静地聚集在河底……

臆想中的河流很快就流干了。羊博士扶着金丝边眼镜,将镜片对准头顶的天空,烈日灼心,羊博士感叹:真是热啊!为何没想到扛箱矿泉水?

扛屁!你扛啊!老潘潘舔舔干裂的嘴唇,突然想起什么似的跳了起来:对了,我们也喝啤酒,冰啤! 老潘潘掏出最新款手机拨了个号码:喂喂,阿发……给我们送箱冰啤过来……啊? 店里忙啊? 在给客人弄鱼……唉,老锅呢? 叫老锅接电话……什么? 老锅在厨房打下手? 有个配菜师请假了? 我×……什么你送来? 半小时后? 哎哎行行,那你快点啊……小树林廊桥老地方……

一行七八个人就在垂柳荫凉处席地而坐,各自掏出了手机,音乐、视频、聊天、游戏等软件通通刷了一遍,无聊了,一个个丢开手机望着臆想中的河面发呆。

二

喂,儿子,你和你妈到了吗? 嗯? 哦,好好学武术哈,以后好好保护你妈。把电话给你妈……哦,她在开车啊。好好,我一会儿再给她打电话……阿末挂了电话,神情忧郁地将手机紧紧抓在手里。阿末不过三十几岁,却长了张老人脸,皮包骨的脸颊、深深的眼窝、石雕般的法令纹,无论怎么看,都与西方宗教里在人间受苦的耶稣有几分相似。这让陌生人看他时,总投来几分来意不明的好奇与畏怯。

嗨,你们说,咱们为什么不开车? 这纯粹找罪受哟! 老潘潘目光穿过树林、花圃和草地,穿过那条新修的宽敞的混凝土路面。再远,是大片大片的樱桃、蓝莓、草莓、李子采摘园,目光跨过采摘园,才是连接"暴富村"与城区的公路。

×! 这都想不明白? 开车快呗! 我们要那么快干吗? 干草片将名牌外套脱下来直接铺在廊桥上,整个人躺了上去。头顶刚好有一大棵柳树帮他遮挡着阳光,阳光透过叶子在他的脸上洒下斑斑点点,像一脸麻子。

哎我说,你家那小工死了吧? 快一个小时了咋还不来? 胖墩儿也找了个荫凉处,学干草片一样仰面躺在廊桥上。

说什么呢? 你家小工才死了呢! 要不……让你家的小娇送来? 美

189

女送的酒喝起来才够味，是吧兄弟们，哈哈……老潘潘坏笑着将胖墩儿一军。谁都知道胖墩儿家餐馆里的服务员小娇那可是远近闻名的金花美女，关键不是在美，而是在天然。那模样、那身段，可不是现在铺天盖地的网红脸、硅胶胸能比的。

是嘛是嘛，就喊她送来……小伙们兴奋地瞎起哄。

去你妈的死老潘……胖墩儿骂了一句就没音了，他闭上了眼睛，像是进入了梦乡。

阿末抬腕看一眼时间，神情忧郁地望向他们的村子。站在这个角度看，让他有一种陌生感。短短几年时间，一幢比一幢阔气豪华的餐馆、宾馆取代了原来安静的大理石砖瓦房。他们的村子原名宝福村，想来先人起名，寓意村子是宝地福地。这些先人可能永远想不到，他们朴素的愿望果真就成真了。这个小小的渔村，因为时代的发展变化，一亩亩农田被征收了，用来修湿地、修景观大道、保护胃海……因为是风景绝佳的风水宝地，又是城市的核心建设工程，于是征田款便呈几何倍数疯长。村民们用征田款建餐馆、建客栈、开酒吧，没几年便家家富得流油。这说的是阿末他们的父辈，他们这一代，普遍被称为"富二代"。

阿末的眼光收回来。东边是绵延几十公里的胃海。说是"胃"，是因为它的形状像胃部的形状；说是"海"，只是形容很大。高原地区没有海，这只是个内陆湖。可这内陆湖却是一颗纯净的水晶，是价值连城的祖母绿，是享誉世界的"高原明珠"。纯净的湖面浮着水草，浮着菱角，浮着海菜和水葫芦，还浮着个头娇小的水鸟和野鸭，它们随着水波浮动而沉浮，十分悠闲惬意。靠近岸边的浅水区，长着高大旺盛的芦苇和茭白，常有白鹭栖息在里面，这里的所有生灵都不怕人，如果有人路过它们恰巧从中掠起，只是因为它们想起飞了，并非受到惊吓。它们过自己的生活，自信而不依附。

一伙小青年继续顺着廊桥走，有桥时过桥，没桥时走泥巴路，有时就绕到相隔三米左右的胃海边，顺着新铺的青石板小道走。在湖边小林子里,他们看见草地上泊着的铁皮小船好像又增多了。自从封湖禁渔后,很多渔民都歇了,改行做别的去了。这些泊在岸头的船,一日胜一日的斑驳,它们有的还保留着作为一条船在湖里劳作的形态,有的已被倒扣,有的层层叠叠堆集在一起。它们目前最大的功用,就是作为游客拍照的背景,或者作为一个时代终结的缩影而被保留。阿末想起自己三四岁时的事情,小小的他在土院子里玩耍,不小心被堆在院角的渔网绊倒,抬头就是两只硕大凶猛的鱼鹰。其实这两只鱼鹰已是年老体衰,原本深黑反射紫光的羽翅已灰败掉毛,尖嘴已秃,目光不再锋利,形体与鸭子类似的它们现在更像只衰老的大鸭子。可能是因为阿末实在太小了,这两只俯视趴在地上的小阿末的老鱼鹰仍给了他极大的威慑,阿末"哇啦"一声哭了起来,与鱼鹰一样苍老的阿爷从墙根处站起,颤巍巍走过来抱起他。阿爷跟他讲鱼鹰不会伤主人,对主人很忠诚。它们可是帮助主人捕鱼的好手。阿末坐在阿爷的腿上,似懂非懂地听着。近距离地看阿爷,苍老的阿爷的皮肤让他有些害怕,那些纵横交错的纹路像是久旱的黄土地。不过阿爷的目光是那么的柔和慈爱,安抚着小阿末的身心。后来阿爷真还带小阿末去了一次冒海,小阿末坐在船舱里,看阿爷将两只苍老的鱼鹰挑在细长的竹竿上,它们的嗉囊都被水草扎紧。阿爷口中发出奇怪的可能只有鱼鹰能听懂的号令,竹竿一挥,两只鱼鹰便扇动翅膀潜入海里。鱼鹰宝刀未老,不一会儿就捉到了鱼浮出水面阿爷抓住它们的脖子,从嘴里取出大鱼,喂条小鱼给它们作为奖赏。阿爷的动作迟滞缓慢,每做一个动作要停顿一下……后来小阿末才知道,那是阿爷最后一次捕鱼。而三代单传的儿子——阿末的父亲,居然惧怕水!渔民的儿子怕水,就好比老鼠的儿子不会打洞,说出来都惹人笑话。总之,阿末的父亲只是个会种田的农民,渔民从他这一代便宣告终结了。其实不止阿末家,这个小渔村很多户人家,多年来早已完成了从打鱼到农耕的历史性转折。当然,他们的农民身份也没保持多少年,新的社会进程中,他们又很魔幻地从农民身份变身为商人身份。

不过,这个身份多少是大势所趋下的被动选择。他们的父辈只是被大浪带走的沙石,被时代浪潮裹挟前行。特别到阿末他们这一代,钱就好像树叶子缤纷落下,压实了肉身,却又架空了什么……

嗨,你们说要是一会儿老潘潘返回来不见我们等他,会不会发飙……

不会……别看老潘潘平时吆五喝六的,心好着呢……他家不管哪个小工受了委屈,他都会跑去安慰人家……

哈哈,很大的可能是,一会儿我们返回来,他就拉长他那张马脸在那儿闷着头喝冰啤……

嘻嘻嘻……

三

那鱼还跃吗？今天朋友圈看不到了……胖墩儿划着手机屏幕。

那晚阿玮、黑子他们都去看了,还录了视频……嗨,真他妈奇了怪了,百年难遇啊……上百条大鲢鱼集体腾空跳跃,此起彼伏,像是西胃海变成了油锅……那场景……

唉……记得小时候我家阿爷讲,有一年鱼跃,村里憨包家媳妇就生了七个死胎,我爷那时还是小娃娃,和李子爷、阿末爷去看热闹,憨包把七个死胎排成一排,用根小木棍扒拉着,像在扒拉一群死耗子……胖墩儿压低声音突然说,气氛透出阴冷的诡异。

咦……小伙们拖长尾音一阵唏嘘,都倒抽口冷气。

别传播封建迷信！没看专家出来解答了吗？说这些大白鲢是渔政部门花大价钱买来放进西胃海吃蓝藻的,因放入过多密度太大,又因气压低、气温高,水体流动差,含氧量降低,才发生鱼跃现象……羊博士皱皱眉头,一本正经地扶着眼镜腿,随时随地,他都是这群人的“百科全书”。

嗨,既然是专门买来吃蓝藻的,那好歹也算是“胃海卫士”嘛,怎么还被人随便打捞炖煮成为盘中餐……干草片举着手机给大家看。这些天每个人的朋友圈都被市民随意捕捞白鲢鱼的视频和图片刷屏。

也没人出来管管……会不会是鱼放多了,默许了这种行为?哈,要不……咱哥几个也弄几条大白鲢……

你他妈弄大白鲢做啥子?人家打了鱼除了自己吃多半是拿去卖,你是要吃还是要卖?

…………

唉……无聊了……你说我们来回跑十几公里路去看人打鱼卖鱼干吗?

不去看你就不无聊吗?

…………

远远就看见西胃海两岸人山人海,无数渔竿悬在河面,无数钓钩肆无忌惮地在空中划着抛物线。居然还有两条小船划在河中央撒网。一伙人来到河边,倚着栏杆看人钓鱼捕鱼,这些人老的少的都有,专业的业余的混杂,不时有人欢呼,那是又有大白鲢被收网了。捕获的大白鲢被摊在河岸边贩卖,呆滞的眼睛、惨白的肚皮、偶尔徒劳挣扎、一张一合的鳃部……小伙们顺着南边湖岸走,边走边看。鱼腥味扑鼻,热浪扑面,每个鱼摊前都有人围观和讲价,价钱也五花八门。因为都是些"素人渔夫",没备秤不称斤,每条大白鲢就估个价,四十元、六十元、八十元、一百元不等。

嗨嗨,居然还有因买鱼争吵起来的,也真奇葩哈!干草片从一个围得水泄不通的鱼摊旁钻出来,向伙伴们传播消息。他剪着锅盖头,几绺挑染成亚麻色的头发像一绺绺玉米须,搭配上一口坏牙以及一惊一乍的神情,为他的消息增添了几分喜感。

真是些神经病!想咱们哥几个小时候,这种鱼根本看不上吃嘛,家家都是晒干磨成粉喂猪?哈!这些二哈,还真以为是货真价实的"海子鱼"了?不过是些冒牌货……哥几个嬉笑着慢慢逛,在玉屏桥下居然看到了阿玮。他正在收一副价格不菲的钛合金钓竿,让众人惊掉下巴的是,他脚边居然整齐排列着八条大白鲢。八条白鲢身体惨白、一动不动。阿玮这小子鱼钓得好,去年还获得省钓鱼协会举办的"稻香杯"金钓手大赛一等奖。早上打电话不接、发信息不回,居然他妈的也在这儿凑热闹!

阿玮,你小子原来在卖鱼!干草片抓现行一样夸张地大喊,跑过去一把揽住阿玮的肩。

去去去,你他妈才卖鱼。阿玮神情忧伤地瞅着那堆鱼,似乎不知该拿这些鱼怎么办。

干草片很识趣,马上明白是怎么回事。可他还是自作聪明地给阿玮出点子:钓都钓上来了,别人能卖,你也可以卖呀。干草片用眼扫扫西胃海边现钓现卖、坐收渔利的小摊。

我干啥子要卖鱼?阿玮嘴角不屑地一撇,叼在嘴角的虾须草一翘一翘,真像虾子的胡须。八条白鲢鱼在阳光下闪烁着银色的光芒,那是它们留在人间最后的光芒。它们无一例外都张着嘴,似乎有话要说。

不断有人围上前询问这鱼怎么卖,很显然也将阿玮囊括为打鱼卖的了。

不卖不卖。阿玮眼睛也不看人,不胜其烦地晃晃头。他的头晃得坚决而轻蔑,仿佛这些买鱼的人是在冒犯他,不是和他买鱼,而是和他讨鱼。

买鱼的都不明其意地撇撇嘴走开了,只有围观的还意犹未尽地等待着什么。一个六十多岁的老大妈在餐巾纸上擦着手,橘皮似皱成一团的脸上满是嫌恶。她刚摸过其中两条鱼的鳃部,似乎要确认那些鱼还有没有呼吸,好为接下来的讨价还价打好铺垫。现在知道不卖了,手上沾染的鱼腥味,也有了一丝让人嫌恶的气息。于是愤愤然嘀咕着快步走开。

阿玮不动声色,他弓下身,抱婴儿一样,抱起一条鱼,转身突然将鱼扔进了西胃海。接着第二条、第三条、第四条……惊呼声此起彼伏，人们瞪着眼睛、张着鼻孔、捂着嘴巴……不过这些应激反应很快便被理智取代了，更多的人挥舞着网兜和渔竿抓捕刚落水的鱼，河中央那两条小船也应声迅疾地划了过来，手中没武器的居然直接跳进河里了。

可怜了这些鱼！阿玮回头看一眼河里扑腾的人，和哥们儿一起回村了。

四

没走那条有些喧闹的混凝土"生态走廊"，仍是继续沿着来时那条"诞生中的长廊"、那条时断时续的路往回走。这桥多像他们尚未准备好的人生。

太阳已经偏西，早晨万里无云的天空不知何时已聚集了一些灰色的云彩。太阳时隐时现，曝晒的感觉有所消减，却更添些闷燥。远远便看到早晨发现拦路啤酒箱的地方多了个人，面前摆放着货真价实的整箱啤酒，他正在把酒问苍天。

一伙人嘻哈着围上前，每人拿了一瓶冰啤用牙咬开瓶盖，"哧"一声，金黄的液体"咕嘟嘟"流进喉咙，每个人都舒坦地打了个酒嗝。

他妈的不等我，鱼好看吗？老潘潘将那双显女气的丹凤眼往上斜。

好看！但没有胖墩儿家的小娇好看……

哈哈哈……

我✕……胖墩儿跟着笑，胡乱扯些柳叶砸过去，轻飘的柳叶转眼就被热风裹挟不见了。

真无聊啊……

要不……咱们再跑一次滇藏线？去拉萨，看布达拉宫，喝正宗青稞酒，逛八廓街……

提议的小子没得到回应,所有人都沉默了。每个人都各怀心事。这几年,他们开着三辆越野车,自驾前往神农架、九寨沟、西湖、呼伦贝尔、西安、吐鲁番……最后一次去的就是西藏。意外发生那晚是在阿里露营时,群狼围攻了帐篷,万幸边防巡逻官兵及时将狼群驱散,解救出了他们。阿末和胖墩儿受了点皮外伤,小阿鹏却失去了一只手臂……

风过,树上传来知了聒噪的叫声,吓人一跳。干草片清了清嗓子,说:啊,要不,今晚我们就上小阿鹏家喝鸡尾酒?去年住店那个什么意大利民俗研究老外,不是夸奖小阿鹏调的鸡尾酒是他喝过最好的吗?没有之一。

从小歌喉迷人的小阿鹏现在不唱歌了,他爱上了调酒,一只手搭配一只脚来调鸡尾酒。

好!就这么愉快的决定了。众人附和。

现在才下午四点,这长长的几个小时怎么打发?老潘潘扔下酒瓶,抚着他胀鼓鼓的肚子,现在名牌小西服也救不了他的窘态了。

法国哲学家让·保罗·萨特写过一本书,是本哲学著作,叫《存在与虚无》,就是用哲学思考人的生存状态的。羊博士推了推眼镜,开口说,他一本正经的神态像是重新回到了课堂上。

谁?杀马特?

讲讲?

对,讲讲。听这名字挺有意思。大家被酷暑搞迷糊的眼睛顿时发亮。

存在,不就是活着吗?虚无……应该他妈的和空虚差不多吧……胖墩儿脱下脚上那双名牌皮拖鞋,用根柳条刮着鞋底和鞋帮陷进的黄泥。

嗯……这书首次出版于一九四三年……那是一个动荡不安的年代啊,"二战"正如火如荼。很多无辜的民众在战争中遇难了……很多人在生死之间经历了焦虑不安、恐惧无助,以及孤独和荒谬……对人的存在有了更深层次的思考。那个时期的人们，虽然拥有了科学技术和文明，但同时却发现自己在精神层面上的无家可归……羊博士停下来不再说了，而是将手中的矿泉水瓶捏得哗啦作响，像搅动着一把碎玻璃，听得人惊心。

然后呢？干草片等不及，困惑地半张着嘴巴。

萨特分析了黑格尔哲学，纯存在是纯粹的抽象，是绝对的否定，是非存在，所以纯存在与纯虚无是一个东西……

什么意思？是说我们活着就等于空虚吗？胖墩儿将刮下来的黄泥巴按从大到小的顺序排列在廊桥木板上，想想又用掌心将黄泥一个个揍扁。"啪嗒啪嗒"的响声响彻廊桥，谁知道他要做什么。

别吵胖墩儿……我在打电话……喂老婆，上完课你和儿子去逛逛街嘛……喜欢什么衣服包包尽管买……刷卡嘛……昨天我刚给你充……要补妆？不说了？儿子和我讲，好好……儿子今天学得不错吧？嗯嗯……好好学，将来保护你妈……没事没事挂了……哎等等……别忘了告诉你妈，我就是为她才活着……

阿末，你还没个完了，一天不和你老婆说上十回肉麻话你是活不下去……

哈哈，他就那样……情种……这辈子是改不了了……阿玮捡一块胖墩儿揍扁的黄泥朝阿末脸上扔去，阿末稍偏下头，黄泥砸在肩头，他也不恼，仍是那副忧郁的神情，眼里盛满几万摄氏度的高温也熔解不了的忧伤。

萨特说，自为的存在，与自在的存在是相对的。自为不是存在，是非存在，是对存在的否定，是虚无……你们知道吗？萨特说"意识"就是自为的存在，它是没有实体的。你说人要没意识那不是死人吗？所以说有意识的我们都是虚无……

我就说吗……胖墩儿不揍黄泥了，他又开粗腿坐在廊桥木板上，觉得有些惊奇、有些不可思议。

"现在"是自为，萨特还说。我觉得过去是过时的现在，未来是还未到来的现在,照萨特的观点,我们不是正在经历虚无,就是正在去往虚无的路上啊……羊博士扶着眼镜,手没拿下来,像是手指和眼镜腿长到一起了,他神情有些沮丧。

你是说横竖我们都没有希望!阿玮撑在栏杆上的手抖了一下,烟灰弹落。他想起了西胃海那些无论如何也摆脱不了自己命运的鱼,无辜的鱼,挣扎的鱼。

不过我们还有自由。羊博士终于将手从眼镜腿上拿下来了,他似乎做了一个伸展的动作,他挺直胸脯,向着西边连绵巍峨的群山。那些山集体有一个好听的名字——云上的山峰,清冽甘甜的二十溪泉水就隐藏在群山之间。据说到时候就要引流那些溪水,引流那些皑皑白雪化成的甘泉,那时这条廊桥底下都会灌满白雪化成的水,那是雪的今生,多么神奇!

自由?

对,自由!萨特说自由是人的存在本身,人就是自由的。自由并不需要人追求和选择得来,而是人本身就具有的,自由是不能逃脱的,人注定是自由的。行动的首要条件便是自由。

我他妈好像有点懂了。就是说,我们哥几个今天出现在这里就是自由,去西胃海看鱼也是自由,当然泡妞花天酒地也是自由。哈哈,谁管得了我们?这是我们的自由……干草片突然有点狂放不羁,像是之前一直哈着腰向这世界赔着小心,现在突然就放开了,挺直腰杆给世界一个大嘴巴子。

羊博士张了张嘴巴,忍了忍才说:但是这种自由,可能是荒谬的。因为它就像一台自行启动的机器,按照既定程序行进,不是因为它无理性的存在,而是因为它没有不选择的可能性。

什么意思?我他妈又听不懂了……胖墩儿困惑地望着羊博士,小黑豆般的眼睛散发出的光像把尖锐的匕首,要从羊博士脸上抠出答案。但是羊博士没有给他答案。才坐几分钟,胖墩儿已经受不住了,虽然双臂反撑着木板,但是硕大的肚腹还是强势地抵上了胸脯,他满头大汗、气喘吁吁。

五

一箱冰啤很快喝完了,无聊的一群人起身慢悠悠逛回去。

我,坐在阴湿牢狱的铁栏后……身后传来羊博士有些低沉的声音。

他说什么?

抒情呗。

又酸了!

酸秀才! 随他去吧。

羊博士丝毫不受干扰,他的声音有些激动。

一只在禁锢中成长的雏鹰和我做伴,它扑着翅膀在铁窗下啄食着血腥的食。它啄食着,丢弃着,又望望窗,像是和我感到同样的烦恼。它用眼神和叫声向我招呼。像是说:我们飞去吧,是时候了,我们原是自由的鸟,飞去吧——飞到那乌云后面明媚的山峦,飞到那里,到那蓝色的海角,只有风在欢舞,还有我做伴……

小伙们安静了下来,他们都不走了,倚在栏杆上望着尚未放水的廊桥河底发呆。

你说要是到时二十溪的山泉水都灌下来了, 能不能载得动那种大鱼?

你说的是哪条溪?

不行不行,这河道太浅了,容纳不了许多水……

你说的是哪条溪?

那就少放点……

哪条溪吗? 二十个溪头总有名有姓……

潜溪? 阳溪? 走溪? 石溪……管他呢,什么溪都行啊! 只要这河沟里有水……

不可能放那么大的鱼啊……

我是说如果啊……

如果……

嗯,如果!我想看那么大的鱼怎么在这浅窄的河沟里游泳、腾挪、转身……

还有恋爱和繁殖?

是了嘛。还要看在这么浅的河沟,它们如此庞大的身躯如何躲避观看者的眼光……

不可能啊!那么深的西胃海,它们不还是一样被干翻了……

说起来还是挺忧伤……

你忧伤个屁啊羊博士,你之前说的什么"存在",不就是在这里活着?只要在这地球上啊,你的生活就都在别人的眼球里。你就说"关他啥事"也没用,他就那么看着你,议论你,扒光你。你完了!

你是说我们已经是被"指认"的一群人了?羊博士习惯性地用左手扶了扶眼镜腿,他现在很是凄婉。

哎呀,反正就是被"贴上标签"了,和你说的"指认"也差不多……不学无术的"富二代"、坐享其成的"富二代"……

一伙人都沉默了。

我们在岸上看到了太多东西、听到了太多的声音,有时就想去水里,和鱼一样。看看它们眼里的世界是什么样的,那里是否是个静谧的世界……羊博士推推眼镜腿,望着胃海向往地说。

只有疲沓的脚步声,太阳已经偏西了。

一程

一

　　远远地，他站在那里，手里夹着一支烟，吸了一口，然后，仰起头朝飞过的一只鸟看去。

　　哦，你是大火老师说的那个……没等我把话说完，他表情淡淡的，没有惊讶，也没有热情地说：是。只迸出一个字，好像怕多说一个字就要暴露什么秘密似的。然后，他边转身边说，车子停在这边，就往南面走，我跟着他，心里怯怯的。

　　我抬眼环顾四周，初冬的滇西高原，天空蔚蓝深远，不大的半球形广场外是一条二级公路，偶有一辆黄绿相间的出租车驶过，人影更是寥寥。

　　犹疑，后悔——当初不该答应让大火老师找车，其实，大火老师我也不熟。而眼前这个人看上去实在让人不踏实，但也只能这么跟着他。路的尽头是一排向下走的台阶。

　　你的车……是停在地下停车场？

　　是呢。司机头也没回，简短地回答。

　　多少钱？我说。

一百七十元。

哦，一百七十元。我似乎在自言自语。

我感觉心跳加速，握背包带的左手条件反射地攥紧了，右手从包里摸出了手机。这是一个螺旋式向下的楼梯，越往下，光线越阴暗，整个楼道里，只听得见我们一个急促一个拖沓的脚步声。终于下到楼底，果真是停车场。光线豁亮很多，三五辆车子有序停放，司机摁开了车锁，是一辆白色七人座的面包车。我举起手机边拍车子和车牌，顺带将司机也一并纳入照片中，边对转头看我的司机说：不好意思。做这一切，我其实很忐忑，这就好像当着一个假想中的罪犯收集证据，还要跟对方申明：我在怀疑你，对不起！当然，这么做是担了很大风险的，很有可能一直积蓄在空气中的犹疑，突然之间就被不友好的行为引爆了。

没事没事，随便拍。司机很大度，先行拉开驾驶座的门坐了进去。我一百分的担心放下了十分，却仍不敢掉以轻心，我迅速将照片传给我老公，紧接着拨通了我老公的电话：喂！老公，我刚下动车，现在打了一辆车去晋宁山庄，车牌号码是云A×××××，师傅说大概要一个小时，到了给你打电话。

放好背包，拉上车门，我对前排的司机说：不好意思师傅，可以走了。

不常出门吧。司机发动车子，平稳地驶出停车场，一双狡黠的三角眼从后视镜中瞥了我一眼。他用的是陈述语气，而非疑问语气，表明他基本肯定了自己的猜测。也是，短短几分钟时间，竟然用了两次歉语"不好意思"，这是不是有些失态？

我心头一紧，想掩饰什么似的说：也不是，只是路不熟。其实，我知道他在嘲笑我一系列警惕的行为，却只能避重就轻。

司机没再说话，而是专注地看路开车。

不说话了，这可不妙！莫不是开始盘算怎么下手？

网络上那么多打的遇害的案例，有多少是因为受害者与司机交流和沟通有问题？可能开始司机真没歹意，只因为受害者一句话、一个动作，甚至是一个眼神，触发了潜藏在人性深处的恶因子，促使他们激情犯罪。当然网络上也有聪明的遇险者，危急关头，他们利用高情商，在情感上与犯罪分子达成了同盟，最后化险为夷。

我不傻，自认情商也不低，要找一些适合对方的话题，当然很简单，只要我愿意。这一刻，我只需暂时收起有时故意表现出的矜持与清高，便可以顺利与对方攀谈起来。对这一点，我很自信。

我扫视车内，看到侧面车窗的边框里，有一个粉色的水钻发卡，呈皇冠状，便装作饶有兴致地拿起来观赏：很漂亮的皇冠啊！师傅，你家有小孩吗？

哦，那是我囡的。早上送她上学，落车上了。司机又从后视镜瞥我一眼，不过这一眼，让他从我臆想中悬疑故事的案犯，回到宠爱小棉袄的温情父亲。

哦，有个囡真是很幸福。

是呢，我囡和我可好了，每天晚上回去，她会马上拎拖鞋给我换，然后给我泡一杯茶。师傅的语言间明显有了笑意，让人感受到洋溢着的浓浓幸福。

哇，懂事的孩子！多大了？我稍显夸张地惊叹着，积极鼓动自己的情绪迎向司机的情绪。

九岁。上回期末考了个双百，我问她想要什么奖励，你猜她说什么？司机情绪已被成功调动，笑容堆满整张脸，两边眼角的深刻皱纹，呈放射状向鬓角延伸。

想要什么呢？嗯……我想，这么聪慧懂事的女孩子，肯定想要的也与众不同吧？

哈，真被你说中了！她说只想要阿爸陪我一整天。

哇，情商高！我将大拇指竖在合适的位置，刚巧司机一抬眼，便可以从后视镜中接收到。

你囡与你感情真好，真让人羡慕。这一句是由衷的。我自己也有孩子,能体会到那种血浓于水的温馨亲情。

是啊!每次她妈想要和我吵架,她就会拉着我说,阿爸,我们出去走走逛逛吧。

哦。

你不晓得她那个妈,和我说不了三句话就要吵。平常我只要说话,她直接就说:就是听不得你的声音,快闭嘴吧!

啊?!

其实我晓得,就是因为最初我借给妹子五万元,一直到现在,妹子也没还钱。

原来是这样。其实我倒觉得,钱多就多用,少就少用,生不带来死不带走的东西,不必计较那么多。你还是应该多和老婆沟通,毕竟两个人在一起不容易,况且你们还有那么可爱的一个孩子。这席话虽是俗世间的老生常谈,却是真情实意的劝导。

唉!难啊!我和她根本无法沟通,每次和她说不上几句话就要吵,吵都吵烦了。哦,我接个电话……

二

司机摁了下一直戴在耳朵上的蓝牙耳机:喂,嗯,现在? 来不了,跑车呢。哈,三缺一? 瞎胡扯,没我还有暴龙老三他们嘛,啥子? 暴龙打点滴? 他能有啥子病嘛! 又装……啊哈哈,行行,晚上老地方……

我那帮跑车的兄弟,又约搓麻将。现在嘛,我也想开了,人这一辈子,不如好吃好喝,过一天算一天。想跑了我多跑两趟,不想跑就和兄弟一起搓麻将、蒸桑拿、喝点酒——哈,我酒量好,一个顶仨,所以他们几个人约起来灌我, 不过先趴下的总是他们……后视镜里的司机满脸自豪,竟有了几分顽童般的神情。

你不晓得,以前刚和她结婚,我是多能吃苦——半夜三更还在路上跑,累趴下了还在车上……

人与人之间靠的是沟通，夫妻之间更需要沟通。我觉得，你还是再找她谈谈。毕竟，为了孩子。

这点你说对了。十年间，我和她去民政局办离婚跑了三次，硬是一次也没离成。就是因为孩子，我不想我囡没有妈，或是没有爸。因为我妈就是我九岁那年，被个亲戚拐卖了……后来我出去找过三次，没找到……我晓得那种没有妈的痛苦……

虽是个糙汉子，但也是个重情重义的男人。这一刻，我甚至觉得，之前的自己是否太神经敏感了？

对！虽然现在崇尚自由，可我还是觉得，既然我们将孩子带到这世界，就应该多为他们考虑一点，离婚真的对孩子伤害很大！这一刻，我言辞间也近乎动情了。

是呢。我现在和她，其实就是两个认识的房客，要说感情嘛，是一点点都没有了。说个不怕你笑话的事：我和她早就分床睡了。我一个人睡一层，三年来，我硬是没踏上二层半步，也没碰过她。

呃……看来你俩之间问题还挺深。说完此话，我突然觉得与一个陌生男人讨论这种话题，真有点尴尬。

是积怨太深。你不知道，三年前，她给我扎那一刀，从此我就彻底看清了女人——最容易走极端。噢，不，是看清了她。从此，我对她的感情也就没有了。

啊？我错愕。

那晚跑完车，我很累，就和几个哥们儿去喝一杯放松下，一不留神喝多了。可她也喝了酒，醉了，发酒疯。回家后，记不得因为哪句话和她吵起来——你晓得发酒疯的人，是控制不了自己的……然后我给她脸上甩去一耳光，哪晓得她立马抓起水果刀就给我屁股上捅了一刀。别看她人干巴瘦，力道那个大哟，气死我了。

噢！我叹一句。

你说，她下手够狠毒吧？当时鲜血直涌，我囡吓得直哭。她可能也吓到了，要陪我去医院。我也是疼疯了，抄起一个板凳，劈头将她打倒在地。然后我给我哥们儿打电话，让他接我上医院。她追到门口，我又几拳将她打倒在地……

好惊险的武打片，我听得一愣一愣的。

你说，她这种女人，我还能和她好好过下去吗？

此时，后视镜里司机的脸寒光一闪，又恢复之前的阴冷。他咬牙切齿的表情，好像在啖着他老婆的肉。我心中一颤。

最可怜的还是你囡，当时她肯定吓坏了。我还是不能不硬着头皮，迎合他讲话的情绪。又想到那个无辜的女孩，心里不由一阵疼惜。

哪个说不是？现在我囡胆子特别小，大一点的风雨雷声都能吓哭她。

唉！冲动是魔鬼，真是这样的。我个人觉得吧，你先打她是你不对，可她还手也不能利用工具，何况是刀。过错各一半，其实也算扯平了。过去的就让它过去吧，接下来还是要好好过日子。我仔细斟酌着用词，生怕说错一句，引发他的不高兴。其实我更想说的是：家暴只有零次和无数次。谁能说，这一次就不是他老婆长久以来的绝地反击呢？我一直无法打消对载我一程的陌生男人品行的怀疑。

哼，她这个女人，就是欠揍！司机没接我的话，而是愤恨地又咒骂一句。后视镜里，他阴郁的神色更甚了，右脸颊因为激动神经质地抽动着。我心里又一凛。看时间，已经上车半个小时，司机说过二十分钟就能上高速路的，然后再行驶四十几分钟，就能到达目的地。路上也没堵车，可不但没上高速路，怎么反而与左前侧崇山峻岭间的高架桥，以及山肚子里的隧道背道而驰了呢？紧张的情绪再一次深深扼住了我，正想开口询问，司机又在接电话了：喂？囡啊，有事吗，宝贝？哦，都怪你妈，出门不帮你检查下……课间要跳操用？嗯，算了算了，等你妈把花球送到，课间操都结束了。这样，阿爸今早不是给你钱了吗？对，和门卫说一声，去门口小卖店买副新的。嗯，对了。乖哟，囡。

你囡打来的？

嗯，忘带花球了。她那个妈，啥子事都不操心。

噢,师傅我想问下,快上高速了吧?

哦!啊哈,不好意思啊,一路忙和你聊天,我们早错过上高速的路口了,现在只能走老路了。司机一拍额头,重又开始笑意盎然,一扫之前的阴霾,而我却看不出他脸上任何不好意思的表情。

那就是要多走几分钟了?我怀抱希望,但愿只是多出个十来分钟。

多几分钟?哈哈美女,你开玩笑吧?现在中午十二点能不能到,我都不敢保证。

啊?

其实我更愿意出那十几块钱过路费,老路又伤车又耗油,还浪费时间。司机好像很反感我那个"啊",眉宇间毫不掩饰有一些不耐烦。

我不敢说话了。没办法,谁叫我致力与司机搭建友情的桥梁以保安全,从而错过路口了呢?或者现在的处境更不安全?谁知道呢,至少刚才这个电话,证明他没说谎,他应该是一位称职的父亲。只要能保证这一点,是否我的安全系数就会更高一点?

我也有一个女娃,年龄和你的差不多大。为求同理心,我抛出私人信息。

噢?你看起来,最多三十岁吧?结婚很早呀。司机从后视镜里看我一眼。

哈,是吗?也没有。我是二十世纪七十年代末期出生的。

是吗?我是一九八三年的,也快四十岁了,可看起来是不是比实际年龄更大?

我从后视镜观察着司机的脸色,他不知何时收敛了笑容,粗大的面部毛孔在中午日光照晒下,更显粗大,他的皮肤像某种动物的皮。我敏感地认为接下来说话要更小心了。

我可能面相显小,俗称的娃娃脸。这样强调,是要让他知道,我不是十指不沾阳春水的人,而是天生幼稚面相。我十分害怕他会将自己在人间的不易,归咎在此刻唯一能做参照的人身上。

他没说话，而是开始专心开车。此时车子已从二级公路驶进了土路。土路坎坷不平，路两旁的行道树多是桉树与法国梧桐树，在四季如春的云南，同样枯黄与凋零，没有任何事物能逃过自然规则。行道树外，是连绵起伏看不到尽头的群山。

三

土路颠簸，我不由得抓紧座椅，此刻，我连司机的座椅背，也不敢靠近。

在土路上连续行驶了十来分钟，司机没再说话。看着群山间萦绕不散的浓雾，我的心也一同飘浮在迷雾中。我还是决定冒险给老公打个电话，其实心里明白，万一有事也是鞭长莫及。虽说我相信法网恢恢，疏而不漏，但我更承认，眼前的境况，恐怕只有事后的亡羊补牢了。谁还能想出什么更好的妙招？反正这电话要打。

喂喂，听到吗老公……嗯，我们走了老路，路不好走……可能要……对方已是忙音，一看，群山间已无信号。我原打算给老公发个定位，让他关注着我的动向，现在好了，真是深陷囹圄的感觉。

司机还是没说话，后视镜里，他眉头深锁、嘴唇紧闭，白多黑少的三角眼，因为面部用力过度，高高地吊起来，有一种说不清的狰狞。

一直不说话也不行。至少我该阻止他的胡思乱想。

师傅，我还是觉得，你应该好好和你老婆说说。你那囡，越说我越喜欢了呢。说出这句话之前，我觉得这是一句奉承的话。可这话一出口我就后悔了，真是没有一点新意。可我又能和他说些什么呢？我突然觉得进入一个穷途末路的状况中。我自信自己很会沟通的能力顷刻消失殆尽。"你那囡，越说我越喜欢了呢。"这话怎么听都是那样的假，何谈奉承意味？

哈，是不是？司机很快咧嘴一笑，不过笑容很短暂，很快便又还原成不苟言笑的状态。

不说了，我心早死了。现在也就是凑合过了。司机脸上没有特别的表情。是我几番俗不可耐的开导或者说安慰，起到了一定效果？还是他早就习惯，不以为意了？或者某些男人有意编造与妻子不和的谎言而博取听者的同情怜悯？真的不知道啊。

我敏感地意识到，其实一个人，有时与陌生人倾诉的欲望也是有限的。可能过了那个点，便会很迅速地收拢自己。而只要收拢，又会比熟人间要决绝得多，因为毕竟是不相干的陌生人。虽说宁拆十座庙，不毁一门亲，可我一味劝和，对于铁了心拒绝的司机来说，已成为影响他驾驶的噪声。若我顺他的意，劝分，不敢保证是否成为不怀好意的教唆。所以这一刻，还是闭嘴比较明智吧？

路途漫长。因为有时会晕车，所以一般坐车不看手机。这种时候，还是掏出了手机，在微信上随意浏览着。这时，一条平台推送的新闻引起了我的注意，标题是：狠心丈夫家暴妻子，妻子尚未脱险丈夫外逃。文章写的事发生在城区，时间是昨晚，文中提到嫌疑人使用板凳将妻子砸昏，还透露了嫌疑人可能存在精神方面的障碍……最后新闻公布了嫌疑人照片，他身穿烟灰色西服，长相让我心惊肉跳。我放低手机，暗暗对比着，有时觉得像，有时又觉得不像。这时车子突然歪了一下，"噗"一声熄火了。

我没防备，头撞在了前面的椅背上，撞得很疼，脑子里嗡嗡响，但没有破。我捂住头有点想哭。可我的手机被甩到右车门旁边，司机跳下车，很快绕到右车门外，不好了，这下他在拉车门了……

我几乎跳起来，以迅雷不及掩耳之势抢回手机，眼睁睁看着车门被拉开……

我什么也不能做了！这是危险即将来临的前兆吗？我想，这个时候，我一定像一只受到惊吓的狐猴瞪着无辜的大眼，看着对方。

司机将头探进来，低头从鼓鼓囊囊的副驾驶座后背兜里翻出一个火机，举着对我挥挥。是一个丰乳肥臀的三点式美女图案：这下好了，他妈的大雾，能见度太低了！左前轮陷进个浅坑……还好是浅坑，一会儿你下去推一下。先让我抽支烟歇歇。司机"啪"一声合上车门。我终于长长地出了一口气，蔫在座位上，感受心脏慢慢地跳动。

然而，最重要的疑问没解决：他到底是不是昨晚那个家暴妻子的嫌疑人，那个可能存在精神障碍的危险患者？不。我多么想否定啊，平白无故把别人想象成一个坏人，难不成一贯的敏感多疑，今天又加重了？

抽了一支烟后，司机打开驾驶门，没等他再开口，我自觉地跳下车，绕到车背后去。我留了个心眼，将随身包斜挎在身上，如果要跑，背包只能不要了——虽然里面还有我喜欢的作家写的书。其实也知道，逃跑只是垂死挣扎的一个想法而已，这深山老林的，无论如何我也不是一个身强力壮的男人的对手。

我听话地随着司机的口令推车，尝试多次后，车子终于发动了，开出浅坑。司机开出去了一截，让我以为要被抛弃在荒野时，车子停了下来。

我慢慢走向车子，低头一看，雪白的鞋被甩上了几大坨湿泥，衣裤蒙了一层尘土。不过相比刚才臆想中的危险，这已经是最好的结局。

车子重新上路了。危险仍然存在，因为我不知道他是不是那个叫沈某的嫌疑人。我开始偷偷打量脚垫和坐垫，脚垫是黑色胶皮的，印有几只边缘清晰图案模糊的鞋印，还有少许随意散落的泥沙。不是我鞋上的，我鞋上的是黑湿泥，脚垫上的是干黄泥——当然这也说明不了任何问题。我无意中将身体前倾，扫视着右手边坐垫套垂下去的流苏。有了新发现！天哪！我的心又突突直跳了，在那隐蔽的位置，硬币那么大一块鲜红的污渍赫然在目。如果是他三年前受伤时，不小心弄上去的，现在应该是乌黑色才对。可这块鲜红的印迹，新鲜得像是刚点在蒸糕上的玫瑰花糖。我咬紧下唇，祈祷着目的地能快一点到……

然而，剩下的路程证明我是杞人忧天了。途中居然再也没有发生状况了，大概又行驶了二十分钟，车子驶出土路，进入一条人、车、牲畜都可同行的四级公路，虽然路况不如一级公路，可总比山林间的路强多了，不但有了一畦一畦种满庄稼的田地，也能看到不远处鸟粪般散落的小村落了。

如果他真有歹心，真想下手，荒无人烟的林间要合适得多！这是否意味着我已经安全了？

四

到了，就这里。车子终于嘎吱一声停下，一直轰鸣的整个耳朵都安静下来。

我从车窗望出去，真的到了，一幢庞大的建筑物屹立眼前，上书"晋宁山庄"几个气派的烫金大字，正门门楣正儿八经地拉了一长幅"热烈欢迎改稿班学员"的鲜红布标。终于让我找到组织了，我长长吐出一口气，将一路积攒的担忧与恐惧也呼出去了。

我打开微信支付车费，照之前协商好的，将一百七十元转给司机，然后收拾好自己的东西，由衷地对司机道谢。可是司机并未开车离开，他等我下了车，嘿嘿笑着，绕到右侧车门，很快从三排后座上取出那只黑色的大背包，然后锁上了车门。这只背包推车时我就发现，臆想中这是案犯要跑路的家当。

我站在了四五级的台阶上呆望着他，不知道他到底要干吗。如果他真是嫌犯沈某，不赶紧跑路消失，难不成要自首？可是这里不是公安局。

司机从呆立着的我旁边过去了，好像我不存在似的，朝着"晋宁山庄"而去。他比我快，先到了门口。

这时，门口跑出来一个男子：我就说，老远看着那么面熟，真是你啊！深简，三年不见了吧？男人边说边和司机拥抱在一起。男子，平头圆脸，脖子短得几乎可以忽略不计，大腹便便的类似于怀胎五个月的孕妇。当他正眼看我时，我才发现他是云南著名作家，也就是群里帮我找车的大火老师。当然，我也是头一次见到本尊，以往只在期刊和网络上见过他的照片。

深简——这位所谓拉我一程的司机转过头，看着此刻疲惫地爬上台阶的我，摊手向大火老师介绍：这位就是你委托我拉的美女作家浣影老师，你交给我的任务我圆满完成了。哈哈，你们俩谁请我吃饭啊？说完朝我一笑。

大火老师说：你们俩一路上应该知道彼此了吧。小浣，他也是咱云南作家，呵呵，著名的深老师。

我浑身忽地一下燥热起来，脸一定成了火盆子了。哎呀，这一程，我针对人家这样推测，那样想象，那该死！我恨不得把自己的头藏入衣服里去。此时，大火老师的话暂时打断我的羞愧，我只能马上调整情绪，应付他。他说：从前只在网上见过你，没想到真人比照片还好看，哈哈哈。他笑得很开心，伸出短粗的胖手，一把抓住我的手掌，重重握了一下。

大火老师和我寒暄，站在一旁的深老师，饶有兴味地看着我俩说话，也不插话，却表现出一副赢家的姿态，双手交叉在胸前，微笑着，好像占了便宜似的。

嘻，谁让我们都是玩文学的。虽然一路惊恐，也权当体验生活。不过，我还是暗自告诫自己，网络凶险，今后再也不能将私人行程过分外泄。这次的会议，因为路程较远，我呢，很少一个人出远门，之前在群里发过"求蹭车"这样一条信息，并透露了站点与时间。热心的大火老师就马上给我找到司机，但没说是什么人。

今天报到，明天才开课。午饭后，我百无聊赖地翻开酒店黄页，潦草地浏览，正当想放下时，我的动作与目光在其中一页停下来。几分钟后，我来到黄页上标明的位于顶楼的健身馆。健身馆宽阔，让人眼前一亮。区域板块的器材配置都很齐备。我看过去，有氧区陈列着跑步机、椭圆机、台阶器；力量健身区有高拉力练习器、推胸练习器、腹部练习器、大腿伸展练习器、髋部练习器等。居然还划分出了一块跳操区，可以用来跳健美操和练习瑜伽。

我一直走到西边尽头，又折返回来。这个时候，我看到了深老师——这个在我眼里是司机的人，意识切换不过来，将他变成作家。他身穿一套墨蓝色的运动套装，正在练卧推，他两个手臂肱二头肌突出，一看就是有些训练年头的资深健身爱好者。

他也看到了我，咧嘴对我笑，我回笑示意，但我仍然有些不大自在。一点也看不出深老师对我开了这么大一个玩笑有什么愧疚，他好像招呼老朋友一样招呼我和他一起锻炼。他跟我聊一些个人对健身的理解，以及自己的一些健身经验，看来他造诣颇深。临走时他说：浣老师，别生气哈，今天只是和你开了个玩笑，别当真。不过健身的事我可真有心得，你这样子练一字马竖叉没大问题，只要肯坚持，但横叉就难了。对于健身中的一些高难度动作，身体条件只是一部分，方式也很重要。这样吧，晚上我去你房间，给你指导指导，顺便把你那一百七十元车钱还你。现在，我有个事情，先走一步。咱们晚上见。记住，我敲门的声音是：咚咚——咚——咚——咚——哈哈。说完他一脸狡黠地走了。

五

晚上九点之前，我的房门是开着的，却没有任何人敲门。九点以后我锁门上床，实在无聊，便打开搜索软件，搜索到深老师的个人简介：深简，笔名深涧琴音，十五岁开始发表文学作品，现供职于昆明市某文化部门，代表作有诗集《某》《某某》、侦探小说《你知道我是谁？》《当心！我在你背后》《不能说出的秘密》《好奇不止害死猫》等。

我搜到他的照片，无论哪一张，都与现实中的他，介于似与不似之间。一向自恃观察细致入微的小说家，突然在今天，两次犯了脸盲症，有点郁闷。

凌晨一点钟，我仍没睡意，干脆拧亮床头灯，拥被靠坐床头，打开斯蒂芬·金的《神秘火焰》读了起来。刚读了两行字，那个恐怖的声音响了,咚咚——咚——咚——咚——我吓得缩成一个球,不知道他敲了多少下……当然我是不会开门的。大约三分钟以后,听见脚步声消失了,我才缓缓松了口气,但仍像木鸡呆了半个小时,轻轻拉起被子躺下,却发现出了一身汗。

大概半个小时后,手机来了短信,一看是改稿班群里的信息,可这信息却是深老师发的:亲爱的文友们,这两天我在北京参加研讨会,订了晚上的机票,不巧飞机晚点。刚出机场,一会儿打的过去,让各位挂心了,抱歉……

啊?!什么情况?真见鬼了。著名的深老师你是在写鬼怪小说吗?群里静悄悄的,没有任何反应。倒是我如一个贼在群里流窜。我突然觉得自己被鬼怪缠住一般陷入一片迷乱中……

我不知道自己是什么时候睡着的,醒来已是清晨七点二十分,阳光从昨晚未拉严实的窗帘缝隙透射进来,照着我蹬出被子的小腿,微暖微痒。打开手机,扫一眼群里,依然安静。

洗漱后,我穿过静谧的走廊,踩在软绵绵的地毯上,去餐厅。餐厅里已是热闹非凡,昨天见过的两个文友,站在氤氲着蒸气的牛奶和豆浆旁边唱边聊,窗边温煦的晨光映照下,两张长餐桌旁,改稿班工作组老师与十来位文友边吃边聊。我挑挑拣拣,只舀了一杯牛奶,拿了一个水煮蛋和半个玉米。端着餐盘,我往"组织"的方向走过去。扫了一眼餐厅,没有看到深老师。一切如常,平安无事。

早饭后,我站在餐厅外面,八点多,初升时扭扭捏捏的太阳,已经彻底奔放地照耀开来,照在身上暖烘烘的,一时尽扫心头阴霾。我闭上眼睛,仰起脸,向着太阳的方向,不由得想,世上本无事,庸人多自扰。不想其他了,还是珍惜改稿班难得的学习时光吧。什么文学、现实、生活、人性,它们的距离有多近多远?它们之间又该如何相处和相融?

此刻,晋宁山庄的阳光更加热烈,蓝天上的白云形态奇异,恣意飘浮。我直视着阳光,脑海跳出那句很贴合我此时情状的话——世界上唯有太阳和人心不可直视!

苦行僧

苦行僧之所以叫苦行僧，是因为他们视自己的身体为罪孽的载体，是臭皮囊，必须劳其筋骨、饿其体肤、空乏其身，方能获得精神的自由和灵魂的解脱。

一

最先是身体的惊觉。

是一头暗夜里的兽，睡觉都留一只眼睛一只耳朵放哨，随时处于风声鹤唳的状态。凭着皮肤和感官对温度、光线、气息、微尘，甚而对"存在"的这一刻成粗粝或细腻的判断，灵敏地觉出时空的维度与时间的精度。

W 先生如一条缺氧的鲤鱼，从"床"上一跃而起，稳稳当当地站于地面。说是"床"，其实不大准确。那只是一条长约一米五、宽约二十厘米的条凳，不过承载他不到一米七的小身板，也难以容下半截脚腕。这让他为自己的身体不能容于条凳感到愧疚。不能怪条凳，条凳是固态的存在，不能变形，它决定不了自己的意志。而且如果他选择侧卧的话，会让他产生脸颊周围还有一小块富余地盘的错觉。这让他对自己的挥霍不满意,那层像油漆一样附着于心理上的负罪感稠腻,让他心烦意乱。后来他在那立锥之地点上了一根线香,就在他瘦骨嶙峋的鼻梁附近,深陷的鼻翼凹侧刚好给了线香一个港湾,距离他的眼睑不过两厘米的距离。他每天只睡四个小时,凌晨十二点至次日凌晨四点。他必须保证四个小时后醒来线香焚灰没有任何被碾压过的痕迹。

凌晨四点起床后,他用头晚泡软的三十粒米做一碗能清晰照见脸上寒毛的清粥,这碗清粥得保证他一天的活动,因为他的第二餐是晚上八点钟,中间整整隔了十六个小时,类似于穆斯林信徒的封斋,十六小时不入口任何东西。只是他这两餐所吃的东西和分量要苛刻得多,晚餐通常是一根黄瓜、一碗无油菜汤、一个鸡蛋。每个月 W 先生总要辟谷几天。"辟谷",源自道家养生中的"不食五谷",是古人常用的养生方式。始于先秦,唐朝盛行,最早记载于《庄子·逍遥游》:"藐姑射之山,有神人居焉。肌肤若冰雪,淖约若处子,不食五谷,吸风饮露,乘云气,御飞龙,而游乎四海之外……"辟谷通常分为食气与食药,食药即摒弃五谷杂粮,只食中药材及坚果。食气即只"食气",去除了一切凡人入口之食,采用龟息法修炼。W 先生从一开始便挑战更具难度系数的食气辟谷法,就像武功层级,越高难度的代表挑战越大,当然修为也更高。

W 先生每天的"工作"便是在古城转悠。事实上在他还未做好充分准备之前,他根本就不打算找任何具体的工作。那些只为稻粱谋的功利目的很强的工作,不适合他想要洁净的心性。当然,即便吃穿用度已克制在极限,物业水电等等城市人必须缴纳的费用他一样要上缴,好在他还有已逝双亲留下的一笔存款。虽然不多,却是他安心追求信仰的保障与底气。

古城离他居住的 M 市有七公里的距离,步行穿过三公里的闹市,清晨七点乘上直达北城门的公交车,与路程中不断变换的乘客一同到达古城北城门。之所以选择在那里下车,原因在于他的第一站便是登顶北城门,在两个斑驳沧桑的垛口间安放好两个瘦弱的手肘,俯瞰整个小城。这个时候,他平时凌厉严峻的眼神会变得柔和平静,时刻与世界博弈的心情暂时得到缓解。

和风轻柔,墙草摇晃。斜倚城墙的那棵百年大青树枝繁叶茂,树冠如盖。这时候,一对年轻恋人嘻哈着跑了过来,男的举着手机追着女友拍照,女的各种搔首弄姿极尽妩媚。W 先生宁静的心绪被打扰了,他不屑地皱了皱眉头,转回了眼睛,仍然将眼神投掷到城墙外。只不过这次,目光有些游离与空茫,没有实质的风景进入他的视线。懊恼与慌乱像草芽一样不屈不挠地钻出心底。

喂! 帅哥,帮忙拍个照呗。一部手机直接伸至他鼻子底下。一阵清雅的香水味直袭鼻孔,女孩已跑至他面前,披散的长发在风中恣意拂动,挡不住的青春气息扑面而来。他感觉到女孩发丝拂过他的臂膀,痒痒麻麻。他的心忽地紧了一下,不过随之而来的是更大的恼怒与心悸。

滚! 这声低吼仿佛不是他所愿,然而的确出自他的嘴巴。

啊? 女孩先是愕然,等明白过来,脸颊就唰地一下红了。

说谁呢,说谁呢?你这人怎么回事?男孩也赶了上来,推搡着像要打架的模样,被女孩一把拦住。

对不起。请原谅。刚才是我发神经了。W 先生此时毕恭毕敬向那对恋人弯腰行了一个礼,一脸愧疚地面对两人。他的道歉与歉疚的神情不像是装的。在外人看来,这就是一个不大看得出年纪的谦和而诚实的人。他脸颊狭长寡瘦,目光中透射出某种殉道者的坚毅。不过那对年轻恋人还是被他反复无常的态度吓住了,女孩把男孩往一边推,悄悄用食指指了下自己的脑袋,那意思是说这人脑子有问题。

男孩牵牵嘴角,嗤之以鼻地"哧"出一声,自认倒霉地挽着女友走远了。W 先生见两人走远,这才长舒出一口气。这样的小插曲无论对谁都不算愉快。W 先生努力将刚才剑拔弩张的情形又在大脑中回放了一遍,还是没有搞清楚问题究竟出在了哪里。他想自己发火是不对,可是女孩为什么要先来招惹他呢? 难道她看不出他与别人的不一样吗？对，不一样，他的存在，是让人敬畏和景仰的，而不是帮人家拍照的。

二

W先生平息着郁闷，调整着内心的慌乱，像是把一颗脱出牙槽的牙齿重新按回去，然而无论如何努力，脱臼的牙齿也不可能再长回去了。他讪讪地走下城墙，沿着迂回路慢慢朝前走。往常也有像今天不顺意的时候，比如西服笔挺、白内衬领口发黑的销售员不知好歹地追着他推销保险，比如粗劣脂粉味浓郁的"小姐"拉他要开个房，再比如，生意火爆的馆子要拉他临时到后厨打个下手的……这一些，无论哪一件跟今天这件比起来，都更加离谱，更加令他有被冒犯而失态的理由。然而，他都轻飘飘地处理过去了，像捋顺了一头凌乱的毛发。重要的是没有失控。这是他们这类自诩为"苦行僧"的修炼者最为看重的。今天的莫名失控让他想起一句警句：阴沟里翻船。这让他连续半年来的修行打了折扣。

W先生无精打采地顺着青石板路往前走。两排老瓦屋铺子延伸向远方，手鼓店和葫芦丝店间或传出游客调试乐器的声音。古城里的游客不算多，也不算少，攒动的人头下自有一种独属古城的散漫与优雅。走过那条长得没有尽头的迂回路，拐个弯，续上一条名为"回头街"的横街，W先生看到两名扎着方格头巾、身穿苏格兰方格超短裙的美女在推销冰激凌。那种冰激凌很是奇特，名叫"火焰山"，锥形高角帽，五颜六色的雪球上一层层、一摞摞堆满了"金币""宝石""枪械"和"鲜花"，更奇特的是这么冰冷的东西还一阵阵往上冒烟。吃的人除了有猎奇心外还得大胆，因为那些东西吃到嘴里会像儿时吃过的跳跳糖一样在嘴里跳动，惊险又刺激。W先生两年前吃过类似的，所以知道这种体验。当然那种在外形上要随便粗劣得多，是他在"三月街"民族节的小摊上买的，十五元一个。现在这种无论从店面销售员还是外形,都无形中被包装了一番,所以要显得高级得多。可是他还有更久远的记忆。记得自己还是小娃娃时,每到街子天逛古城,阿妈总给他买一根一元钱的糯米冰棍,然后会指给他看某个角落:以前这个地方大热天常有人卖雪。那些白族大妈爬上苍山把雪背下山,舀一土碗浇上勺糖稀,一碗两角钱,雪咬在嘴里"咔嚓咔嚓",又冰又甜,舒爽极了。整个大热天我们就那样过来了……

　　每到阿妈给他讲述她们那一代人的童年时,他总觉得又神奇又魔幻。他无数次幻想过那时候的场景,天空蔚蓝高远,几缕烟白的云丝镶嵌其中,整个像一块纯净的大理石。几个皮肤油黄、额头皱纹清晰的白族老阿妈从巍峨的苍山十九峰油画上走下来了。那山是个"一山分四季,十里不同天"的地方,所以她们背负着苍山的雪、头插春天的黄杜鹃、腰系盛夏洗马潭湛蓝的围腰、满脸承载秋天的丰硕下山来了。W先生躲在石头垒成的古墙边,偷看她们绣荷包,唱白族调,在一土碗一土碗洁白的苍山雪上浇上浓稠的糖稀,送到一位位客人的手上……

　　这位帅哥,来一根嘛,包你获得独特体验。兴许是W先生多朝她们望了几眼,一名高举着"火焰山"样品的姑娘迅速地黏了上来,她涂着亮闪闪的紫色眼影,扑闪着假睫毛让她像个芭比娃娃。她用另一只空着的手有意无意地滑过他光着的手臂,尖长的美甲不动声色地像小虫的触角一样隐秘地刺探着,撩拨又暧昧。

　　W先生终于忍不住地笑了。

　　开始只是一朵隐藏的礼花,无声地在暗沉的面部绽开,绽开,绽开,直绽至耳根。

　　呵呵哈哈呵呵哈哈……W先生笑得面红耳赤、肚腹绞痛,干脆就地而坐。从仰视的角度,他看到所有脸都像是变了形一般,每一个人都将他当成了疯子。

　　实际上他放肆的行为并没有持续太久。因为他看到远处走来两位身着制服的城管,他不想因影响市容被教育和管制,他不想惹麻烦。

　　十多分钟后,他绕到了恍若花园,园里茶花芬芳,环境清幽。他坐在水池边,晨光穿透水面,将一张瘦削得如同骷髅的脸呈现在他的面前,他从那张脸上看见了茫然与惊恐,刚想确认,一条橙白相间的锦鲤尾鳍一摆,弄碎了他的面影。

他静坐着,太阳慢慢走至头顶,温暖变为了曝晒,立起身时眼前黑影重重,一阵眩晕,他重又坐下,心跳如擂鼓。

红薯红薯,又香又甜的烤红薯。园门外,一个卖烤红薯的小贩将推车停下,抽出别在腰间的汗巾擦着满头满脸的汗,看样子刚卖力地叫卖了一圈。园内不断有游客走出去买烤红薯,W 先生眼前闪过一个八九岁的小男孩,先是眼熟,再看第二眼他顿时明白了。

小偷!这个贬义的词汇跳出 W 先生脑海。只见小男孩将身上唯一一件红色 T 恤朝上卷,露出蜡黄的腰腹,那朝上卷的 T 恤显得鼓鼓囊囊,被他紧紧抱在怀里。他经过 W 先生身旁时,W 先生闻见一大股烤红薯的甜香味。他的眼光与 W 先生惊诧的眼光有过一秒钟的交汇,他闪亮的眼光里的躲避与心虚仍让 W 先生捕捉到了。几乎是同一时间接到了相同的指令,两人同时奔跑起来,小男孩在前面跑,W 先生在后面追。虽然每天都在古城兜兜转转,但却未进行过真正意义上的锻炼。跑不了几步,W 先生便觉体力不支了。勉强又追出去一截,W 先生再也跑不动了,他无奈地停下喘气,眼睁睁看着小男孩消失在墙角。

三

作为惩罚,W 先生没吃晚餐。

晚上睡觉时,他又多加了一根线香。两根线香轻烟袅袅,醒脑的檀香气息充斥整间屋子。梦很凌乱、残缺。梦里他听到几声敲钟声,每敲一下,他的心都往下一沉。只是凌晨四点醒来,线香并未燃尽,而是被碰撞在地熄灭了。

惩罚加倍。

晨起煮粥时，他从泡米碗里数出十颗泡至奶白的大米。拉开阳台玻璃拉门，他将米粒撒在楚石围栏上。每天清晨，总有一群灰色的小麻雀啾啾飞过。他希望用慈悯弥补过失。

半年时间，他从目光呆滞、腰腹折叠三层的油腻大叔脱胎为目光坚毅、浑身上下透射出悲天悯人的殉道者。人们都称像他这样的人为"苦行僧"。现在他还不知道他的未来有什么在等待，唯一可以确定的是，他还不准备与世界握手言和。有时他也会努力回忆怎么会走上这条崎岖而不平的道路，这是他不愿意回想的痛。每次摸到这块伤疤，他都触电般仓皇逃开。现在，他鼓足勇气揭开了这块伤疤，恶狠狠地撕开，撕开，决绝地撕开……废物！对，就是这个词。这是母亲临终前对他的痛斥，是送给他，她在这人间最后能支配的礼物。这个词不是用来形容人的，是指"物品"，而且是一个废的、没用的、遭人唾弃的物品。也许母亲用这个词形容他并不是侮辱他，只是形象的代指。那时他已研究生毕业三年了，二十九岁了，马上就到"而立"的年龄。可是老天爷并没眷顾他，毕业三年了，净给他安排一些吃苦受累又赚不到大钱当不了大官的工作。反复换过几次工作后，怀才不遇又不愿为五斗米折腰的名校大才子终于发飙了。他辞去最后一份工作，躲进父母的小窝自成一统，管他春夏与秋冬。这一躲便是三年，一部手机一根网线便是他活着和存在的最好证明。

直到母亲被他气得心脏病复发突然离世……

W 先生没有觉得自己做错了什么。他能理解母亲守寡多年，含辛茹苦供他读完研究生的不易，但母亲却不能理解他不愿只为讨生活而低声下气地工作。

他只想做一份随心所欲、不受制约的工作。当然，在没有如愿找到之前，他需要韬光养晦，而不是俗人口不择言充满偏见和鄙视的"啃老"之说。

母亲走了，但是母亲留下的那个词却深深刺伤了他。那个词随着母亲的离世越发的庞大和沉重，大山一样压迫得他无法喘息。为了证明自己是一个意志力坚定、心怀理想的人，他必须变成一位"苦行僧"。他上网了解过这方面的知识，"苦行僧"起源于印度，是苦难与意志的化身。他需要用这个身份渡自己到彼岸。

W先生仍旧乘公交车来到古城，重复着每一天的"工作"，不同的是，这一次有了迫切的目的性。他的目光像是一块磁铁，想要找见那颗铁钉，他要找到上周偷红薯的小男孩。实际上这并不是W先生头一次看见小男孩偷红薯。当然，除了偷红薯，他还偷其他的东西。正因为W先生是个闲人，便有时间和精力关注到一些别人不易发现的事情。于是，那些隐秘而迅速的动作——需要慢下来才能发现的快动作，被他收入囊中。偷窃推车上的烤红薯烤土豆，偷窃插在草把子上的糖葫芦、棉花糖，偷窃小摊上的饵块、水果，或是菜摊上的一根黄瓜……有一次，他看到小男孩拿了一根串着银色小铃铛的七彩线编成的手链，正往一个北城门下卖艺的小女孩手上系。当时他的眼神肯定充满了怀疑与责问，至今他仍记得小男孩抬眼看他的眼神，一扫而过的不安后，是种无畏的挑衅与戏谑。那神态仿佛就是赤裸裸的宣战：对！就是我偷的，你又能拿我怎么办？

小男孩的冒犯由来已久——只是这之前W先生都将一次次的隐忍当成修行。好比往常他在市井人间看见的那些恶俗与劫难——灯红酒绿下的不正当交易、丑态百出的泼妇骂街、粗鄙不堪的饕餮吃相，甚至恋人间正常的打情骂俏、爷孙间的天伦之乐都令他鄙夷。他追求的是万般皆放下的"断舍离"，凡俗的感情均在他的容纳之外。

只是这一次不同。说不清是小男孩自己的原因，还是其他的原因，W先生目前只有一个目标，便是抓住他。接连三天小男孩都没有出现。往日他常溜达的北城门公园、恍若公园、迂回路、回头街通通没有他的踪影。第四天中午，W先生坐在回头街路旁石凳上休息时，一个小小的身影从他眼前一闪而过。或者只是错觉，W先生追着身影望过去时并没有找见他。可是刚一回头，便看到他挤在一辆四周拥堵不堪的小推车旁顺红薯。乍一见，W先生血脉贲张，激动不已。这小杂毛,看还往哪里跑!

抓……W先生张大了嘴巴,但涌上喉头的话还是被奇怪地制止了。是小男孩的一个手势,他居然对着W先生做了一个"嘘"的手势。他将食指压在唇上,像和W先生捉迷藏一样嘘了一声。人群嘈杂,虽然W先生并没有明确地听到,但他确定就是让他噤声,像和熟人朋友间的一个玩笑或约定。这让W先生异常恼火:他真认为自己有权这么做吗?带着炸弹般的恼火,W先生将惊愕化为追赶的动力,他恨不得借用哪吒的风火轮,风驰电掣地撵上那小蟊贼,正色训斥他的无礼和错误。

只是,这一次他的速度与小男孩相差得更远了。更可恨的是,一来二去,小男孩发现他是"纸老虎",干脆起了戏弄他的心思。每到他跑不动弯腰杵着膝盖喘粗气时,小男孩便跟着停下来,慢慢试探着走向他,停在相当的距离,学他杵着膝盖喘粗气。这让疲惫至极的他怒火中烧,无奈一阵阵头晕目眩虚脱无力。小男孩很快便对他的表现大失所望了,那双鬼精灵的眼睛奇怪地暗淡了一下,像是猫好不容易捉到一只耗子,却是吃了药的耗子。小男孩对着W先生做了一个鬼脸,无趣地跑远了。

W先生一屁股坐在马路牙子上,心头涌上来满满的恨意,继而是无边无际的空虚。

四

那天晚上,W先生回到M市的家已是九点钟。漆黑的夜色下他按捺着怦怦乱跳的心脏悄悄潜进家门。浓油赤酱的饭菜香、满足的饱嗝、满满的厌恶和负罪感……之前他不知徘徊了多少条街,在多少家饭馆前驻足。最后他买了顶鸭舌帽、戴上一副墨镜,找到一家偏僻的饭馆,做贼一样点了一份回锅肉盖饭。这是他半年以来肠胃头一次被油水滋润。

万事开头难！W先生之后就容易多了。

先是菜品。回锅肉盖饭、红烧肉盖饭、肥肠盖饭、黄焖鸡盖饭走一圈后，他的内心生出了不平衡，觉得只用盖饭打发自己，还是太寒酸了点。下一顿他就点炒菜。两肉一菜一汤，有时还加个面点。再后来喝汤没味了，换成啤酒，再后来白酒才喝得熨帖。帽子和墨镜早不戴了，偏僻的内巷也转移到光明正大的繁华大街。谁认识自己？认识自己又晓得他是谁？

每次吃饱喝足后，W先生就在小男孩经常出没的街道瞎转悠。他的身体已经做好了准备，像百米冲刺的运动员，就等着那声发令的哨声——比如那张充当床铺的条凳已闲置一边，后来不知怎么回事，上面搁了一个超市打折的平底锅，再后来是一提卷纸、几个啤酒瓶，再后来他懒得洗的棉袜子也挂在上面，终日充斥着臭味，再后来他就忘记了这张条凳原来是用来做什么的，甚至还为他从哪里搞来这么一张条凳狠狠思索了一番。不过想不起来又有什么关系呢，只要它还有实际用处。比如现在他习惯将一只脚蹬在条凳上系鞋带搽鞋油，这比半弓身或蹲下来做这些事要方便和舒服。他现在重新整理了半年前的那张舒适大床，新换了床上用品。这让他可以一觉睡到自然醒。一天半夜，当他吃饱喝足成个"大"字趴在曾经那张见证他消耗了无数精力、度过了几多良宵的大床上时，他做了一个半年来未曾做过的春梦，女方是他曾经无数次约回家的一个，但他记不得她的名字，或者当初他就没问过人家的名字。醒来后他觉得极为满足，当然，也极度空虚，甚至有很长时间不知道自己是谁？为何要在这里，这里是哪里。

无论如何，他的所有改变，似乎都为逮住那个令他遭受奇耻大辱的小蟊贼。后来有一天真被他逮住了。小男孩顺了人家的烤红薯慌忙逃走，不料与他撞个满怀，烤红薯撒了一地。就是这么巧。他当时下狠劲扭住小男孩手臂，威胁小男孩要送他去公安局。小男孩泪光闪闪，但并未求饶。他倔强而理直气壮地狡辩：我拿人家的红薯是给瞎眼奶奶吃的,不然她会饿死。我也是替你们做好事!他不说"偷",只说"拿",像是取走自家东西一样自然。W先生气急败坏地拧着他的小耳朵问:你是替谁做好事呢?小男孩疼得不行,忙改口说:他们,我说的是他们……看,"他们"来了不是?小男孩踮起脚尖,越过W先生肩头往远处望去,W先生狐疑地回过头。就这一当儿,小男孩身一扯脖一缩,像条滑溜溜的鳝鱼一样迅疾地跑远了。

现在那小男孩在W先生眼里不仅是个小偷,还是个小骗子。很显然什么瞎眼老奶奶的话都是鬼话,目的是打感情牌,为自己开脱。这让W先生想要抓住他的恨意又增加几分。只是这之后那小子比条狼狗还机敏,他平地消失了,一连好几天、好几个星期、好几个月,W先生再没遇见他,这样不知过去了多少个月。W先生照旧每天去古城,照旧每次先去登顶北城门,照旧站在垛口旁以俯瞰的角度审视着芸芸众生。如果真要说有何不同,就是他目前粗壮的手臂已卡不上当初绰绰有余的宽阔垛口。他只能将双臂交叠在城墙上,顺便将身体的重量交由城墙分担一些。另外,现在这张俯瞰芸芸众生的脸,已完全失去了殉道者的坚毅。这张无限向脸庞两边扩张的油腻肥脸,加上下坠的三层下巴,以及后脖颈同样的三层褶皱,反而有了一种佛家的神性。

所不同的是,他的眼睛多少还是蒙上了一层薄膜般的迟钝与木讷。特别当他走起路来,因为过分肥胖而重心不稳左右摇晃的身形,总让看他的人产生一种担忧、怜悯与厌恶的复杂情绪。

他不但外形改变了,看人的态度也发生了翻天覆地的变化。一次他在公园看到一对偷偷幽会的情人,便躲在一边看他们亲热,情难自禁时忍不住悄悄做些小动作。正享受之际,走来个抱小孩的女人,女人先是大愕,不敢相信地张大了嘴巴,忙又紧紧捂住孩子的眼,大骂他耍流氓。他没反驳,而是对着逃跑而去的女人做了个下流的手势,脸上挂满无耻且茫然的笑意。

五

又一天,酒足饭饱的 W 先生不知怎么晃荡到了那条被隐晦称为"香香姐"的街。阳光刺眼,他虚眯着眼睛,看见一个个金色的、圆润硕大的光圈从太阳上出走,七彩的光线牵扯着他的瞳孔,他觉得有点困。很快,一个看不清面目的女人掀开粉红色的纱帘走了出来。再后来,他被一只柔软的纤手牵引着缓缓朝前走。W 先生眼前满是曼妙的腰肢和浑圆的臀部,这些部位、气息和姿态占据了他大脑每一个角落。这不是一个女人,这是无数个女人。他昏沉沉地跟着走,仿佛走进了一个不愿醒来的梦乡。

出来时已是下午,阳光有些偏西,照在身上暖洋洋的。他感到浑身虚脱,然而又是那么的舒服与兴味盎然。

巷口拐角那儿有一排垃圾桶,他四顾无人,拉开拉链对着桶身"哗哗"一阵猛浇,空气里顿时弥漫开一大股熏得人睁不开眼的尿臊气。现在的他对这些曾经令他不齿的行为很无所谓。他抖抖身,整理好拉链转过拐角,踩着人字拖踢踏踢踏慢慢朝前晃荡着,心下盘算着晚饭是吃串串香火锅呢,还是吃羊汤锅。一不留神脚下被绊了一下,他胖大的土堆似的身躯前俯后仰了一阵终于站稳,开口正要骂人,却见一老一少祖孙俩。奶奶一看就是个盲人,苍白的头发、橘皮一样的皱脸,她坐在一家旅店门前的台阶上休息,差点将 W 先生绊倒的是横在台阶下的一根拐棍。再看一旁的小男孩,W 先生有似曾相识的感觉。再看,实在想不起来在哪里见过。兴许是很久远的时候见过吧,或者只是认错人,都有可能。

小男孩正给瞎眼奶奶喂烤红薯,小男孩发现有人在看他,羞涩地抬眼朝 W 先生笑了笑。他的目光清澈纯净,像贝加尔湖里的水。

小男孩像是从来没有见过他。

叫了只鸭

那家烤鸭店很好找，黄地红字的大名霸气地高悬正中：叫了只鸭。不过细看会发现，大大的"鸭"字前还有个畏缩袖珍的"烤"字。

刘汉鄙夷地收回视线，站店门外往里瞅，戴玉也看见他了，喜形于色地向他招手，她那编成无数小辫的棕红头发随同夸张的动作欢快跳动着。

刘汉极不情愿地往里走，迎面过来一抬餐盘的小哥。刘汉顺便瞅了眼片成薄片的烤鸭，焦红的烤皮、白白的鸭肉，看起来真是相得益彰。过道可容两人同时通行，只是他那便便的大腹太占地方了。两人都侧了身，刘汉又自觉地收了收肚子，总算过去了。

干吗找这样的店？

这样的店是怎样的店？你咋一副兴师问罪的样子！戴玉不高兴地嘟起了嘴。不过她的不高兴只有一瞬，因为她看到服务员上菜了。这就是吃货的世界，任何思想上的不愉快，都可以在瞬间被物欲享乐所带来的快感消灭干净。

刘汉没回答。他闻到了烤鸭的香味，觉得接下来该吃点什么才对。他拿起一片薄饼，放上烤鸭片和葱白大酱，卷起来就吃。吃到最后一口的时候已经不想吃了，他吃出了鸭的汗臭味和饲料味。想到从出窝到端上餐桌只有三个月的速成鸭，他感到恶心。

他停下来抽出纸巾擦手，边擦边偷看戴玉的吃相。眼前突然出现宫崎骏的作品《千与千寻》，确切地说，是小主人公荻野千寻的父母，走进诡秘的饭店埋头大吃的父母。他知道这样想不礼貌，特别对于头一次见面的人。不，是不对。想到吃完后两人有可能在一起做的事，更觉得这样想是对自己的不负责任。

他觉得该说说话。假如戴玉吃得正酣时抬头发现他盯着她看，会不会尴尬？

刘汉还是想说一说这家店名。

比如这店叫"烤了只鸭"就挺好，既简洁又贴切。有时候简洁贴切就是种教养。

上纲上线了吧！我觉得"叫了只鸭"也挺好呀！既表明卖鸭，还有特别的引申含义。这说明老板有头脑，这是店家的营销策略。说到这里，戴玉吸了口可乐，不怀好意地斜睨着刘汉。

好在哪儿？哦对，男人可以的事女人也行。现在时代不同了，男女平等。刘汉嘲讽地一笑。

那是自然！戴玉挑挑眉头表示赞同，语气里带有挑衅意味。她的眉毛是当下流行的平直眉，画得又粗又重，很有蜡笔小新的自娱感。这样的眉毛配在她那张锥子小脸上太不相称。刘汉有点发愣，也许跟风本身就是一种潮流？一年前的他也是这样的吧，不管适合不适合的都朝自己身上披挂，生怕被贴上落伍的标签。年轻人喜欢的蹦迪泡吧、爆粗口他都喜欢，美酒、美食、美女也一样没落下。白日里他是公司职员，上班八个小时以后他是他自己。真是他自己吗？他之前也曾为此感到困惑。

那时候已经准备结婚的女朋友突然甩了他，理由是他玩得太不靠谱了，嫁这样一个人她不踏实。他嗤之以鼻，分就分吧，事实上谁甩谁还不好说呢，所谓"天涯何处无芳草，何必单恋一枝花"。他完全不在意。其实他明白女友为何要分手。周六他在家办了个聚会，叫了帮狐朋狗友,大家在客厅席地而坐,喝啤酒撸串唱歌,玩得很尽兴无所顾忌。接下来肯定要喝醉,喝醉以后肯定是要多混乱有多混乱。清代无名氏《说呼全传》里说:"酒能乱性,色是败真。财乃致命,气动杀身。"古人一针见血。

喝到意乱情迷时,刘汉随便就抱了个女人,两人正接吻呢,刘汉女朋友来了。一切都像是梦境,刘汉似乎看到女友甩了自己一个大耳刮子,转身怒不可遏地走了,可他脸上是麻木的,没感觉。转瞬他又与那女的抱一起了,继续刚才被打断的事……

与女友分手后,哪想高龄的老父亲被气出了病。刘汉的两个姐姐都很出息,大学毕业后一个留校任教,另一个进入外资企业。两个老人身边就刘汉一个儿子,原想着儿子终于上了班交了女友,那离抱孙子也不远了。哪想儿子的女友跑了!虽不住一起,自己儿子的德行老人都知晓,却说不出来,久之积郁成疾。刘汉回去看了两回,老人看起来并无大碍,只是一和他说话就动气。刘汉烦透了,便不再回去,继续回他的狗窝过他的逍遥日子。哪知道,两个月后,老父亲竟病逝了。

刘汉是父亲病逝后的第二天中午才得知消息的。头晚他在酒吧和两个"小姐"摇骰子喝酒,电话响了,是二姐。二姐是和老父亲一样啰里啰唆的人。每每二姐帮父亲的腔数落他时,他就觉着沉默寡言的大姐真是好。他想起了一句至理名言:人用两年学会说话,却要用一生去学会闭嘴。他不知道二姐知不知道这话,如果知道,他想她应该多反省下自己。

很自然的,刘汉厌烦地挂断电话,并顺手关了手机……

这个"不孝子"的恶名就这样留下了。其实刘汉无所谓,不就是一顶帽子吗,人这辈子何止只戴一顶帽子。

可是老父亲的死却让他如遭闷棍,仿佛只在一夜间,他对声色犬马的生活厌恶到了极点。他开始恶心之前的生活,除了心理上的,还有生理上的。他疏远了所有的狐朋狗友,远离了夜场和麻将桌。同时一向被公认为吃货的刘汉,像是患了厌食症,一下子对吃喝不感冒了。他开始节制自己,喝酒,只独饮,且不过量,并且如果需要,他只与正式交往的女朋友发生关系。

一年来,刘汉在工作生活中、言行举止上时刻提醒自己,硬性要求自己。禁欲,不只是性欲,而是各种欲望。每每想到荻野千寻的父母,想到被欲念还原成世上最令人生厌的"猪"的形象的父母,他总有一种不寒而栗之感。谁能想到不知不觉中,自诩为"高级动物"的人最终沦落成被"圈养"的低级动物,真是细思极恐。一年来,声名狼藉的刘汉死了,取而代之的是人格高尚、格调高雅的阳光青年刘汉。就连他原来油腻松弛的体形,都通过自律有所改变。唯一减不下去的就是宛若怀胎三个月的啤酒肚,那顽固的存在,仿佛随时在提醒他曾经不堪入目的过往。

刘汉饶有兴致地看着戴玉吃烤鸭。米浆色半透明的薄饼搭上大酱、放烤鸭片、放葱白,紧紧地卷起来……她的吃相说真的有点不雅,又有点娇憨,不是放到嘴里咬而是伸出舌头来找食物,粉色的舌头柔柔软软,一伸一缩,看得刘汉有点反胃,又夹杂着难以言说的悸动。刘汉想幸好她是个姑娘,若是个婆娘,这动作除了恶心就再没其他了。

看起来戴玉很喜欢吃烤鸭,或者她对一切肉食都抱有浓厚的兴趣。这话她像是说过,还是在三天前,他俩认识的第一天。不过刘汉是不擅长记忆谁说了些什么的,他觉得人这一辈子很多时候都是在说废话,特别对于没有多少话语权的弱者,很多时候说话等于没说。不过在偷看戴玉的吃相时,他还是模糊地记起了戴玉说过"无肉不欢",她还说过"好的肉食能让人体会到做爱的快感",也正是这句充满挑逗意味的话,使两人的关系升温了。要知道如今社交软件上的聊天,没点"加料"都会让对方味同嚼蜡。

她一定是个欲望很强烈的女人。我真的需要这样的女人吗?刘汉默默想着,不过这一个问题他没有想好。他只是计划好了回他那里的路线,这好像是应该这样的。

出了店门,戴玉很自然地偎了上来,她勾着刘汉的手臂,像只温顺的小猫。

阳光刺眼，两人都戴了墨镜。刘汉喜欢戴墨镜，这像是一层防护，也像是一道掩体，他能隔着这层阻拦偷偷地打量世界。他还喜欢这层阻拦下暗了几个色度的世界，万物都不是尖锐和明亮的。那种暗淡下的慵懒和暧昧，是他喜欢的。

戴玉勾着他的手臂漫无目的地跟着走，其实她是有目的的，只是这个目的不必说。她的目的地也正是他的目的地，这个她很熟悉。因为自从十八岁以后，她已经数不清多少次这样勾着一个男人的手臂，漫无目的又有所目的地跟着走了。她还在读大四，但她不喜欢校园里的"小鲜肉"，那些和女孩一样涂脂抹粉的"娘炮"入不了她的法眼。她还是喜欢社会上的男人，不仅成熟有男人味，最关键的是多了世俗与势利。就好像古玩之所以被称为古玩，自然少不了时间与烟火气息的加持。戴玉以为自己是懂他们的女人。

这是市里最繁华的一条街，宽阔的六车道车水马龙，两旁高楼林立，吃喝玩乐应有尽有。路过一家奶茶店，戴玉瞅了一眼。刘汉拉她进去，她选了一杯喜欢的"香草美人"，刘汉不要，笑盈盈地看她喝。

今天鞋没穿对。出了奶茶店，戴玉轻轻跺了跺脚，娇嗔地说。

这是在问"还有多远"或者"你开车了吗"，刘汉心知肚明。

先跟我去买件衣服吧。今天是我老母亲的生日。刘汉抬手指了指正前方一座商城，那是一家"中老年女装店"。

哦。好啊。这姑娘看起来有点意外，不过还是爽快地同意了。

一个小时后，两人买好一件针织衫，开车回到刘汉住的小区。这是一幢环城路段的新建回迁房，一部分回迁户因补偿款的纠葛还未入住，所以空房率占三分之一。刘汉历来不是个喜欢计较的人，主要是怕麻烦。当初老父亲和他说了情况，他只说"怎样都好"，结果诸事顺利很快入住。虽然他的补偿面积可能比那些据理力争的"钉子户"少了个三四十平方米，可他不在乎。老人有集资房，自己一个人住三室一厅，足够了。争太多没意思，累！这不是刘汉超凡脱俗不爱财，是他时常感觉精力有限，特别是这一年以来。周边一些棚户区刚完成拆除，还未开始重建，所以周围格外安静。现在的刘汉就喜欢这样的地方。

在我这里，任由你喊破天也没人理会。刘汉关上门时坏笑着扭头对戴玉说。

我有什么可喊的？戴玉娇嗔着掐他一把。刘汉知道成了。

一切都水到渠成。

看起来很结实的床，还是会响。现在的无良商家太多了，任什么商品都禁不起折腾。而人又是最喜欢折腾的动物。

刘汉觉得应该说点什么。

今晚陪我回父母家。

为什么？

我老母亲七十岁生日。我说过。

为什么？

想回去好好陪老人吃个饭。你知道吗？我……老父亲已经不在了，两个姐姐在外地。老人很孤独……

你知道我问的不是这个。

你是我女朋友！

我什么时候答应的？戴玉斜睨着他，又是那副挑衅与无所谓的表情。

刘汉停了一下，又继续。

做我女朋友好吗？这是在乞求她吗？刘汉觉得自己好贱。

好啊！

我是认真的！刘汉做着最后冲刺，激动中表情却很严肃。

无聊。戴玉哧哧地笑，她面色潮红，轻喘着从刘汉身上翻下来，只穿着阔大的白 T 恤光脚走进卫生间。她走路懒散无力，像只小猫，一副什么都无所谓，又什么都不吃亏的警惕模样。卫生间的门"啪"地一下被砸上了，有撒尿的声音和马桶冲水的声音传来，肆无忌惮、毫不避讳。和她性格一样? 直爽还是无所谓? 刘汉觉得有些恍惚,还有点丧气,更有点患得患失和无所适从。他在猜测答案。屋里太燠热了! 八月中旬的天,不折不扣的秋老虎! 他全身是汗,躺下打算眯一会儿,还没两秒钟便又坐了起来。没拉窗帘,阳光刺眼,直直射在被褥上,热得让人想发火。他家在三十二楼,对面是被拆光的棚户区,现在空空如也,不用担心有眼睛偷窥。当然,一年前的他也是完全不在乎的。

刘汉的烦躁是一点点叠加的。

开始时,他穿好了衣服,他想这样会显得郑重一点。衣不遮体的两个人在一起谈一件严肃的事是不可能的,那会显得很滑稽。当然,他不单自己穿戴整齐,也同样要求戴玉这样。他想好了。

他点燃一支烟,想起和戴玉认识的经过。他俩是通过微信"摇一摇"功能认识的。这很平常,当今是通信异常发达的时代,想认识个异性朋友比呼吸一口新鲜空气还容易。最初两人聊吃的,刘汉说从前很爱吃,现在戒了。自然,聊完食,就该聊色了。刘汉说从前不挑,现在也戒了。戴玉发语音过来哧哧地笑,说他真是个怪人,调侃着说:你难道现在是个禁欲主义者? 不食不色了? 那也不对呀! 不色有可能,不食会死人呢! 刘汉说戒的是从前的"爱吃",戒的是从前的"不挑"。

戴玉问:那你现在是如何个吃法如何个挑法?

刘汉在戴玉朋友圈一条条浏览着她的照片,用语音告诉她:做我女朋友就告诉你。

无聊。戴玉也用语音发过来,仍伴随哧哧的憨笑。

她的声音很好听,奶声奶气的,还有一点低沉的摩擦音,像是金属被软布抚擦过的颤音。刘汉心里动了一下,心想就她了。

一年来,刘汉先后谈过三个女朋友,最长的一个月,最短的只有一个星期。刘汉当然是愿意正儿八经谈一个女朋友的,是可以结婚那种。自从树立新的"三观"后,他感觉异常疲乏与无趣。他急需尝试另一种新的生活方式,比如婚姻。很遗憾,第一个女友与他是各取所需,热度过了自然就分了。第二个女友与他性格不合。第三个女友不愿意结婚。

戴玉是他一年来谈的第四个女友,如果她愿意承认的话。

刘汉一支接一支抽烟,很快烟灰缸就满了。抽烟也算破了他的节制了。这一缸烟灰,是他一周的量。虽然开着窗,屋里仍烟雾沉沉,刘汉更加阴沉的脸隐藏在烟雾后面。刘汉努力克制着不去踢卫生间门的冲动。

莲蓬头的水声终于停了,门开了,戴玉裹着浴巾出来。这时候刘汉才发现,戴玉的肌肤宛如婴儿的又嫩又滑,吹弹可破,刘汉又恍惚了。戴玉背对着他穿衣服,大方得像是两人早认识了。其实认识多久能代表什么呢?

刘汉等着戴玉穿好衣服。

戴玉穿完,从挎包取出一小瓶便携式乳液,挤在手背上一点点拍在脸上,甩一甩水淋淋的头发就要走。

你去哪里?刘汉起身拦在门前。

我还有事。戴玉不满地皱皱眉。她先前画的"蜡笔小新"式平直眉被她洗掉了,原生眉毛淡得可以忽略不计。现在,皱起来的只是两个眉骨,她的模样看起来更像孩子了。

什么事?

逛街、美容、打游戏、睡觉……想干什么干什么。

真堕落!

你说什么?

我说干什么比陪老人更重要!刘汉想缓和剑拔弩张的气氛。

那是你的老人。戴玉有些嘲弄地嘟了下嘴,显然已经很不耐烦。她将右手的拇指和食指卡在了挎包带上,一种防卫又对峙的姿态。

你答应做我女朋友的。刘汉逼近一步,将戴玉挤到门上,凸出的啤酒肚毫不客气地顶着她的身体,他的脸离戴玉那张精致的小脸只剩一个拳头的距离。

我没答应。

那你为何要来见面?

这难道不很正常吗?我只想打发掉一些无聊的时间。

这姑娘看起来很强硬,刘汉有种被愚弄的愤然。他举起了拳头打出去,"哐"的一声,戴玉尖叫起来旋即住声,因为刘汉的拳头没砸在她脸上,而是砸到了门上。

看看这个房子,这是我老子的回迁房。现在这个路段,至少值两百万元。刘汉牵着姑娘用眼神环顾一圈屋子,咬牙切齿的表情,不知是气还是疼。他的右手颤抖着,已经慢慢红肿了起来。

这又如何?戴玉惊魂未定,她喘着粗气,原先眼里无所谓的神情,已被惊诧和慌乱取代。

嫁给我,它就属于我们两个人!

强买强卖?难道你再找不到老婆了?戴玉嘲讽。

…………

还是因为我和你上过床?戴玉咬着牙。

是,也不是。

哈!新一代的贞洁烈男?戴玉嗤之以鼻。

我只和女朋友上床。刘汉认真地盯着她的眼睛。

什么?

如果你不承认是我女朋友……而我只和女朋友上床……

你……到底想怎么样?

他人即地狱……这时,刘汉的眼神已变得恶狠狠。

我,明——白——了,因为我不承认是你女友,所以你觉得是我重新让你堕落?所以你怨恨我?对不起,我实在是没想到会变成这样。我以为,这不过是一次再普通不过的……"约炮"。戴玉红着脸,挤出最后两个字。现在的她连一分钟也不想待了,她只想迅速离开这里,离开这个叫"刘汉"的可怕男人。这一刻,毫无疑问,他是她的地狱。

刘汉阴沉着脸，没出声。

鬼使神差般，空白的脑海里突闪过一个念头。她急急地说：给，我给你。戴玉掏出钱夹，将里面的钱全抽出来，急急塞到刘汉手里，生怕他嫌少。

看着这个惊慌失措的姑娘，以及手里的钞票，刘汉异常困惑。这种困惑没有持续太久，因为他很快明白了。他的脸色从讶异迅速变得铁青。他感觉心里有一枚炸弹，马上就会将他炸得灰飞烟灭。他没有办法，他得自救……

现在刘汉比姑娘更惊慌了，他惊慌失措地掐住戴玉的脖子，使劲摇晃着她的头，歇斯底里地低吼：死八婆你干什么？你干什么？

似乎这样才能将误入迷途的人惊醒。

补……补偿你。

你真当叫了只鸭?! 吐出这话，刘汉的惊恐大于愤怒。

可怜的姑娘气若游丝，泪水从恐惧又痛苦的眼里流出。她的面容仍是那么细嫩柔和，眼神那么单纯，一览无遗得与婴儿无异。

刘汉的心刺痛了一下。他松开手，只将手象征性地搭在她的脖颈上。戴玉咳嗽着，大声喘着气。倔强的姑娘此时泪已干。

你走吧……刘汉松开戴玉，低垂着头侧开身。此时他就像一具被抽走了魂魄的躯壳。

得到"特赦令"的姑娘迅速拉开门冲了出去，她跑得很是踉跄，下楼梯时好像还被绊了一下。

刘汉不知在墙角坐了多久。

他就像失去了感知与思维能力，就那样悄无声息地坐了一个下午。其间他听到手机响过几次，有电话铃声，也有信息提示音。他没理会。这之间他可能还睡过去几次，做过一些杂乱无章、毫无意义的梦。当然，这些同样可以忽略不计。

直到不远处那座枣红色的大钟敲响七下的声音传来，他才算彻底醒了过来。他起身挪到窗前,夕阳西沉,余晖照映着枣红色的大座钟。那是本市的图书馆是标志性建筑,站在窗口,可以与它遥遥相望。刚毕业时,他还是那里的常客,与一位戴眼镜的文雅图书管理员有过一段暧昧关系。如果任由那段暧昧延续下去,那么他很有可能会娶她为妻。那么他的老父亲是不是就不会被他气死?那他现在过的会不会是另一种人生?当然,人生没有假设与如果。刘汉离开窗前,拖着久坐而麻木的身体,走进卫生间洗了把冷水脸,顿感清爽了很多。

刘汉重又走回客厅,茫茫然在客厅中央站了好长时间,因为他不知道接下来该干什么。他转头看了一眼沙发,上面放着个手提袋,想到今晚是母亲七十岁生日,这是他给老母亲买的针织衫。掏出电话,他看到好几个未接来电,都是二姐打的。还有一条微信消息,也是二姐发的,她责怪他为何不接电话,又嘱咐他回去陪母亲吃晚饭。他突然想起了什么,下意识地在微信通讯录查找那个叫"戴翠花"的微信名,反复几次搜索都没找到,那就是将她拉进黑名单了。这样也好。他在失落的同时又莫名地舒了口气。这时,他看到了散落在门边的粉色纸张。一开始,他真没想起来那是什么。等他反应过来后,马上又怒不可遏了。他迅疾地冲了过去,跪在地上将那些百元大钞抓了起来,粗鲁地用双手揉成了一团,双手充满了仇恨,像是重新掐住了戴玉的脖子。这一次,他不会心软。他将百元大钞揉捏得不能再小,双手因为用力而发白,直到那团东西坚硬到硌疼了他的手心,他才将它扔到了垃圾桶里。

现在他像报了一箭之仇,浑身轻松了起来,甚至在身体深处涌现出一种莫名其妙的惬意感。他吹起了口哨,是首英文歌,歌曲大意是"永不再、永不再、永不再……"一首深情到底的情歌。

他换好鞋,穿上外套。他要出门,因为他感觉到饿了。

刘汉锁好了门,又马上开了门。他又走进屋里,关门后还谨慎地通过猫眼往外看了看,又朝三十二楼的窗外看了看,暮色低沉,天空空空如也,连常见的飞鸟也隐身匿迹了。最后,他清了清嗓子,并将三个卧室和卫生间都检查了一遍。

刘汉莫名心慌。他从垃圾桶里找出那团被他当作垃圾扔掉的钞票,小心地摊开,在桌上将它展平整。一、二、三、四、五,一共五张,刘汉默数着,将它们夹进了钱夹。

等电梯的时候,刘汉想,去哪里吃晚饭呢?他想到了文明巷的"叫了只鸭"。

错觉

真正的道路在一条绳索上，它不是绷紧在高处，而是贴近地面。它与其说是供人行走的，毋宁说是用来绊人的。

——弗朗茨·卡夫卡

一

雾是那一天的晚些时候才起的。

当时她从美发店出来。凌晨四点光景，天光明亮，是那种鸭蛋青的颜色。街道和路灯都被鸭蛋青的青冷映照得清晰、豁朗。高楼和商铺的外轮廓镶了一道朦胧又梦幻的清晖。那时候没有雾。这点她记得很清楚。

从美发店出来她走得很快。这是一家用水果招牌伪装的美发店，因为没有营业执照，店铺所有与美发相关的行为都属非法营业行为。不过既然老板敢铤而走险，顾客自然是不怕的。这个行当不但赚钱又多又快，还能给人提供冒险的新鲜刺激感。很多"愤青"，正是靠从事这样的职业得到发泄的。这个城市有很多类似"挂羊头卖狗肉"的美发店。

这家美发店的理发小哥兼老板就是一个二十岁左右的"愤青"。美发店隐藏在水果店一面墙三分之一的"暗格"里，只有两平方米左右，刚够理发师打个转身。可是它的豪华布置、设备用品的购置却让她大为震惊。虽然极其袖珍，但它所有的装潢都是按照正规美发店来的，这对于一家"黑店"来讲，的确不简单。

随着理发师半屈膝做出的邀请手势，她小心地踏上了精美的实木地板，对于这样的暗格，她生怕踩塌了。虽然整个空间只够装十来块木地板，但板与板之间居然精细地勾上了金线。而且踩上去结结实实，没有一点响动。她抬起头，欧式风格的石膏吊顶奢华大气，四周隐藏的顶灯映射出瑰丽的幽蓝，似海底世界，而她则是浮游生物。

理发师又做了个"请坐"的手势。

她配合着美发店高雅的气场，安抚着怦怦跳动的心脏，尽量沉住气，优雅地端坐在理发软椅上，微微仰起尖尖的下巴。

她有多少年没有光顾过美发店?差不多十年。平时她的长卷发都是自己在家里用卷发筒弄的。

软椅有稍微下沉之感，理发师在她背后娴熟地轻巧一踩，电动软椅径直上升，停在了合适的位置。整个过程一气呵成，让她有坐升降机的感觉。些许新奇、些许顾盼，她有做梦的感受。椭圆形的欧款浮雕大镜子，四周装满了射灯。从镜子里看，处于强光照射下的她，搭配上下巴微微上仰，下眼睑一长排浓重的睫毛阴影，顿有一种女王的气场。

她从镜里看着理发师，理发师也望着她。

现在，她再次惊讶地发现，先前穿一件看不出什么颜色工装搬水果箱的他，不知什么时候已换了衣服，现在他像重新换了一个人。更令她惊讶的是，他并不是换了一身家常衣服，而是一身正式场合才会穿的黑色西服。窄小的袖口，露出纽扣齐整的白衬衫，西服领口是一个精致的红色蝴蝶结，更不可思议的是，在左胸口袋里，还插有一枝鲜艳欲滴的红玫瑰，弥散着从枝头剪下前所拥有的夜露与月光。这一切装束,都让她无端想起电影《教父》。这样的装扮,已然成为定格的经典。

她猜他这身行头,很可能是穿在肮脏工装里的,这能解释他为何衣服换得这么快。只是她不能理解,这真有必要吗?

生活,有时需要仪式感。特别对于你心爱的职业,那就不仅仅是仪式感,而是尊重。这是个异常敏感的人,她猜想。他能一眼看穿别人的心思。

理发师按动墙上的开关,实木镶嵌的墙板唰一下弹开。天哪,整整三大排美发工具,占据了暗格整面墙壁,以种类、大小与功能排列,士兵列队一样,整齐地展现在她面前,仿佛静待她的检阅。虽然不能光顾理发店,她却极其痴迷在网络上看各种美发用品,多少次她都想象着这些工具用在自己的头发上会是什么感受。

从上到下,她一一看过去。

第一排,烫发工具:有陶瓷烫、水能烫、热烫机器、冷烫杠子等。每种都异常小巧。她简直怀疑是不是专门定做的。

第二排,美发用品:吹风机、直发夹板、卷发筒、尖尾梳、围布、披肩、肩托、毛巾、发杠等。

第三排,美发产品:烫发水、直发膏、倒膜、焗油膏、发胶、发蜡、发泥、保湿水、护发素、染膏、洗发水、弹力素、发油、黑油等。

他甚至还有美容产品如洗面奶、按摩膏、黑头导出水、各种面膜、爽肤水、润肤霜等等。一家美发店,却精细到美容用品,况且还是一家"黑店",这不仅仅是"匠心"的问题了。这一切,都让她心底涌起一股说不上来的情感。

开始了。

他不知按了座椅上的什么电钮,椅子舒缓地向后放倒,一瞬间便成了一张小型洗发床。

他完全可以一开始就将床放倒的,但他没有,而是先将电动椅调整到适当高度,让顾客最后在镜中再看一看美发前的形象。

这让她无端对理发师生出一种好感,关于职业素养方面的。这就像一件事情的开端——电影开始前的序幕,戏剧开始前的一个"亮相",晚会开演前主持人的解说词,基督徒吃圣餐前的祈祷。现在是她新形象的开端,也是旧形象的终结。

其实,她一直是个"保守"的女人。

一部手机可以用五年,一个保温杯用六年,男人就是一辈子。虽然近几年离婚是风潮,但她坚如磐石。

所以,当公司形象部让填"发型上报单"时,她毫不犹豫地就在"预留期限十年"那栏里填了个"长卷发"。她从来就喜欢长卷发,成年后就没换过发型。她喜欢发丝温婉而妩媚地拂在脸颊,喜欢那股似有还无的发香。她喜欢头发给她脸部的包裹感,这让她感到安全。她喜欢老公说她"长发有女人味",女人们说她"长发美人"。

可是,近半年来似乎什么都变了。

她一向黝黑亮丽的长发开始干枯、发黄、分叉、掉落,短短一个月,便只剩下三分之一的发量。披散着则无精打采,束起来则看得见头顶惨白的头皮,她慌了,半年来辗转看过中医、西医、赤脚医生、江湖术士,中药、西药、偏方、符咒轮番上阵,没任何疗效。

所有医生的结论惊人一致:没大毛病,只是精神焦虑引起的内分泌失调,放松心情、调理调理就好了。听到众口一致的结论,她放下心来。可另一个问题又来了,她产生了新的焦虑。这种焦虑是突然间她特别痛恨她曾经的爱发,那头偶尔自己打理稍微剪掉一些都心疼一个月的爱发。

她突然有了将其全部剪去,剪到女性警戒线——披肩发的长度。这种转变让她觉得不可思议。这是她吗?这更像一个隐藏在她身体里面的人,想要强行占据她的思想。

这种想法让她惊出一身冷汗!《发典》规定:男性头发不能短于寸头,长于平头,一年有十二次理发权限。女性头发不能短于披肩,长于脚弯,最高一年有三次理发权限。当然那是在你填报"披肩发"或"中发"的时候。若长发,十年都没有理发权限,只能自己在家打理。形象部乐得所有女职工都填"长发",省事啊,因为填另两种发式,得经过层层烦琐批报及漫长严格的审核,有时审核长达一年之久。脸形、身高、胖瘦、肤色、音量、听力、气质、性格、品德、职业,与老人、丈夫、孩子、朋友之间的关系,以及"发型史"等等都将成为考核重点继而影响到审批结果。而在审核结果尚未公示之前,申报人只能留"长发",这段时间也被戏谑而严肃地称为"观察期",意思就是你的形象均在秘密掌控之中,若光顾过"黑店",不仅审核无法通过,严重的还将移送到"发庭",那时候就意味着要丢饭碗了。

在这个城市,大多数安分的女人,选择的都是"长卷发"或"长直发"这种最"正常"发式,她们大多按部就班,害怕麻烦更害怕惹事。

无论什么发式,都是十年一审核。而这次的十年期限,已经过去了九年零十一个月,就是说,再有短短一个月,她就可以重新申报想要的"披肩发"。可是她等不了那么久了。每晚,那种噬骨噬魂的等待,都让她煎熬得焦躁难耐,多少次,她举起了家里的剪刀,只差最后一点剪下去的勇气。

同时,她明确了解自己将要做的是一件多么可怕的事情——在期限内"违法",相比审核中"违规"要严重得多。性质不同,需要承担的后果也会不同。若被发现,她不但会被开除公职,还将遭受这个城市有史以来最为人不齿的侮辱——剃光头三年。这意味着,无论你走到哪里,所有人都知道你是个"发典犯",不但找不到工作,还会受人唾弃。

无数个夜晚,她都处于犯不犯法的艰难抉择中。犯,她怕。不犯,她疼。

她多么想清理下烦恼丝,清清爽爽"从头开始"。

她终于决定了。

她没有进正规理发店需要出示查验并盖章记数的"理发证",就只能冒险找"黑店"。这样的"黑店"也并不难找,它们就像隐身在城市地下的一个秘密网络,密集交织、互为联通。每一条线上,都附有无数只敏锐的耳朵,时刻捕捉着城市一切幽微的动静。而那些游荡在公园里兜售矿泉水和纸巾的、擦鞋的、收购旧家电的、卖水果的、发小广告的人之中,没准就有隐藏在里面的"线人"。这样的"线人"并不是谁都做得了的。他们不但得有对"胆敢冒险违抗发典的人"的鉴别力,还得有出色的胆识、过人的勇气、强大的应变能力及事发后单独"扛"事的担当。如果他们咬死不讲,那么最坏的结局就是被剃光头三年。不过对于他们来说讨生活并不是难事,因为义气可嘉,总有"地下人"接济。

而对于歧视与漠视,他们并不在乎。

二

现在,她已平躺在洗发床上了。

她感到紧张。将近十年了,她还没有在除了自家以外的床上躺过。虽然这床非常小巧,但毕竟带个"床"字。她紧绷着身体,稍微屈膝,双手交叉抱在胸前,脖颈有点酸。

全身放松。现在,你想象躺在温暖的海水里,海水轻柔地梳洗着你的头发。间或有浓绿的海草和彩色的小鱼穿过你的发丝……理发师的声音在上空响起。她睁大眼,看到一张与之相对倒立的脸,那张布满暗疮的年轻的脸与她那么近,相距不过十厘米的距离。她甚至闻到了强烈的荷尔蒙气息。这么近距离的对视,记忆中只和最亲近的两个人有过,一个是老公,一个是儿子。不过,这些都是非常遥远的记忆了。

除开那些代表郁闷的发红暗疮,理发师有一双深不见底的眼睛。这是来自遥远时代的古井,她看不见一丝波纹的晃动。

闭上眼睛,想象你躺在非常舒适的水面,柔和的水托动你的身体……像什么? 对,像我们最初的状态,躺在子宫里的状态。

她像被理发师催眠一样，一时间被他代入所描述的那个状态。放松下来，身体有种慵懒到极致的舒适感，她听见自己均匀的呼吸声，想象全身的骨骼与血肉流淌到水中……极致舒畅的感受从身体里蔓延开来。

理发师先将她原来一大捧、现在一小束的长发小心地全部向后顺，那种舒缓轻柔的动作，让人觉得他不舍得扯坏一根发丝，一根在尘世中已疲惫不堪弱不禁风的发丝。这让她有些感动。

这是她跟理发师的第二次会面。

头一次也是在这家水果店里，不过是在白天，她是以买水果的顾客身份来的。一身脏兮兮难以分辨颜色的工装的他，正将三轮摩托车上的乌橙一箱箱往小店搬。空气中弥散着橙子近似中药味的甜香。他告诉她，这是一种只生长在高寒山区的稀有橙子，具有乌发养颜的奇效。这引起了她的好奇。手中的乌橙血红，在中午的强光照射下，散发出乌黑的色彩。真是神奇！也就是在那短暂的几秒钟内，她产生了放弃冒险剪发、用乌橙挽救她垂死长发的念头。不过这种念头转瞬即逝。因为隐藏在她身体里的那个女人明确告诉她：我要剪发！她和他在短短十分钟的时间里，利用这当的接头暗语谈妥了所有细节。这让她有种特务接头的新奇与刺激感。

他们决定采用真发制作假发套的惯常手法。程序是将剪下来的长发，经过保养后精制成一顶逼真的假发套。这样，就可以在剪短了的头发上做伪装。至于应付年终"检审"，她并不十分担心。每年的"检审"大家都心知肚明，只要肯"放血"，形象部的人都好说。况且今年与往年又不同，今年是每十年一报批的第十个年头，离期限只剩一个月的时间。只要过了这个月，即便在下一个审核期被抓，也只能算"违规"，形象部顶多挨个"监管不严"的处分。这种时候，能闭只眼没人想睁两只，没谁和钱有仇。

轻柔梳发、询问水温、打湿头发，然后理发师给她上了一种她从未用过的洗发水，不似一般洗发水的清凉，而是温热的感受自头皮至身体逐渐氤氲开来。但那中药味的甜香又让她似曾相识。

是乌橙。我自己做的洗发水。理发师的回答总能在她的疑问产生后适时响起，他难道真有读心术？这让她大为惊奇。

她感受到理发师的手不断穿梭在她的发间，似游蛇、似蛟龙，然后是轻微而柔和地揉捏头皮，再到发际线、太阳穴和鬓角，再向后移至头顶，这样不断按摩了一会儿，继续从头顶逐渐移向颈后。他的手力度适中、技法熟练，按摩至耳朵后部和颅骨基部时，她有昏昏欲睡的感觉。

她想起近两年网络上流行的"哄睡师"。"哄睡师"对着网络镜头直播，模拟给人洗脸、按摩、刮胡须、唱催眠曲，以达到哄人睡觉的目的。很多个失眠的夜晚，无法入眠时她也会上网看看，希望"哄睡师"能陪伴她入睡。但从来也没生效过，她对那些模拟式的温情没有代入感。

现在则不同。十年了，她头一次真实地体会到另一个身体带给她的抚慰。这可以是一个完全陌生的身体，当然，也可以完全无关性别。关键是，他用对美发的热爱，通过温情的按摩，将这些温情源源不断地传导于她的身心，让她顿有痛哭流涕的冲动。也就是在这一瞬间，她明白了，为何这个城市总有那么多人，前仆后继地甘愿承担饭碗不保、遭人唾弃的风险，选择违法理发。或许他们真正向往的，并不是换个清爽的发式那么简单，而是渴望与另一个身体的接触，感受最纯粹、最干净的身体抚慰。而这个，并不是男女性爱能够满足的。她想到曾经有科学家做过一个引人深思的实验：将一只小猩猩放进封闭的笼子，一边放一只铁制的母猩猩，身上绑着奶瓶；另一边放一只毛绒制成母猩猩，身上什么也没有。科学家观察记录，小猩猩究竟会与哪只猩猩亲密。结果出乎意料，小猩猩并非"有奶便是娘"，它每天只是饿了才过去铁猩猩那边喝奶，喝完奶便马上返回毛绒猩猩那边。它在毛绒猩猩身上玩耍、睡觉，十分依赖的模样，全然把毛绒猩猩当成了它的妈妈。而铁猩猩很显然只是一只饭碗。

这似乎说明了一切。

她不知什么时候睡着的,醒来时有一瞬间的恍惚。这一觉可睡得真沉,她没有任何梦境的记忆,只觉得坠入了乌橙味极浓的药香中,飘飘忽忽,似乎她自己也变成了一只乌橙。醒来时已接近凌晨四点钟,她是凌晨一点钟到达店铺的,就是说她已在店里待了差不多三个小时。

她有点慌,因为睁开眼的那一刻,她没看到理发师。洗发床不知何时已还原成椅子。不过理发师很快便出现在她身旁,他笑眯眯地拉开暗格挡板看着她。

来,快看看。说到这里,理发师兴奋了,他脸上的暗疮越发红胀。她突然记起来这里的目的,忙从洗发椅起身,但却紧紧闭上了眼睛,心脏又怦怦直跳了。

她闭着眼睛在理发师的导引下,站到了大镜子跟前。深呼吸,一、二、三,她鼓足勇气睁开了眼睛……

她呆住了。

天!镜子里的这个女人是她吗?

只见在射灯明晃晃宛若舞台灯光的照射下,一个不能形容的女人站在她的面前。

她居然——被剪了——寸头!

那满头长约一厘米的黑黝黝的短发,像是刚从土底下冒出来的雨后春笋,还带着雨露和土腥潮湿且新鲜的气息,密密匝匝布满整个头颅。每一根,看起来都很坚毅,像与外界对抗的毛刺。当她忍不住举手摸上去时,无限的弹性使它们倒下去又立起来,充满了百折不屈的韧性。

这是我的艺术品……不不不,是杰作!十年了……我自十八岁跟从师傅学习手艺……十年来,第一次遵从自己的思想和手感,创造了这个——独一无二的艺术品!理发师激动得语无伦次,第一次,她从他古井一样深邃的眼中看到了不断浮起的波纹,荡漾着,生动非常。

这是艺术家对自己最满意作品独有的表情。

这个时候，她惊讶地发现：他和那些满大街愤世嫉俗、为泄个人私愤而胡搅蛮缠的普通"愤青"有本质上的区别。他有独属于自己的追求与理想，也有不顾一切去实现的勇气。

可是……我……她张了张嘴，只发出这样几个溃不成军的字。她的嗓子又干又涩，美妙的幸福感与极致的恐惧感相互交织。

她想起，在她少不更事的儿时，奶奶常抱着她坐在门前玩，也看来来往往的路人。那时候的天，要比现在蓝一点，吹过的风，要更暖一点，人与人相处，要更为简单一点，相互间的笑容，也要更真一点。那时候，稗子也还没有被农药大面积的除掉，而是作为一种观赏植物，与稻谷共存。一个养心，一个养身，都有自己存在的位置。听说那时候还没有《发典》，人们想剪什么发式就剪什么发式。男人留长发与女人剪寸头都很常见。那是一个个性张扬的时代啊！当然，每个时代总有自己的利与弊，绝对的事物永远不存在。或许就因为太过张扬超过了限度，才需要有所约束，所谓的物极必反啊！

我知道我知道。可是，你不是多少年来，就想剪这么一个发式吗？那是隐藏在你心底亘古不变的秘密，只是你不敢承认罢了。"再一次，理发师通灵般偷听到她心中的矛盾。

你……怎么知道？她大吃一惊。或许她曾经或者是偶尔有过这种罪恶的念头，可是，这是连她自己也无法确定的事情，他一个陌生人，又怎么会知道了？

我当然知道！在我给你洗发、按摩的时候，我的手能感知到你内心的真实想法……你的心在呐喊，在倾诉，在质问和争取。那是你的潜意识，只是被你的意识一直压抑……弗洛伊德的心理学你一定读过。作为一名理发师，我必须遵从顾客最真实的想法，这是我的职业道德。说到最后一句，他严肃地深锁眉头、紧抿唇角，坚韧与执着充满他的脸颊。

她再也说不出话了。因为理发师的一字一句，像一枚枚小巧而闪亮的小铆钉一下下敲进了她的神经,每一下,都与她灵魂深处的某种东西契合。

她泪流满面,是欣喜与感动。

别担心。拿好这个,它能保护你。理发师手一扬,一顶美丽非凡的假发套稳稳当当戴在了她的头顶。这一刻,她又回到了三个小时前的那个自己,那种包裹的压抑与烦闷,与欲说无言的痛苦感受又准确无误地回到她的身心。她竟有想要扯下发套的冲动。那是用她头上的真发制成的假发套,只是,当它被剪断之后,与她之间竟变得如此疏离。

她抚摸着它,镜中,它已像重新获得生命一样光滑亮丽起来,但好像已不是她的头发。理发师不知动用了什么魔术,之前生长在她头上枯草似的,马上就会咽气的一捧,当被制成假发套后,仿佛一下就具有了起死回生的能力。以真作假的把戏,多么具有隐喻性。

我知道这很难,但唯有如此,我们才可以在普通的大众脸下为自己的存在争取一锥之地。对!我知道了!卡尔维诺!你一定懂他……《不存在的骑士》。懂了吧。理发师又激动了,只是这次,她看到他脸部的肌肉因为激动而抽搐,那双总也看不到尽头的眼里,溢出了剔透的泪水。她如是。两人紧紧抓住对方的手,像历尽万难终于接上头的革命同志一样,互相鼓励地点点头。这代表的是信任与友情、勇气与担当,还有为矢志不渝的信仰奋斗的誓言。

她以为凭着这点珍贵的信念,她能度过寒冬,哪怕这是个特别漫长的寒冬。

三

在她走出理发店,往前行走了百米左右,这个时候,起雾了。

雾并不是一下起来的。它先是从天空中飘飘落下,围绕在高楼的边缘,进而像面纱一样遮盖了这些建筑物的本来面目,暗淡的路灯光被氤氲的雾气洇染得模糊不清。当她走过这条街道的拐角处时,雾气浓重地笼罩整条街道,能见度非常低。对于这条笼罩着雾气的街道,她并不熟悉。只记得三个小时前,当她顺着这条路去理发店时,拐角这个位置正在修路,一大堆砂石料像座小山包一样堆砌于此,她大致记得是这个位置……

她探出脚,小心地一步步摸索过去,踩到了几块残缺不全的砖石。同时,风声由远及近,乳白色的雾气被吹得凌乱不堪,一些雾气趁机往她脸上窜,弄得她痒痒的,正待挠,脚下一歪站立不稳,她朝前打了个趔趄,风绕到背后强劲地揪住了她的假发套,她感到不妙……

可是迟了,待她不顾朝前跌倒的危险想要保护发套时,那个秀美的、由生长于她头上的发丝制成的假发套已挣脱了她的头顶,"砰"的一声撞向前方商铺的卷帘门,继而垂直下落。

她惊叫地啊了一声,不顾膝盖和手掌的疼痛,挣扎着起身去捡发套。这时候她还不忘迅速向四周睃一圈。街道阒然无声、空无一人。

可是,当她捡起发套,重新往头上戴的那一刻,突然发现,在不足三米远的街道对面,一个女清洁工正呆望着她。

大脑短暂空白后,她迅疾拉过厚围巾紧紧包扎住头部,逃也似的向前冲去。

在她不顾一切地向前冲时,心里涌现各种坏的结局:如果女清洁工冲上前逮住她怎么办?如果女清洁工大喊大叫引来人怎么办?如果女清洁工直接报城市形象管控部来抓她怎么办……天哪!无论是哪一种,她都无法应对。

可是没有,她所想象的一切都没有发生。她一连冲出了三条漫长的大街,直至确信背后没有追赶的脚步声,她的确安全了之后,才逐渐放慢脚步,沉沉舒出一口长气。只是这口长气并未舒到底,因为她又想到,可恨的目击者——那名女清洁工,她的存在就是自己目前最大的威胁。她今天不说不代表明天也不说,现在不说不代表今后不会说。谁都知道,举报一名"发典犯",不但可以获得"荣誉市民"称号,还会荣获三万元发典币,这相当于清洁工一年起早贪黑辛苦维护城市形象的工资。这么大的利益诱惑,除非傻子,才不心动。

可是目前,她还想不出任何应对的方法。

她忐忑着,穿过城市横七竖八的街道,在凌晨五点的时候,悄无声息地潜进了自己的家门。

合上门,家里一切如常。

她没有开门,而是坐在窗前的躺椅上聆听钟表"嘀嗒嘀嗒"的赶路声,等着晨光一点一点从窗前亮起来。十三岁的儿子自上初中后就开始住校,老公"加夜班"已成常态。

没人知道这个起雾的凌晨所发生的事情。当然,除了雾气腾腾中,那个站在马路对面的女清洁工。

四

她觉得生活好像对她打开了一扇天窗,一切都明亮起来。

她喜欢提前一个小时起床,在卫生间里脱掉假发套,露出那一头浓密密、齐刷刷的黑发,她隔天就要给它洗澡,感受它强劲的生命力。它像调皮可爱又有些执拗的小生灵,在洗发水、护发素及她柔软的掌心里左突右冲。她像养育了一个孩子,她能真切感受到它与她的共同成长与欢欣。

在老公起床之前,她会收起自己过于外溢的情感,同时将那个小生灵严严实实地藏进假发套里,在两个鬓角夹两只发夹固定,这样既安全,也显得俏皮。两只发夹像两位稳重而忠实的守门将军,始终对她的秘密守口如瓶。

她还没想好怎样对老公坦白,或者说,她还没想好到底对不对老公坦白。多一个人知情,意味着多一分危险。两人共守一个秘密,不如一人独守一个秘密安全。这是否意味着她对丈夫不再信任? 想到这里,她的心像被土蜂蜇了一样生疼。

她已记不得是从什么时候开始的了,或许是一年前或是两年前。

老公从市场部调到公关部开始,那以后,老公就频繁地和形象部的法小姐交往密切。法小姐是一位看不出年龄的女人,你可以猜她四十岁不嫌大,也可以猜她二十岁不嫌小。她有一头刚刚到达臀部的黑直发,海藻一样浓郁繁盛,稍微朝里弯曲的空气刘海儿里,隐藏着一双明亮的大眼睛。她的发式是《发典》里规定的最中规中矩的发式,既远超最低限度的披肩发,又远远达不到警戒限度的脚弯。她两边都不冒犯,就像她的性格一样,永远处于模棱两可之间。当她对你和气地微笑时,你猜不到那可能正是你大难临头之际。而她怒目瞪着你的"行贿品"时,很可能你已化险为夷。她的来头不小,是公司形象部的副主任,无形中掌握着很多人的"命脉"。传说中,她的靠山更了不得,据说小到市镇、大到省城的形象部门,均有她的亲戚在把持重任。

法小姐是个惹不起的主,这点谁都心知肚明。可是,自己的男人却去招惹了,据说还招惹得不轻。

那之后,老公经常借口加班,有时连续一周加班都是常事,而她也习以为常,从未揭穿。只有她自己知道,那些个翻来覆去难以入眠的深夜,自己像条反复被沸油煎熬的鱼。每天清晨,摸着老公那一边冰冷的枕头和被窝,看着自己枕头和被单上到处散落的干枯发丝,她就有想要去死的想法。但她死不了!她对尘世仍有眷恋,对老公仍有企盼,对儿子仍有责任……她是个不自由的魂灵。

于是,她只能拼命将头发往外抓,这些被轻轻一抓就抓下来的头发,好像早已在她的头皮上死去良久,它们只是一些再无生命迹象的尸首,她只是将这些死尸从头皮上清理干净。

她觉得自己像被关进阴郁空间的囚犯,找不到越狱之术——直到她在公园闲逛时,碰上那个卖乌橙的"线人"。

她像提着裙裾小心翼翼地在刺丛中行走的人,时刻得担心不知什么时候,裙子就有被刺丛拉扯甚至撕破的危险。这危险,不仅有来自老公的、公司形象部的、城市形象管控部的,还有来自那个不知名的清洁女工的。

每一天，无论睡觉、起床、洗漱、上班、逛街，她都得异常小心。她将外出活动范围缩短到最小的范围，虽然提心吊胆，居然也平静地度过了二十来天。

然而这二十来天，却是她半年，不，是十年，不不，是她自成年以来，活得最开心、最自我的一段时光。因为她知道在这大众化脸谱的时代，自己还完整地保留了一个真我，这个真我从未被公式化，而是躲藏在一个伪装的发套里自由自在。这让她想到达·芬奇那幅震惊世界的名画《蒙娜·丽莎》，有专家将这幅画作放大了三十倍，结果奇迹发生了：他们在原作背后，居然又发现了另一个隐藏的"蒙娜·丽莎"。

她就是背后那个隐藏的"蒙娜·丽莎"，那个理板寸头发的女人才是她。

只是，摊牌的时刻即将到来。这意味着她至少该向一个人摊牌。或者是她早已不信任的老公，由老公去跟他的情人为自己求情？或者她自己去找情敌，送上不菲的贿赂。然而无论哪一种，她都有一种无法忍受的耻辱感。她反问自己难道之前没有想过这些吗？既想过，终归还是要做出选择。

她决定还是先跟老公摊牌，他毕竟是曾经深爱过自己，或许现在对自己还有感情的人，只是情感上的事情，暂时误入歧途。

然而，令她始料不及的事还是发生了——她暴露于对他坦白之前。

一天凌晨，正当她洗完头发，对着镜子抚弄着满头湿漉漉的小生灵、沉醉在回归自我的愉悦中时，浴室门突然"砰"的一声被撞开。她没有回头，而是停止了动作，却忘了将手从头上放下来。她那个姿势很像投降的动作，但她确认被打败的那个人绝对不是她。因为相比自己相对的镇定，她从镜中看到了老公那张因惊恐而变形的脸，完全错位的五官，他戴着高度近视眼镜的眼睛被放得无限大，大到让她有一种奇怪的错觉，就是老公的四肢及其他脸部器官全都消失了，只剩下两只足球一样的眼睛……

你……终于还是堕落了！这是老公抛给她的最后一句话，随后，她听见房门被重重碰上的声音，然后是车库车子发动的声音。

整整三天，他没回家，在公司也见不到人影，打他电话也不接。第四天，公司形象部通知两天后年检，她才想起已是十二月份的最后一周，而眼下的这两天，正是疏通各种关系的最后机会。

她想好了，十年来，她利用轮休时间，帮私人或外部公司做过无数扼杀她数以万亿计脑细胞的文案，由此攒下了一份还算可观的私房钱。现在，她要利用这笔钱，为她的安全、为她的自我保全埋一个大单。

夜幕四沉，她横着一条心，给形象部法小姐发过去一条请求见面的信息。至于因何见面，她没多说。对方很快回复同意见面的信息，同样也没问何事。对于这个节骨眼提出见面，且是在半夜，对方或者已心知肚明？但她明白，如果对方真检验了她目前的形象，能不能贿赂成功仍是个问题，因为她已远超警戒线，这就意味着风险也与之俱增。

临出门前，她咬咬牙，重又折返回来，翻开首饰盒，将十多年来积攒的所有金银细软全都倒进了手提包里。她倾尽所有，只为留一个真实和自由的形象给自己。这回，她不相信自己入不了法小姐的法眼了。

她拎着手提包七拐八拐，终于来到法小姐指定的地点。远远地，她一眼便看到自己老公的车停在那里，河岸边，居然是两个相互拥抱的男女。她一眼认出了两人，法小姐也看到了她，却故意将她老公从侧面转向了河岸正面，将他的背对准她，然后她的肥手缠上他的脖子，肆无忌惮地与之激吻起来。

她头脑一片空白。

片刻之后，她毅然转身离开。她顺着河岸向前跑啊跑，没有目的也没有方向，午夜的河岸再没有一个人影，只有"呼呼"的风刀子一样无情地刮过她惨白的脸颊。有一个过程，她以为自己变成了一只横冲直撞的夜鹭,在风中迟缓地逆风飞行。笨拙的身体阻力重重,短小的腿使不上任何劲……

飞行中,她不忘看看天空。今夜的天空像足了二十几天前,自己在乌橙水果店开启新篇章的那一夜。凌晨两点左右的光景,缀满星星的夜幕并不是漆黑的背景,而是透射出鸭蛋青的微光,这种冷青的色彩如那晚一样,将城市的高楼、商铺、街道、护城河的外围都镀上了一道又明锐又模糊的光芒,宛若梦境。河岸边粗壮的梧桐树早已落光了叶片,只在夜空中举着一只只遒劲的臂膀,永不疲倦地朝天呐喊。

她终于跑累了,停下来,手上那只沉重而多余的手提包,她想也没多想,就使出最大的力气,将它扔到了看不到尽头的河里……

年检毫无悬念,法小姐轻而易举便揪出了她这个隐藏在公司高层员工中的"黑坏分子",她被公司开除,并且被公司形象部移交城市形象管控部处理。处理结果很快下来了。在她被查出来的前两天,她从《发典报》上看到一条触目惊心的消息:城市形象管控部近日打掉了一家伪装成水果店的"黑窝点",收缴各种非法美发器械上百余件,遗憾的是,涉案嫌犯仍在逃……

她第一个想到的还是那名无意中发现自己秘密的女清洁工。无论是举报自己,还是举报乌橙水果店,她都可能有份。因为她撞见自己的地点,与水果店不过相隔一条街,而那条街道,正是女清洁工负责的清洁区域。早起晚睡的清洁工身份,可能正好给她长年累月暗中收集证据提供了便利……而法小姐的小诡计只是出于女人间嫉恨心理的报复,更何况法小姐并非有十足怀疑她的把握。以法小姐的举动来看,以为原配要找小三摊牌,于是先发制人,这样解释似乎更为合理。而那个与之同床共枕近十五年的男人,她不相信他会对自己那么绝情,绝情到置她于死地。不,她不信。

她被剃光头那天,也正是审判会宣判那一天。审判会在城市发典广场举行,会场里三层外三层,密密麻麻挤满了人头。宣判结束,当众剃头。整个过程群情激愤,当她被押下会场游街示众时,群众再也难抑对丑陋与罪恶的容忍度，不少人推搡着、挤推着，有意无意地拥上前撞她、扯她、掐她、抓她、抽她，她很快便伤痕累累、鼻青脸肿了。看到她的狼狈相，大家伙都乐了，又有不少人不约而同地掏出手机给她拍视频、拍照片发朋友圈。有的喜欢卖萌的还比个"剪刀手"或"666"与她合影。她像个木头人一样任人摆布，既不反抗也不哭泣，甚至连遮挡镜头的想法都没有。她这种无动于衷的无所谓态度，彻底激怒了老实又善良的人们。所谓的"忍无可忍，无须再忍"，对于这种不肯低头认错不思悔改的社会人渣、败类，最要紧的是要让她长记性。长记性最有效的方式便是暴力。

于是，无数双脚同时踢向她，她倒在冰冷的泥地上，光光的额头流着鲜红的血，一只眼充气一样迅速肿胀了起来。这时，形象管控部的人赶上前驱赶动粗的群众，很快，人群一哄而散，整条街道几分钟内就像被清场一样，再看不到半个人影。

时间不知过去了多久，昏沉中，一个女人用力扶起她就走。她毫无力量地挣扎了一会儿，便顺从地跟着走了。那女人身上有一股子让人心安的力量，这让她想到了乌橙水果店的理发师，让她在头破血流的困难处境下，无条件地信任那个女人。

她像是处于梦游状态，也不知跟着那女人走了多久，拐过了几条僻静的胡同，最后，终于在一间矮小破旧的红砖房前停了下来。

再之后，她就什么也不知道了。

等她醒来时，已是后半夜。睁开眼，她发现自己躺在一张陌生的床上。头上的伤口已被处理过，肿胀的眼睛已能睁开一条缝隙，旁边的女人由模糊变为清晰。

你！怎么会是你？她惊讶得张大了嘴巴。这之前，她一度以为出卖她的一定是这个不知名的女清洁工。这一刻，她眼前不情愿地闪过那个与自己同床共枕近十五年的男人。十五年的感情与依恋啊，原来是如此不堪一击！原来很多时候，我们早已知晓真实答案，却仍在自欺欺人。

是的。因为我和你一样。女清洁工此时解去了长年累月扎在头上的红方格头巾，露出一头乌黑的长发。长发被编成一根齐腰长辫，优雅地垂落胸前。

她来不及深想女人那句"我和你一样"是什么意思，因为女人凄楚地一笑，一把扯下了头上的发绳。

在小屋昏黄的灯光下，一个如假包换的光头刺痛了她的眼睛。那个青白色的头颅，在灯光的映照下，散发出幽光，让她恍惚，让她心痛，让她感动，让她有痛哭流涕与顶礼膜拜的冲动。随着女人的倾诉，她知道了这个大她十来岁的女人，原本也是一家公司的形象副主管，只因披肩发多剪了半厘米，便被定为了"发典犯"，无可辩驳。

那是什么时候的事？她突然醒悟。

十三年前。我知道你想问什么。三年的强行执行期与流放期过后，我本可以重新留长头发，过回正常人的生活。

那为何……

有那个必要吗？当我被判决剃光头的那刻开始，就被强行绑上了十字架。遗忘耻辱，反而让我觉得更加耻辱。然而当我反其道而行之，自主选择外界强加给我的耻辱时，我却感觉从未有过的开阔与自由。外界强加给我的刑罚其实早结束在十年以前。十年来，我自主选择剃光头，其实早已是藐视与对抗《发典》的一种方式。只是没人发现过。他们认为我们这种跌倒过一次的人，肯定是十年怕井绳了。这是他们认识到的人类劣根性，他们没错。但他们绝对想不到，圆的终点即是起点。有的人重复犯错，不是不长记性，而是脱胎换骨后的新生。

你，就没害怕过吗？

当然害怕，就是现在我都感到害怕，非常害怕。但我更害怕有一天不会害怕了，那就证明我已困在了千篇一律的大众模式里，我连生长于自己身体上的一部分也失去了选择权与决定权，反而自满于外界为我定制的温床。这是不是相比害怕更为可怕的事情？

她不再说话，而是强撑起来，紧紧握住了女清洁工粗糙而厚实的手。这双手骨节粗大、皮肤黝黑，虎口布满了裂口，掌心结满了老茧，关节处还有几个又红又紫的冻疮。可就是这样一双不堪入目的手的主人，却拥有一颗高尚的头颅。

她知道，可能这一生再也见不到乌橙水果店的理发师了。

那天晚上，躺在红砖小屋简陋木床上的她做了一个梦：她梦见了理发师，仍在那个水果店，他仍然穿着那身出席正式场合才会穿的正式西服，黑西服白衬里，扣得一丝不苟的袖口纽扣，别致的红蝴蝶结，带着夜露和月光的刚修剪下来的红玫瑰……他将一本书递到她手里，没说一句话。

她想开口问，只看见他将右手食指放到下唇，做出个"嘘"的手势。她最后一次看到他激动得发红的暗疮，晃动着古井一样深邃的眼睛。随后，他就像影子一样消失了。

她呆愣半晌，方想起他交给她的书，便将眼光锁定在书的封面，是卡尔维诺《不存在的骑士》，她最喜欢的书籍。